中國語言文字研究輯刊

十九編

許學仁 主編

第 10 冊

《景德傳燈錄》疑問句研究

李斐雯 著

花木蘭文化事業有限公司

國家圖書館出版品預行編目資料

《景德傳燈錄》疑問句研究／李斐雯 著 -- 初版 -- 新北市：

花木蘭文化事業有限公司，2020〔民 109〕

目 4+190 面；21×29.7 公分

（中國語言文字研究輯刊　十九編；第 10 冊）

ISBN 978-986-518-160-4（精裝）

1. 漢語語法 2. 研究考訂

802.08　　　　　　　　　　　　　　　　109010425

中國語言文字研究輯刊

十九編　　第 十 冊　　　　ISBN：978-986-518-160-4

《景德傳燈錄》疑問句研究

作　　者　李斐雯

主　　編　許學仁

總 編 輯　杜潔祥

副總編輯　楊嘉樂

編　　輯　許郁翎、張雅淋　美術編輯　陳逸婷

出　　版　花木蘭文化事業有限公司

發 行 人　高小娟

聯絡地址　235 新北市中和區中安街七二號十三樓

　　　　　電話：02-2923-1455／傳真：02-2923-1452

網　　址　http://www.huamulan.tw 信箱 hml810518@gmail.com

印　　刷　普羅文化出版廣告事業

初　　版　2020 年 9 月

全書字數　132764 字

定　　價　十九編 14 冊（精裝）　台幣 42,000 元　　　版權所有‧請勿翻印

《景德傳燈錄》疑問句研究

李斐雯 著

作者簡介

　　李斐雯，臺灣師大國文系畢，成功大學中文所碩士，擔任中學國文教師，師事竺家寧老師，對中國語言學極感興趣，認為語言學兼具文學藝術之美與科學探索之真，是值得深入探索的領域。

　　學術翰海載浮載沉，論文撰述亦步亦趨，感謝老師們神級的帶領，也感謝好友親朋的陪伴，期盼未來的日子，經由努力，成果一樣豐碩。

提　要

　　疑問句在漢語是種很特殊的句型，本文探討的是疑問句型在北宋初年的發展，研究對象是《景德傳燈錄》，近代漢語遠紹上古，開啟現代，居漢語史關鍵地位。這本禪宗語錄真實地記錄當時的口語，語料豐富值得探索。

　　論文共分七章，第一章是緒論，說明寫作動機、步驟，以數據和分析並重，再簡介《景德傳燈錄》以及檢討現今研究成果。第二章探討漢語疑問句的相關問題，包含疑問句的特點、構句條件，及分成特指問句、是非問句、選擇問句、正反問句四類。

　　第三章至第五章著手探討這四類問句在《景德傳燈錄》的展現：第三章是特指問句、第四章是是非問句、第五章是選擇問句及正反問句。各章以疑問句型的構成、疑問詞語的使用為分析重心，並在各章末尾評斷《景德傳燈錄》在歷史語法的定位。如此，不但清楚地呈現《景德傳燈錄》的疑問句，還可明白歷時的演變，給予《景德傳燈錄》正確的語法史評價。

　　第六章比較《景德傳燈錄》和《祖堂集》，此二書同屬南方語言，成書相距五十年。探討二書的問句過後，發現《景德傳燈錄》與《祖堂集》的語言相當類似，可知《景德傳燈錄》雖經楊億等文人修改，但幅度並不大，而且從二書的比較，亦可看出語言從晚唐到北宋的變化情況。

　　第七章是總結，整理《景德傳燈錄》的疑問句特點：包含疑問代詞的新形式、疑問語氣詞的變化等，章末論及《景德傳燈錄》尚待探索的領域，期待未來的發展研究。

目

次

表格目錄

第一章　緒　論

　　第一節描述本論文的寫作動機與步驟。語法的研究雖居弱勢，然若缺少語法學，語言的研究就無法完整。而近代漢語是承接上古漢語，開啟現代漢語的重要關鍵，所以掌握這段時期，才能弄清漢語的發展歷史。而《景德傳燈錄》正是在近代時期的價值極高的一本語料，因而以此作為研究對象。

　　第二節說明撰寫的步驟是以數據和分析並重。先對《景德傳燈錄》的疑問句作數據整理，再分門別類，討論句型、詞語的用法，最後則是解釋造成語言現象的因素。在此亦略為介紹本論文的章節安排。

　　第三節介紹本論文的研究對象——《景德傳燈錄》。包含此書的作者、成書年代、版本，及語料分析，還有在禪宗語錄的地位等。在探討書中內容之前，必須先對此書有概括的認識。

　　第四節則是展現前人的相關研究成果。首先是禪宗語言的研究狀況，以及學界對《景德傳燈錄》的研究結果，加以論述，即可明白其優缺點，以及可補充的地方。

第一節　研究動機

　　語言的研究包括三個層面：語音、語義、語法。包含聲韻、文字、訓詁小學基本科目。學者對於聲韻的研究，萌芽於東漢，至魏晉南北朝而雙聲疊韻之

說大盛〔註1〕。可知在東漢至魏晉語音的研究已然興起。語義的研究起源更早，在秦漢時代的《爾雅》，已是語義學上的先驅。

三個領域之中，語音與語義的研究，長久以來都受到語言學家的重視。那麼語法學的起源呢？則是在滿清末年，由馬建忠所撰的《馬氏文通》，才算是較具規模的語法學作品。語法學起步之慢，由此可知矣！

人類因生活必須而產生語言，在原始階段是只有單音，後音有不足，才由音組合而詞，詞之不足，故有句子。這三者是相互連貫的。不能只重視基本的語音與語義，卻忽略由語詞所組合而成的句子。若屏棄語法，那對語言的研究就無法全面，失之片斷。

我們相信若想探查語言的歷時演變，必須以語法為主幹，以語音、語義為支幹，才能還原當代語言的真實風貌。

一、近代漢語語法研究的意義與價值

語法學的起步甚慢，晚清的《馬氏文通》一書，可視為中國語法學的鉅作。他學貫中西，精通拉丁文和法文，所以用西方語言來分析漢語，這雖有勉強之缺。但他開啟國人對語法學重視的功勞，卻是不容抹煞。

在馬建忠之後，民國初期，許多學者繼而起之，投入大量心力，如楊樹達（1920）《高等國文法》、黎錦熙（1924）《新著國語文法》、呂叔湘（1941）《中國文法要略》、王力（1943）《中國現代語法》與（1944）《中國語法理論》等。

影響所及，學界對語法研究的熱烈也是空前。學者深切地感受到語言學的研究，若缺少語法，將是一大憾事。若欲補充傳統語言學之不足，必須要著重在語法的探討。

語法的研究，須建立在斷代專書的探討上，如疊磚架屋，必先以各語料的呈現作為依據，在統整使用情形後，即可歸結出時代的特色，才能依此架構出語法歷時的轉變過程。

以語法史的分期作為討論的基礎，以學界對漢語語法的研究現況來說，近代漢語比起古代漢語、現代漢語是較為不足的，所以，本文選擇以近代漢語作

〔註1〕參見林尹著《中國聲韻學通論》，頁4，書前錢玄同序之言。

為取材的對象，是期望能稍稍彌補此處研究之不足，為漢語史的建立略盡棉薄之力。

首先，是關於漢語史的分期問題：

語法史的分期方法有多種，歷來學者（如王力、潘允中、太田辰夫、高本漢等人）對於漢語史分期的問題，尚未取得一致性的看法。每人的分期數目不同，各期的起訖時代也不相同〔註2〕。漢語包含語音、詞彙、語法，三者的變化或不同步，因此才會產生各家分期的差異。

以近代漢語的上下限年代來說，就有很多家說法。以下列出幾個代表性的意見，分別介紹如下：

1. 隋末唐初──清初

胡明揚（1992：8）文中，將近代漢語的年代推定從隋末唐初，到清初。並把這漫長的時期，再分為三：稱為早期近代漢語（隋末──北宋）、中期近代漢語（宋元）、晚期近代漢語（元─清初）。

其分期依據，在語音上是入聲韻尾-p、-t、-k 消失，-m 韻尾消失，及全濁韻母清化。在語法上是「的、了、哩、呢」出現代替新的助詞系統。詞彙上是「你、我、他」全面替代「吾、爾、其」等古漢語人稱代詞。

胡明揚所劃分的近代漢語，從隋至清，時代橫跨一千多年，牽連極廣。若可將這段時間切為三，那麼這三段是否可與古代漢語、現代漢語並立？若可，則可分別獨立，近代漢語的內容所指，範圍縮小些為宜。

2. 南宋──清末

這是王力所主張的，他把漢語史分為四期。當中西元四世紀到十二世紀（南宋前半）是中古期，從十三世紀到十九世紀（鴉片戰爭）是近代期。他（1958：35）說：

> 中古時期的特點是：（1）在口語中的判斷句中繫詞成為必需的
> 句子成分。（2）處置式的產生。（3）完整的被字式被動句普遍的運
> 用。（4）形尾「了、著」的產生。（5）去聲字的產生。

> 近代漢語的特點是：（1）全濁聲母在北方話裏的消失。（2）-m

〔註2〕請參照蔣紹愚、胡竹安、楊耐思等著（1992）《近代漢語研究》書中，胡明揚之文〈近代漢語的上下限和分期問題〉，頁 3～12。

韻尾在北方話裏的消失。（3）入聲在北方話裏的消失。

依王力所言，中古漢語的變化主在語法，近代漢語在語音方面是發展的重心。

3. 近古（唐至明）、近代（清）

日本學者太田辰夫，將漢語史分為八期。其中第五期是晚唐五代（9～10世紀）、第六期是宋元明，二期合稱近古。第七期只有清代，稱近代。

他所稱的近代為清代，只是為了和現代漢語作區別，因為民國之後，語法以普通話為規範，又受歐化影響，和清代的語言已經不同，故別列一項。關於唐代到明代的語言情況，他（1991：2）說：

> 第五期是晚唐五代……在這個時期，白話（唐宋以後的口語）的
>
> 成立得到確認，……第六期為宋元明，在這個時代，隨著都市的發展
>
> 而形成的市民社會很繁榮，從中產生大量的口語式的通俗文學作品。

由太田辰夫的說法看來，其所謂近古時期，和其他學者的近代時期似較相近。

4. 晚唐五代──現代

呂叔湘（1985）《近代漢語指代詞》的自序言：

> 根據這個情況，以晚唐五代為界，把漢語的歷史分成古代漢語
>
> 和近代漢語兩個大階段是比較合適的。

呂叔湘把漢語分為古代漢語和近代漢語，古代漢語主要指書面的語言，而近代漢語則是口語的記錄。最早以口語為主的白話篇章則是敦煌變文和禪宗語錄，所以將近代漢語的年代定在晚唐五代。他說（同上）：

> 雖然在某些類型的文章中會出現少量的口語成份，但是以口語
>
> 為主體的白話篇章，如禪宗語錄和敦煌俗文學作品，卻要到晚唐五
>
> 代才開始出現。……于現代漢語，那只是近代漢語內部的一個分期，
>
> 不能跟古代漢語和近代漢語鼎足三分。

因此，近代漢語的涵蓋範圍更廣，甚至把現代漢語也包含進去了。這樣似乎範圍又太大了些。

5. 歸結：晚唐五代──清初

呂叔湘的近代漢語涵蓋的範圍較廣，蔣紹愚（1994：1～7）首先將現代漢語獨立出來，雖然都是白話，也具有傳承關係。但是，二種白話畢竟相差

太多，各有不同特點。事實上，現代漢語應可與古代漢語、近代漢語鼎足而三才是。

依蔣紹愚（1994：7）的討論，他舉出高本漢的統計《紅樓夢》書裏所使用的語言中，明代小說常用的「為因、甚、兀」等詞語，在《紅樓夢》已消失。而將近三十種現代漢語常用的詞語和格式，在《紅樓夢》中已出現。王力所撰的《中國現代語法》，正是以《紅樓夢》為對象。

因此他說近代漢語的下限時段是：

> 因此，我們可以把近代漢語的下限定為十八世紀中期，或者粗略一點的說，定在清初。

上述學者中，呂叔湘以白話文獻的出現，作為語法發展分期的依據。蔣紹愚引高本漢，認為《紅樓夢》已然有現代語言的規模。因而總結出近代漢語的上限起自晚唐五代，迄於清初，其涵蓋的範圍主要是宋、元、明三朝。這主要是依據語法的變化來分期的。

其次，談到近代漢語在語法史的重要性如何？

蔣紹愚（1994：11～12）言：「從整個漢語發展史來看，近代漢語是一個極其重要的時期。」不僅是因為它承上啟下，而且「可以從中總結出一些語言發展變化的普遍性規律。」再者，「研究近代漢語，對研究現代漢語有重要的作用。」

逐漸地，有些學者重視近代漢語在語法史的重要性，進而對其語音、詞彙、語法的運用情況發生興趣，所以，關於近代漢語的專書、期刊、學位論文也漸漸問世，這對於語法研究而言，是一大喜訊，因為有近代漢語的填充，漢語史的演變才能清楚完整地呈現。

二、《景德傳燈錄》在近代漢語的地位

本文選擇的研究對象《景德傳燈錄》，是近代漢語初期的一本禪宗語錄。為什麼會選擇《景德傳燈錄》作為本文研究的對象呢？要說明《景德傳燈錄》在漢語史的重要性，要從共時與歷時二個方面來著手。

語言的研究，包含歷時與共時兩個平面，兼顧二者，對語言的了解才夠深入。以下從共時和歷時兩個角度來說明選擇《景德傳燈錄》的緣由。首先是共

時平面：

《景德傳燈錄》是近代漢語的一本語錄，記載當時的口語資料極為豐富。與《景德傳燈錄》同屬近代（唐宋之際），同樣記錄口語的文獻並不多，除禪宗語錄外，還有話本小說與一些詩詞、或雜在文言篇章的對話。

然而詩詞之類的語料數量不足，話本小說歷經刪動，版本混淆，已非原貌，因此想研究近代漢語的學者，均是以禪宗語錄為重要資料來源。有些禪宗語錄殘缺，卷數不滿三卷，有些記載方式非以口語記錄。

在眾多的禪宗語錄裏，以近年再度問世的《祖堂集》研究最為風行，也累積相當成果。但《祖堂集》成書於南唐時期，是晚唐五代的作品。

若把時代定在北宋初年，能符合要求的語錄，就只有《景德傳燈錄》一書。所以，以北宋時期的語言資料而言，《景德傳燈錄》的研究價值是比較高的。

與《祖堂集》相較之下，《景德傳燈錄》就比較缺乏關注。然而這二本同是記錄言行的語錄體，對話繁多，均是口語化極深的書籍。厚此薄彼，實是可惜。

再以歷時平面看：

《景德傳燈錄》是近代漢語的重要語言資料，而近代漢語上承古代漢語，下開現代漢語，是漢語發承先啟後的階段。許多現代漢語的句型，是直接傳自近代漢語。與古代漢語、現代漢語的關係是嫡系傳衍的。

本文在第六章把《景德傳燈錄》和《祖堂集》二書所呈現的語言作比較，探討二者的差異。經由此番討論會發現，《景德傳燈錄》所記錄的語言資料並不比《祖堂集》少。因此，應再度喚起對《景德傳燈錄》語言的重視，它在近代漢語的地位實是不容輕視的。

再把《景德傳燈錄》所呈現的詞語方式，與古代漢語、現代漢語的句型作對照，其歷時的傳承就十分清楚，這在本文第三、四、五章的第四節，主旨即在探討各問句句型的歷時意義。

再著，因為《景德傳燈錄》是南方語言的作品，有些語言現象和今日的閩南語有相似處，因今日的閩南語即是從近代漢語的南方方言傳承而來。所以在正文裏，有部份針對二者的相同處作討論，視察今日的閩南語和近代漢語的《景德傳燈錄》，相同處有多少。

這歷時的探討，對一本語料來說，是相當重要的工作。把歷時的脈絡稍作處理，漢語的發展即清晰可見。是故，從此書中尋找出近代漢語的語言狀況，再與中古漢語、現代漢語來比較，視查出其同異之處，期待能給漢語發展的脈絡補充一些現象，使漢語語法史的研究更為清晰。

從歷時與共時平面來看，《景德傳燈錄》在近代漢語都是居重要地位，而近代漢語是承上古漢語、開現代漢語的關鍵地位，所以挑選禪宗語錄《景德傳燈錄》作為研究對象是十分有意義的。

第二節　研究步驟

訂定研究的對象——近代漢語的《景德傳燈錄》後，接下來即是如何著手探討的問題了。

語言學對於一語言現象，其研究基本的步驟有三：先分門別類，再整理歸納、最後給這語言現象合理的解釋。語法學的研究亦然。在以往傳統的語法學，靠著人工閱讀語言資料，光憑個人經驗加以臆測評斷。較缺乏的是科學化的解析。

時至今日，計量語言學、認知語言學的興起，使得語法學的研究漸加入科學化的方法。因此今日在研究語法的時候，應以句子分析法與數據並重，如此才能給語法研究結果新的詮釋。

本文所使用的研究方法，即是數據與分析並重。先以數據統計語言的使用情況，統整之後，再根據歸納的事實來解說，描摹語法現象的規律。接著搭配句子的解析，討論此用法在句子的功能為何，這樣的探討，相信對語法的研究就能宏觀，而不致片斷。

語言研究的依憑，必須建立在數據上，因此，歸類句型、詞語是研究的首步。其次，就其數據、用法，加以闡釋。研究的重心在於數據與分析並重，所以，對《景德傳燈錄》疑問句的研究步驟即為：

了解《景德傳燈錄》在近代漢語的地位後，決定以此書作為論文的研究對象。首先仔細閱讀全書，逐行挑出文句屬疑問的句子。然後以卷為單位，分別輸入電腦，共得 8082 個疑問句。

第二步，再將所有的疑問句依四個類型分別儲存，接著以其句中所使用的疑問詞語再行分細類。因此，各個疑問句的類別即十分清楚。然後，所有的語

言現象都歸納整理完畢之後，以電腦搜尋各個句型、疑問詞，得到一個數字。這個數字就是某一句型、某一疑問詞，在《景德傳燈錄》所使用的真實情形。

得到數據之後，再逐一檢視在每個句子的用法是否相同，特別標示其不同處。注意這個句型、或詞語的各種不同用法，後來再分析解釋造成這用法不同的可能原因。

如此，相信對《景德傳燈錄》書裏所運用的句子，已有相當程度的剖析，最後再將這結果與前後時代的語言現象來比較，即可得知以歷史宏觀的角度來看《景德傳燈錄》的價值地位為何了。

當對《景德傳燈錄》的疑問句子解析差不多後，再與時代接近的《祖堂集》裡的疑問句作比較。《祖堂集》的疑問句研究，學界已有成果出現，是故以前輩發表的成果來對照，如此，二者比較之下，即可看出二書在疑問句呈現的差異。

以下略述本文的章節安排：

本文「《景德傳燈錄》疑問句研究」共分為六章。

第一章續論，是本文的外緣題概說。

第一節是研究動機，說明近代漢語的地位，與為何挑選《景德傳燈錄》的原因。第二節是研究步驟，即論文撰寫的步驟，還有章節安排的敘述。

第三節對研究對象——《景德傳燈錄》的概況簡介，包括作者、年代、版本、內容等相關問題。第四節是現階段禪宗語言的研究成果的分析，分禪宗語言研究和《景德傳燈錄》研究兩部份，說明前人的研究結果優缺點。

第二章漢語疑問句類型，第一節分類漢語句子，了解疑問句在漢語的地位。第二節描述漢語問句的特點，以及構句條件，第三節介紹漢語問句分為四類。再為《景德傳燈錄》的四種問句句型作介紹。

第三章到第五章，是對《景德傳燈錄》疑問句的核心分析，針對特指問句、是非問句、選擇問句、正反問句四種問句的類型，分別解析其問句的句式構成，以及疑問詞的運用。預期完整的呈現《景德傳燈錄》的疑問句情況。

並且在各章的第四節，分別為《景德傳燈錄》各句型在漢語史上作定位，視察其句型在漢語語法史上的特色為何，與古代漢語、現代漢語（包含閩南語）來比較。

　　第六章比較《景德傳燈錄》與《祖堂集》二本禪宗語錄。這二本性質相近，成書年代只差 50 年。探討二書內部的疑問句與疑問詞的運用的同異處？由其不同處，可看出漢語語言在短短 50 年裏的改變。

　　第七章是本文的結論。為前面六章的討論作一總結。並且討論《景德傳燈錄》還能再拓展研究的空間。筆者認為《景德傳燈錄》代表北宋初期的南方語言，這可以現代南方方語來做比較，探討句法、詞語的使用差異，如此對比，對漢語史的補充將可更完整。

　　以上就是本文的章節安排的大致情形。

第三節　《景德傳燈錄》概況

　　《景德傳燈錄》是北宋初年的一本禪宗語錄，是用當時的白話語體文所寫成的，因此其價值不僅在於是參禪學道之重要指南，更本是記錄北宋初期語言的珍貴書籍。

　　在語言學的研究上，對《景德傳燈錄》書有著不同於禪學思想的眼光。這是本記錄白話資料的語錄，如果經過整理，相信一定能呈現某種程度的北宋時期語言狀況。

　　近年因晚唐五代的《祖堂集》重現，所以轉移了對《景德傳燈錄》的重視。然而不應是出現新資料，就抹煞舊語料，二書的價值不是此盛彼衰，而是具相同的地位的。

　　在探討《景德傳燈錄》的語言現象之前，必須先認識《景德傳燈錄》的相關問題，如作者、著書年代與經過、版本與內容、書中語言的初步分析與此書在禪宗語錄的地位問題。

一、作者與成書

（一）作　者

　　關於《景德傳燈錄》的作者問題，歷來有二說：一為道原、另一為拱辰〔註3〕。經由陳垣的論證，證實拱辰之說為謬〔註4〕，《景德傳燈錄》的作者應是

〔註3〕拱辰說見於《景德傳燈錄》延祐本鄭昂跋：「《景德傳燈錄》本住湖州鐵觀音院僧拱辰撰。書成將遊京師投進，途中一僧同舟，因出示之，一夕其僧負之而走，及至都，則道原已進而被賞矣。」

道原。

道原又是何許人也？以下引數段文字解之：

《景德傳燈錄》楊億序云：

> 有東吳僧道原者，冥心禪悅，索隱空宗，披奕世之祖圖，采諸
> 方之語錄，次序其源派，錯綜其辭句。……目之曰「景德傳燈錄」。

《天聖廣燈錄》卷27云〔註5〕：

> 蘇州承天永安道原禪師。僧問：「如果是佛？」師曰：「咄！這
> 㽝陀羅！」曰：「學人初機，乞師方便。」師曰：「汝問什麼？」曰：
> 「問佛。」師曰：「咄！這㽝陀羅！」

《傳宗正法記》卷八〔註6〕，記韶國禪師法嗣51人，最末有蘇州承天道原
之名。道原師承天台山德韶，《景德傳燈錄》卷25記天台德韶於宋太祖開寶五
年示寂（西元927年），年八十二，道原當生於五代之時〔註7〕。陳垣曰：

> 道原為天台韶國師之嗣，法眼清涼文益之孫，故本書（《景德傳
> 燈錄》）記青原諸宗特詳。〔註8〕

由這些資料可知而道原正是法眼宗僧侶，活動地點在東吳蘇州承天永安院。生
卒年不詳，約生於五代之時。他的法承傳系為：

金陵清涼文益→天台山德韶→蘇州承天道原

（二）成書年代及經過

《景德傳燈錄》，書名「景德」，是北宋宋真宗（趙恆）的年號，真宗在
位十年，第七至十年的年號即是「景德」（西元1004～1007）。「傳燈錄」意為

〔註4〕陳垣言拱辰說之無稽也，其理由為：「今以拱辰之世系考之，拱辰者，金山曇穎之
嗣，李遵勗之姪禪師也。……《景德錄》十三、《正宗記》八、記臨濟之嗣，皆止
於拱辰之前二代，尚未有金山穎之名，拱辰更無論矣。」再以世系傳承看，道原之
師卒於宋太祖開寶五年，年82。拱辰之師卒於嘉祐五年。年72，二人相去凡89年，
怎可能二人同舟相遇？因此鄭昂之說實為錯誤。

〔註5〕見《天聖廣燈錄》頁607。

〔註6〕見大正51，頁753。

〔註7〕見陳垣《中國佛教史籍概論》，頁97。

〔註8〕見陳垣《中國佛教史籍概論》，頁93。

燈能照暗，禪宗以法傳人，猶如傳燈，燈燈相續，故名《景德傳燈錄》。

　　因為作者道原的生卒年無法確定，因而此書成書於何時，亦無確切的記錄。王隨是宋仁宗時代人，距《景德傳燈錄》時代不過 50 年左右。《傳燈玉英集》有 15 卷，即是從《景德傳燈錄》30 卷刪減而成的。他編的《傳燈玉英集》書末的自序云：

> 真宗文明武定章聖元孝皇帝，在宥之九載，有江吳僧道原，採
> 七佛而下暨歷世高賢尊宿言句，編成傳燈錄三十軸，詣闕進焉，尋
> 詔名臣刊修臻畢，遂成鉅作，模印頒行。〔註9〕

這段話紀錄了《景德傳燈錄》是真宗在位第九年所上呈，第九年即是景德三年。後由大臣奉詔修訂。楊億的《景德傳燈錄》序云：

> 皇上為佛法之外護，嘉釋子之勤業，載懷重慎，思致遠久，乃
> 詔翰林學士左司諫知制誥臣楊億、兵部員外郎李維、太常丞臣王曙
> 等同加刊削，俾之裁定。

由此可知，奉詔修書的人有楊億、李維、王曙等人。修書時代有多長？楊億在序中有云：「汔茲周歲，方遂終篇。」此次修書花了一年的時間。換句話說，楊億修完此書時，應當是景德四年了。

　　討論到這裏，雖然無法得知原著書的確切時間，不過猜測應是離景德年間不遠。不過可確定的是此書於景德年間上呈，後由大臣楊億等人刊削，再流通於世。

　　至於楊億對道原原著的《景德傳燈錄》刪改情況有多大，這是語言學者相當關切的問題。在楊億的自序言：

> 其有標錄事緣，縷軌詳跡，或辭條之紛糾，或言筌之猥俗，並
> 從刊削，俾之論實。至有儒臣居士之問答，爵位姓氏之著明，校對
> 歷以恕殊，約史籍而差謬，咸用刪去，以資傳信。

對於粗俗的言語、錯亂的資料，楊億均將之改正。有些文句「若別加潤色，失其指歸。……如此之類，仍悉其舊。」對於語言的資料是否正確是最重要的，因此在本文第六章比較《景德傳燈錄》與《祖堂集》之後，發覺經楊億修改的

〔註9〕見《傳燈玉英集》後序，頁 184，新文豐書局，民國 82 年 5 月出版。

《景德傳燈錄》與未經更動的《祖堂集》，二者相去有限，因此，相信楊億的更動幅度不至於太大。

二、版本與內容

《景德傳燈錄》流行甚廣，又被大藏經所輯入，還有民間刻本，其版本主要是這二方面。而書中內容，同樣分成正文與附錄二方面。

（一）版　本

《景德傳燈錄》於景德年間上呈，經翰林學士楊億作序，曾入藏刊行。因為《景德傳燈錄》是參禪的重要書籍，故在民間流傳亦為廣泛。《景德傳燈錄》便有藏經本和單刻本二種版本〔註10〕。

1. 藏經本

蔡運辰所撰《二十五種藏經目錄對照考釋》提到收有《景德傳燈錄》的歷代大藏經有 13 種〔註11〕，包含中國的宋、金、元、清藏本，及日本的多種大藏經版本。

歷代的大藏經幾乎都錄有《景德傳燈錄》。陳垣曰：「元、明、清藏著錄，麗藏缺。」〔註12〕然而現今可見最早收有《景德傳燈錄》的大藏經是宋神宗時的《崇寧萬壽大藏經》，這可補陳垣所說之不足。

2. 單刻本〔註13〕

《景德傳燈錄》在民間流傳甚廣，坊間刊刻的版本還不少，以宋刊本和現

〔註10〕關於《景德傳燈錄》的版本問題，蔡榮婷（1984）所撰的《景德傳燈錄之研究——以禪師啟悟弟子之方法為中心》，政大中文所碩士論文，其論文的第二章介紹實為詳細。

〔註11〕這 13 種藏經目錄為：崇寧萬壽大藏經目錄、毘盧大藏經目錄、杭州路餘杭縣白雲宗南山大普寧寺大藏經目錄、至元重編蹟沙大藏經目錄、天寧寺大藏經目錄、大明三藏聖教南藏目錄、大明三藏聖教北藏目錄、嘉興大藏經及續藏又續藏目錄、大清三藏聖教目錄、大日本校訂縮刻大藏經目錄、頻伽精舍校勘大藏經目錄、大日本校訂藏經及續藏經目錄、大正新修大藏經目錄。見蔡運辰所撰《二十五種藏經目錄對照考釋》卷上，237 頁。中華佛教文化館出版，民國 72 年。

〔註12〕見《中國佛教史籍概論》，頁 91。

〔註13〕本部分整理自蔡榮婷（1984）碩士論文，頁 22～26。

今流傳的版本為敘述重點。

　　宋刊本中鐵琴銅劍樓所藏的本子，後被《四部叢刊》三編影印收錄〔註14〕。
然而由書中夾注可知，雖非原本，但大體無誤。因宋代刻本對原書有差誤者並
不加改原文，僅加附注以說明。

　　宋代刊刻《景德傳燈錄》之風盛行，另有宋刊本「廬山穩庵古冊」，這是湖
州道場禪幽庵覆刻的祖本，即為元延祐本的底本。

　　《景德傳燈錄》除宋刻本外，元、明二代亦有刊行本。在現今流行於坊間
的是新文豐書局所印行的本子，此書末有「普慧大藏經刊行」的字樣。

　　釋圓普在〈民國增修大藏經概述〉文中〔註15〕言《景德傳燈錄》：

　　　　宋道原禪師纂。此書向未精校。茲據鐵琴銅劍樓所藏宋本及金

　　　　藏之傳燈玉英集，詳加校勘，並參宋磧沙、元延祐、明徑山、清龍

　　　　藏本，匯其異同，可謂集傳燈錄異本之大成。

以圓普此段話，與新文豐出版的《景德傳燈錄》比較，二者是一致的。所以
蔡榮婷（1984：22）說：「故疑『普慧大藏經刊行會』實則會址設於上海吉安
路法藏寺之『民國增修大藏經會』。」而這版本是歷來校勘最精者，集異本之
大成，是故本文採取新文豐書局所印行的《景德傳燈錄》。

（二）內　容

　　《景德傳燈錄》全書的正文共有三十卷，另外有附在書前後的序跋和表，
有七篇。關於《景德傳燈錄》的內容介紹，就分正文和附錄二部份來說明。

1. 正　文

　　《景德傳燈錄》的正文共三十卷，內容以記錄禪師的生平事蹟，以對話為
主。明代智旭的《閱藏知律》卷42言《景德傳燈錄》：

　　　　先敘七佛并偈，始自摩訶迦葉，終於南岳第九世，青原第十一

　　　　世，共祖師一千七百十二人。內九百五十四人，有語見錄。餘七百

　　　　五十八人，但存名字。盡二十六卷。

〔註14〕見《中國佛教史籍概論》，頁 95。陳垣以「西來年表」是根據《傳宗正法記》，而
　　　　《傳宗正法記》成書於宋仁宗時，又此表之紀年與《資治通鑑》同，異於《冊府
　　　　元龜》。所以說非道原、楊億舊本。

〔註15〕見《大藏經研究彙編》一書，張曼濤主編，大乘文化出版，頁318。

　　　　寶誌、善慧、南岳、天台、僧伽、萬迴、豐干、寒山、拾得、

　　布袋十人，及諸方雜舉徵拈代別語一卷。南陽大寂，乃至法眼等十

　　二人廣語一卷。讚、頌、偈、詩一卷。銘、記、箴、歌一卷。

所記錄的內容與今日的《景德傳燈錄》相符。書中記錄禪師名字有 1712 人，有語錄者只有 954 人。每個禪師的篇幅或多或少，並不一致。這或許與禪師本身的名望有關。《景德傳燈錄》的正文三十卷可分成四個部份：

（1）卷一、二：

敘述西天七佛和天竺祖師，自釋迦牟尼至般若多羅，共 27 祖。

（2）卷三到卷五：

敘述天竺第二十八祖，尊為東土初祖的菩提達磨，後傳慧可、僧璨、道信、弘忍、慧能，是為禪宗東土六代祖師，及其旁出法嗣。

（3）卷六至二十六：

是六祖惠能以下，以南嶽懷讓和青原行思為二主軸。南嶽系到第九世，青原系到第十一世。由於道原是法眼宗僧侶，所以對青原系的記載多於南嶽系，尤其對青原系、法眼宗的記述更為詳盡。

（4）卷二十七至三十：

這屬本書的附錄。卷 27 記載「禪門達者，雖不出世有名於時」的禪師語句。卷 28 是「諸方廣語」。卷 29 是「讚頌偈詩」而卷 30 則是「銘記箴歌」。

由此分布情況看來，1～26 卷是正文中的正文，27～30 則是似附錄的部分。道原在撰寫時，是以時代先後次序排列，次序井然，師承清楚。

2. 附　錄

本書的附錄共七篇。包括書前有二篇序、一篇表。書末四篇文章。茲分述於下。

（1）「《景德傳燈錄》序」，北宋楊億撰。

楊億在此文中對《景德傳燈錄》的成書有深入的說解，敘述奉詔成書的經過。

（2）「重刊《景德傳燈錄》狀」，元延祐年間希渭撰。

這是元代延祐年間，和尚希渭得到《景德傳燈錄》的舊本，加以翻刻，而補述之文。

（3）西來年表。

起自南齊高帝（西元 479 年）至隋恭帝（西元 617 年），以述說帝王世系為主。這是明藏本所無，這也是後來翻刻者所加的。

（4）「楊文公寄李納內翰述師承書」，北宋楊億撰。

楊億寄給李維的一封信，自述其師承，可知楊億曾問學於臨濟宗之門，與禪學頗有淵源。

（5）〈跋〉，南宋鄭昂的跋。

鄭昂在此跋中曾經提到，《景德傳燈錄》是湖州和尚拱辰所作，然這已被證實是錯誤的說法。

（6）〈疏〉，天童宏智和尚的疏。

這篇疏以發揮禪理為主，對於《景德傳燈錄》則無所著墨。

（7）「《景德傳燈錄》後序」，南宋劉裴撰。

這篇後序交代《景德傳燈錄》一書，在南宋時代的流行與翻印狀況。此外《景德傳燈錄》書前的目錄，亦為劉裴所編。

前述（1）到（3）篇是位在書前，（4）到（7）篇是在書末。在這些文章裏，從中可知《景德傳燈錄》的相關問題，如作者、成書經過以及流行的盛況等等。這些附錄文章並不是成書當時即撰成，而是後人逐漸加上去，所以不是每個版本都具有。

除了書前後的附錄外，書中亦有篇附錄〈黃蘗傳心法要〉，位在正文第九卷末，為河東裴休所集。

再者，在書中文句後有夾注，有些是楊億所加、有些是希渭翻刻所加，值得慶幸的是，這些注文、附錄與正文分別清楚，不會混淆，造成書本體例上的錯誤。這是本書所記錄的語言值得信賴的原因。

三、語料分析

《景德傳燈錄》的語言從哪裡來？書中三十卷的呈現情況如何？這是在進入語言現象的探討前，應該要先了解的。

蔡榮婷（1984：27～32）言：

> 綜合上述，知道採用的材料應有《寶林傳》、《聖胄集》、《續寶

林傳》、《祖堂集》等記載禪宗初期事蹟的史料。若依陳垣之說，則本書的主要材料來自於《寶林傳》。

道原在撰述在他之前的禪師語言時，不可能親聞，必定是參閱相當的史料。這些經過參閱史料而寫成的文句，極可能有很多抄襲的部分，是故在探討《景德傳燈錄》書中所使用的語言時，其資料來源問題是應注意的。

以下以《景德傳燈錄》內容所載的資料來分析：

第 1、2 卷，記載的是西天諸佛的言語，這些文句道原不可能親聞其言，必定是參考禪宗史料典籍。如此寫下的篇章，其口語化程度想必不深。

卷 3 至 5，時代在道原前的禪宗祖師及諸法師們的語句，道原也會參考晚唐五代的禪宗語錄而寫出的。這些語句應有相當成份是沿襲晚唐五代的禪宗典籍，如《六祖壇經》等書。

卷 6 到 26，記錄的是六祖以後各宗門禪師的對話，依世系傳承撰寫。這中間的二十卷是最能反應宋代語言的，此部份的語言傳承自上古的句型或詞語最少，形式最為靈活，因此這二十卷是《景德傳燈錄》記錄宋初語言最珍貴的部份。

第 27、28 卷是非禪門的高僧言語和諸方廣語，還是以語錄方式記載。到了第 29 和 30 二卷，文體轉作偈頌、詩歌。這二卷的語言在反映口語的程度是稍微不足的，因此將之列為輔助資料。這是因體裁而異，是記錄對話的文，比起唱的詩歌，所保存的口語成份多些。

在探討《景德傳燈錄》所呈現的語言時，會發現新的語言現象集中出現在 6～26 卷部份，會產生這種情況，並不是沒有原因的。所以，本文在討論《景德傳燈錄》的語言時，資料是從全書採擷而來，但以中間 20 卷（6～26）為重。

依其所記載的內容，可以判定道原所採集的材料管道應是多元的。道原廣泛的收集各項資料，再以當時流行通用的語言撰寫，以達普及佛法教育的目的。然而，由於資料的來源有差異，當然多少會影響到道原的撰述，所以在語言學的研究上，首要區別出語料的年代及真實性，才能考核出能真正代表當時語言的狀況。

但是，換個角度觀察，在道原整理這些史料再重新寫出的歷程中，語言的細微差異，不自覺中顯現在書中的字句裏，成為一彌足珍貴的線索。如果把這

本書的語言現象與前代語錄作比較，那麼語言演變的痕跡就出現了，整理這些痕跡過後，即能架構出漢語的發展過程，而這是相當有意義的。

四、在禪宗語錄的地位

禪師們著錄言行而撰成書籍，是為語錄。禪宗語錄分為別集和總集二大類。別集是單個禪師的言行記錄，通常是由弟子所編輯記載成的。這類現存的比較多。其中以《六祖壇經》、《神會語錄》為代表。總集是匯編多個禪師言行而成的語錄，書本收錄廣狹不一，其中以《景德傳燈錄》、《五燈會元》最為重要。

禪門著錄言行之風氣，始自唐代的《六祖壇經》，是六祖慧能（西元 638～713 年）說法的記錄。此風既出，遂在世間盛行起來，影響所及，不僅是禪門紛紛撰述語錄文章，唐宋兩代，語錄之書特多，連儒家學者起而也效尤，如《二程語錄》、《朱子語錄》等。

不過，凡文體盛行之曰久，即易產生抄襲的缺失。語錄體裁應是忠實地記錄日用語言，然傳衍多代之後，後人遂以某句法某用語為固定，不再真實地以對話為主。所以會有無法反映真實語言的狀況。蔣紹愚（1996：22）說：

> 元明以後，禪宗語錄雖然繼續出現，但語言已經格式化，不宜用作研究近代漢語的材料了。

若以元明時代的禪宗語錄，和唐宋的語錄作比對，會發現前者抄襲後者之處太多，但是時代已相距數百年，語言不可能一成不變，是故時代愈晚的禪宗語錄，其價值就愈低。

以語言學研究角度來看禪宗語錄，唐宋之際的語錄的研究意義是最高的。而《景德傳燈錄》正是這時期的代表作品，《五燈會元》是以五本語錄（《景德傳燈錄》、《天聖廣燈錄》、《建中靖國續燈錄》、《聯燈會要》、《嘉泰普燈錄》）為底本，去其重複而得，其價值已不如《景德傳燈錄》。

而能與《景德傳燈錄》的語言研究價值相抗衡的，就只有近年再度問世的《祖堂集》，此二書有相等的語言地位，所以在本書的第六章，將對二書所呈現的語言現象作一比較。

以語言方面來說，《景德傳燈錄》在禪宗語錄的地位，是居翹楚的。二本重要語錄中，《祖堂集》的研究已具規模，《景德傳燈錄》的研究卻受忽視。如此

看待是《景德傳燈錄》實是錯誤，因此，這是本文挑選《景德傳燈錄》作為研究對象的原因。應重新重視《景德傳燈錄》在語言學的意義才是。

第四節　前人研究成果探討

探討與「《景德傳燈錄》疑問句研究」有關的現階段學術界研究成果，是包含禪宗語言的研究成果和《景德傳燈錄》的研究成果二個層面。此外，在本節最後，還補充敘述本論文預計呈現的成果。

一、禪宗語言的研究成果

禪宗的研究分義理與語言二方面，以語言角度言，偏重在歷代語錄上，尤以唐至宋初的口語語錄最受青睞。所以，探討中古漢語和近代漢語時，禪宗語錄是最重要而基本的資料來源。學界對於禪宗語言的研究逐漸拓展，從詞彙意義的探究，到語法句式的分析，都有相當的成就。

詞彙方面，解釋詞彙的意義，或是詞語的運用，當中以虛詞的探討最為熱烈。虛詞雖是一個不具具體意義的詞，但它對句子來說，卻是不可或缺的。從虛詞的運用，可以探討出近代漢語不同於其他時代的特色。

語法方面，討論的是語料所呈現的語句結構，包含疑問句、被動句、述補句、得字句、完成貌句式……等等，從這些特殊語法句型的結構特點，可以補充漢語語法的歷史演變。

以下列出和禪宗語言有關，且已成學位論文或專書的成果：

1. 張美蘭，《禪宗語言概論》，五南圖書出版有限公司，民 87.4。
2. 王錦慧，《敦煌變文與祖堂集疑問句比較研究》，台灣師大國研所博士論文，民 86.4。
3. 周碧香，《祖堂集句法研究》，中正大學中文所博士論文，民 89.6。
4. 郭維茹，《句末助詞「來」、「去」：禪宗語錄之情態體系研究》，台灣大學中文所碩士論文，民 89.6。
5. 王文杰，《六祖壇經虛詞研究》，中正大學中文所碩士論文，民 90.1。

他們體認到禪宗語言的重要性，而分別對禪宗語言的現象深入研討。以下分述其文特點。

張美蘭的《禪宗語言概論》專門探討禪宗的詞彙和句法。其書首章先是概

論禪宗語言的特性，包含表達方式、主要內容、及非語言的表達手法等。再進入禪宗的詞彙，論及詞綴、動量詞、形容詞的重疊、數詞、疑問詞等。末章是句法，以否定句和疑問句為探討重點。

此書深入簡出，對於推廣禪宗語言研究的功勞甚偉。此書名為概論，亦即本書的廣度大於深度，是本適合接觸禪宗語言的入門好書。不過，相信對作者而言，寫作動機是欲藉以喚醒大眾對禪宗語言的認識，因此研究上，深度自然會稍為不足。

王錦慧與周碧香所撰二本都是博士論文，王錦慧碩士論文撰寫的是《敦煌變文語法研究》，她的博士論文是在碩士論文的基礎上架構而出的，把敦煌變文與禪宗語言的疑問句作比較，她選擇的禪宗語料是晚唐的《祖堂集》。

二本語料，同在唐代，但時間先後、地域南北則有差異，她想呈現的是在中古時期的疑問句使用狀況。經由分析四種疑問句型及疑問詞語，閱讀此論文，對於了解唐代的疑問句使用情形，的確有極大的幫助。不過，只以唐代為主，對於宋代時期的疑問句，並非此論文的探討範圍，所以才有本論文論題的提出。

周碧香的論文專對《祖堂集》而寫，把《祖堂集》六項句式逐項分析，包含被動句、處置句、判斷句、疑問句、述補句、完成句式。這可說對《祖堂集》的句式結構，有更全面而完整的解析，不再偏限某一句型。只是，專以某本語錄來研究，是稍有不足的，無法窺見當時的預言呈現，與語言的變化情況。

所以，本論文會選擇《景德傳燈錄》作為研究對象，是期待以前人的研究為基礎，把研究點擴大為面，如同建造一間語法學的方屋般，為近代漢語的專書研究、及共時歷時的研究，添加上一塊磚頭。

郭維茹和王文杰的論文，偏重於虛詞的研究。郭維茹討論句末助詞「來、去」，表示以說話者位置為絕對參照的空間概念，相應於時制語言以說話時間區分過去、現在、未來的時間概念，這反映了漢語身為情態語言「位」觀念特別發達的事實。但在唐宋時期的禪宗語錄發現許多「來、去」作為句末助詞，已經沒有具體的趨向義，而是一種句法標記。

王文杰的《六祖壇經虛詞研究》，將所有《六祖壇經》的虛詞分類，有嘆詞、連詞、介詞、助詞等分項目討論。把每個虛詞在句式的用法、次數作詳盡的介紹。

這二本論文著重於詞方面，對語法學的研究，有著不可抹滅的貢獻。只是所探討的範圍以詞為限，對於句式提到的部分並不多。這是還可以拓展發揮的地方。

除以上專書與博碩士論文之外，尚有許多發表在期刊的單篇論文，但期刊篇幅受限制，只能有點的推出，不易有全面性的顧及。

若以期刊來觀察，發現現今的研究範圍多在於《祖堂集》與《五燈會元》，反到是居二書中介點的《景德傳燈錄》乏人問津。這是十分奇特的現象。

另外，在探討近代漢語語言現象的文章，也時常會引用到禪宗的語言資料，當中以《祖堂集》為多，其次是《景德傳燈錄》。大部分的專書、論文與期刊，都以《祖堂集》的資料為主，卻忽略時代只相距五十年的《景德傳燈錄》。

歸結今日的禪宗語言研究，最大的遺憾在於不夠全面。以禪宗語言的角度來看，每本語錄都有其價值，不應該單獨著重某一本，這樣對語言學的研究是十分可惜的。

二、《景德傳燈錄》的研究成果

關於《景德傳燈錄》的研究成果，在台灣的學位論文，有蔡榮婷 1984 年的《景德傳燈錄之研究》（政大中文所碩士論文）與 2000 年黃連忠的《禪宗公案體用思想研究──以景德傳燈錄為中心》（台灣師大國文所博士論文）。

然而《景德傳燈錄》的研究，有義理和語言二個角度。上述二本的研究是屬於佛學義理方面，探討佛學禪理在《景德傳燈錄》的表現，這是與語言學無關。

目前可見關於《景德傳燈錄》的語言學方面的研究，只有一些單篇論文：

1. 呂叔湘〈釋景德傳燈錄裏中的「在」、「著」兩助詞〉1956.6
2. 祖生利〈景德傳燈錄的三種複音詞研究〉《古漢語研究》1996：4
3. 具熙卿〈五燈會元、碧巖集、景德傳燈錄中所見被字句分析〉《中文研究學報》1999.6

呂叔湘可說是最早注意到《景德傳燈錄》在語言學價值的學者，所以在1956 年，就針對《景德傳燈錄》的兩個助詞提出討論。不過學界似乎未注意到《景德傳燈錄》的價值，沉寂多年後，才有相關論文發表，這實為可惜。

祖生利討論的是《景德傳燈錄》的詞彙，具熙卿則以被字句為主，各有論

點提出。不過畢竟期刊篇幅有限，顧及層面會稍微不足。因此，若有專書的統整，應該會比較全面完整。

從這幾篇期刊論文，可見學者已經注意到《景德傳燈錄》在語言方面的意義，所以有研究點的推出。還有《俗語言研究》這份期刊，有幾篇關於《景德傳燈錄》語言的探討。總合地看，研究並不普及。

大陸學者張華為佛光山編撰白話版的《景德傳燈錄》時，認為此書有二個突出性的成就：

> 其一，本書撰成於禪宗信仰完全成熟的時代。……這種按傳法
> 世次的記載分皺統和旁出的方法，影響了後來燈錄體的製作。……
> 其二，本書以記載歷代禪師的機緣語句為主要內容，……直接採用
> 記載口頭語言的語錄加以撰述。〔註16〕

能從佛學義理、語言學這二個方面來看《景德傳燈錄》的價值，這或許是比較全面的評價吧。

《景德傳燈錄》具備佛理與語言兩方面的價值，今日在閱讀《景德傳燈錄》之時，除了欣喜於禪師們富於機鋒的言論外，還能對於此書所呈現的北宋初期語言的風貌感到珍貴，這才是正確面對這本《景德傳燈錄》的價值。

《景德傳燈錄》能呈現相當部份的北宋初期口語，本文對《景德傳燈錄》剖析之後，期待能對北宋初期語言，能有具體的陳述。能有具體的陳述後，再與前後歷時的語言對照，就可對語言、語法的變遷更加了解。

一般人對語言的使用，往往是知其然，而不知其所以然。在了解語言的演變歷史後，相信對現在日常運用的語言就更加熟悉，對於語言的掌握度也會隨之更高。在各種語言的轉換教學上，也會更輕鬆自在。

〔註16〕見張華釋譯《景德傳燈錄》，頁 15～16。佛光出版社。1997 年。

第二章　漢語疑問句類型

　　本章討論偏重於句子的觀念分析，這方面的研究，以現代漢語最具成果。因此本文所引述的論證，多是現代漢語的理論。漢語是傳承而來的，具深厚的傳承關係。現代漢語的基本理念，相信可同證於現代漢語的前身——近代漢語身上。

　　關於漢語疑問句，有幾個層面必須有些認識。以下分三節描述這些問題。

　　第一節把漢語所有的句子，依語氣分類，分為四類：陳述句、疑問句、祈使句、感嘆句。依結構分，句子則有六項結構：主語、述語、賓語、定語、狀語、補語。再以六項為依據，衍生出漢語各種分類方式。

　　第二節探討漢語疑問句的特點，與英、日語言的不同處，是在漢語疑問句缺乏能分別疑問句與陳述句不同的「概括性疑問標誌」，亦即具疑問詞的句子不一定是疑問句。另外，再分析疑問句的構成條件——疑問焦點，就其意義與呈現方式二方面著手。

　　第三節則是疑問句的分類，雖然各家分法不盡相同，但是可歸結出四種句型：特指問句、是非問句、選擇問句，正反問句。以這四句型來分類《景德傳燈錄》的疑問句，並且先概述其使用數據。

第一節　漢語的句子分類

　　今日想對疑問句作番剖析，基礎的句子分類是必須先建立的。了解疑問句

在整個漢語句子的地位之後，再循序漸進地分析疑問句的種類與特點。

王力（1943：64）說：「凡完整而獨立的語言單位稱為句子。」字構成詞，詞構成句子，這是句子的基本組成單位。每個句子的長短不一，結構有簡有繁，彈性靈活。

欲分類所有的漢語句子，可根據的標準有二：一是「語氣表達」、另一是「句法結構」〔註1〕。從語氣表達分類，可分為：陳述句、疑問句、祈使句、感嘆句。從句法結構拆解，則有：主語、賓語、述語、定語、狀語、補語等六大元件。

一、依語氣表達分類

任何句子都有一定的語氣，視句子的功用而定。語氣的表達有不同手段，可以藉助語調的升降、語速的快慢來表達。也可以用語氣詞來輔助，不同的語氣各有專屬的語氣詞。不過，句子並不是一定依賴語調或語氣詞，才能表達語氣的。主要還是依據句子的意義來辨別。

「語氣表達」是把整個句子視為一體，從語用的功能來談。清末的《馬氏文通》將所有句子分為「傳信」和「傳疑」兩類。這正是依據語氣所作的分類。

何樂士（1992：845）依語用層次，將句子分為四類：

> 各種句子都有其不同的作用，不同的作用往往通過不同的語氣來表達。在現代，我們在研究句子語氣的同時往往離不開對句子語調的考察，……依照句子所表現的語氣，可以分為陳述、疑問、祈使、感嘆四大類。

邢福義（1993：99）有同樣的看法：

> 陳述句、疑問句、祈使句、感嘆句，是單句的語氣詞。……各類語氣句型都帶有特定的語氣，各種語氣往往都可以用語氣詞表達出來。

大致來說，學界對於分類的結果，已取得相當共識。均是以這四類為主，最多只是名稱上的不同罷了〔註2〕。

〔註1〕刑福義（1993：97）言：「單句可以從結構和語氣兩個角度分類。」

〔註2〕如鄭良偉（1997：361）把這四類稱為：述說句、疑問句、請求句、感嘆句。

以語氣表達來分類句子，可得四類，疑問句是其中的一項。這四類句子的內容，張斌（1998：32）言：

> 陳述句和感嘆句是使信息儲存的句子，疑問句和祈使句是要求
> 有信息反饋的句子。疑問句要求語言反饋，祈使句要求行為反饋。

這對四類句子再進一層的分析，不過，句子依語用而分類，這應是清楚而易分別的。

二、依句法結構分類

把句子當作組合玩具拆解，句子內部的字與詞就是一塊塊的積木。字詞在句子的扮演角色不同，有些是核心，有些是修飾成份，它們之間的互動關係也不同。所謂的句法結構，即在探討句子內部構成的種種的關係。

看似複雜，統整之後，卻有相當的條理。句子可以拆成六種詞語結構，分別定名為：主語、述語、賓語、定語、狀語、補語。其中的主語、述語、賓語是句子的主要成份。定語、狀語、補語是句子的修飾成份。

以這六個成份依不同的組合方式，形成不同結構的句子。許世瑛《中國文法講話》分為〔註3〕：

1. 敘事句：句式為「主語＋述語＋賓語」。
2. 表態句：句式為「主語＋謂語」。
3. 判斷句：句式結構為「主語＋是＋謂語」。
4. 有無句：其述語限定為「有、無」。其文法成份和敘事句同。

這是較傳統的分類方式。以句子結構來分類句子，其「著眼於句子成份的確定和結構方式的判別」和「著眼於句法彎構的層次切分」〔註4〕。

刑福義（1993：97）依「句式結構」來分類句子，則有：主謂句、動句、形容句、名句。他是以句子的核心來分類的，動句、形容句、名句屬非主謂句，與主謂句形成對句。而主謂句，正是漢語最重要的句式。

何樂士（1992：519）《古漢語語法及其發展》的分類，是依據謂語的構成：

〔註3〕依王力《中國現代語法》、呂叔湘《中國文法要略》、許世瑛《中國文法講話》的說法所分。

〔註4〕見范曉（1996：1～2）〈試論語法研究的三個層面〉一文。

1. 動詞謂語部分：包括動詞謂語的多項結構、述補結構、被動式。

2. 名詞謂語部份：包含名詞謂語句、判斷句。

3. 形容詞謂語部份：形容詞謂語句。

4. 主語謂語

5. 其他謂語

謂語可說是句子六大結構最重要的部份，其他五項結構都可以略去，只有謂語不能省略，因此，何樂士依謂語分類，是有其根據存在的。這是原則上的分類，由各類再沿伸出細項類型，即構造出漢語句子繽紛多彩的世界。

句子是由幾個方塊所組合成的，欲分析句子，就必須拆回原來的方塊，才能清楚其構造。

分類的依據不同，就會分出不同的項目，還沒有優劣問題，只要能統整所有漢語句子即可。各家分類雖有差異，但不論憑據是什麼，總脫離不了句子的六項結構（主述賓定狀補）。因此可說，依句式來分類句子，就是以六個結構來分析句子。

至此，已知疑問句在漢語句子的地位為何，是與陳述句、祈使句、感嘆句並列的。本文選擇《景德傳燈錄》的疑問句作為研究對象，是期待能對近代時期的疑問句，有較清楚的認識。

先將漢語句子分為為四類，挑出疑問句一類，再以「句式結構」分析句子，相信如此可對句子的剖析更為明白。依句法結構來分類句子，最大的優點是讓句子的結構清晰透明，對分析句子有極大的用處，這實是語法的基礎研究。

第二節　關於漢語疑問句

漢語的句子依語氣表達分為四類：陳述句、疑問句、祈使句、感嘆句。以下要進入漢語疑問句，與其他語言差異的特點討論；以及分析疑問句本身的構成條件。

一、漢語疑問句的特點

疑問句是有疑惑而問，導因於生活實際的需要。就漢語而言，其疑問也有不同於其他語言的問句之處，以下是鄭良偉（1997：360～361）的論述：

漢語的疑問有下面二個主要的特點：

　　1）沒有一個概括性的疑問句標誌。

　　2）英語的疑問標誌在動詞之前，日語的標誌「力」在句尾，各反映語言類型的特點。漢語的正反問句沒有固定位置。台語的正反問句序類型二種都有。

這段話主在說明漢語與英、日語等他國語言，最大的差別在「概括性的疑問標誌」。漢語的疑問詞「誰、什麼、多少……」等，出現在原來位置。但是疑問詞出現卻不一定代表疑問句，如「我不知道誰會來。」這與英語、日語不相同。

　　在英語裏，只要疑問句在動詞之前，或是助動詞在主語之前，就是疑問句。日文若句末有疑問助詞「力」，就可判斷為問句。漢語是缺乏這類「概括性的疑問標誌」。

　　亦即漢語句中有疑問詞，不一定就是疑問句，湯廷池說（1981：28～256）：

　　　國語疑問句還有下列幾種非疑問用法。在這些用法裏，疑問詞都不表疑問。（甲）任指用法（乙）虛指用法（丙）照應用法（丁）修辭問句用法（戊）感嘆用法（己）其他用法。

具疑問詞卻不是代表詢問、卻不是問句，這類問句在分辨上就不易區分。這類句子在本文的討論中，是把它們屏除的，既是沒有疑問意味，自然失去疑問句的功能，應歸入陳述句、祈使句、感嘆句才是。

　　鄭良偉的第二點說明漢語的正反問句和英、日語的語序不同，反而是閩南方言，具備漢語、及英日語雙重特點，即二種語序兼存有。這在本文第五章探討《景德傳燈錄》的正反問句時，再來比較討論。

二、疑問句構成條件——疑問焦點

　　明白疑問句在漢語的地位後，接著必須討論疑問句本身的構成要素，這是在進入疑問句的研究之前，首要釐清的觀念。

（一）疑問焦點的意義與範疇

　　問話者因有疑惑未解，而提出詢問，如此形成問句。若沒有任何的疑惑，只表達某一事實，那說出來的句子即成陳述句。沒有疑惑就不會有疑問句，

發問者的疑惑在句子的呈現即是「疑問焦點」，或稱「疑問域」。湯廷池（1981：221）說：

> 「問話」（question）是一種由說話者向聽話者請求反應的「非表意行為」。更精確的說，問話是屬於「央求」的一種行為，由「表明」與「提出央求」兩個基本概念而成。

疑問焦點正是疑問句迥異於其它句子的地方。說疑問句的疑惑是整個疑問句的重心，實不為過。那麼，「疑問焦點」有何特點呢？張伯江（1997：105）言：

> 問句的疑問域有大有小，最主要的是三種，分別為點、局部和整體。疑問域為一個點，就是特指問句所反應的事實。疑問域為一個包含析取關係的集合，就是選擇問句所反應的事實。疑問域為整個命題，就是廣義是非問句所反應的事實。

所謂的「點、局部、整體」是以句子來說，「點」在句中指一個詞；「局部」是句中一個部份，通常是某種固定句式。「整體」則是整個句子。

疑問焦點可說是疑問句最核心的部份，那麼疑問句除疑問焦點外，是否還存有其他構句的條件？關於這問題，若把疑問焦點與下列說法比對，即可視出疑問焦點是較高層次的概念，而下面所謂種種構成的條件，是疑問焦點不同形式的呈現。

陳妹金（1993：21）言構成疑問句的手段有：

> （1）語音手段：疑問語調。（2）詞匯手段：5WIH 為代表的疑問代詞、副詞。（3）句法手段：疑問結構（X 與不 X 的正反選擇；X，Y，的不同項選擇）、疑問語序、疑問語助詞。

陳妹金提到「疑問語序」的條件。這語序改變的運用，主要使用於英美語文，在漢語裏只有上古漢語或是仿古文句使用，在此不作討論。

她文中所言「疑問詞語」（代詞、語氣詞）、「疑問句型」（「X 不 X」、「（是）A 還是 B」），不正是疑問焦點落在詞語上、或是落在某一句型上的實證嗎？因此說，疑問焦點的探討，的確佔疑問句非常重要的關鍵。

而上升的疑問語調，也是疑問句的形成條件之一，不過它所佔的份量不重。語調可以充當輔助疑問語氣表達的工具，尤其在是非問句裏。然而在其他三類問句句型中，語調充其量只是輔助語氣的表達而已。

　　接著對疑問焦點與答話的關係再深一層探討。被詢問的人如何回答對方的問句？第一步，他必須要了對方詢問的事項為何，再依他的知識能力來作答。換句話說，他若不明白對方問句所詢問的核心在哪，他根本無法作答。疑問句的核心即在疑問焦點，答話人應針對疑問焦點所提作答，這才是正確的回答方式。

　　因此，答話的內容與疑問焦點的關係非常密切。以特指問句的問句為例來說明：

Question：你<u>什麼時候</u>上台北？

Answer：我<u>明天</u>上台北。

　　問句中的「什麼時候」即是疑問焦點所在，答話必須以此點作答，故回答「明天」。因此，分析疑問焦點不僅有助於對疑問句的討論，還能幫助掌握答問的方式。

　　疑問句自人類開始使用語言，就已產生，雖然歷經各年代、各地區不同的發展，但是其基本精神是始終不變的。不論何時代的問句，都有一個問話的中心，答話者就其疑問點來作回答，當然可以說，疑問句的疑問焦點是問句構成最根本的要素。

　　因此，以現代漢語作例證，是能推之而普及至近代漢語、甚至上古漢語。若各時期的疑問句有不同，應只是句型、詞語的變化，疑問焦點的精神是一直存在的。

（二）疑問焦點的呈現方式

　　疑問焦點在疑問句的使用情況，以點（詞語）、局部（句型）、整體三部分是下面分項探討的依據。

1. 疑問焦點落在詞語上

　　疑問焦點落在詞語上，這詞語主要以疑問代詞、疑問副詞、疑問語氣詞三項為主。三者之中，以疑問代詞的份量最重，這是特指問句的主要分辨標誌，而且是必要的構句條件。

　　是非問句的疑問點不明顯，然而若使用句末疑問語氣詞，對整個疑問語氣的表現相當有幫助，在是非問句的句中，是以疑問語氣詞與語調為協助疑問焦點呈現的方式。

整個歸納地說，疑問焦點落在詞語上，主要是特指問句與是非問句二種句型結構。就在詞語的運用上，表達了疑問的內涵。

2. 疑問焦點落在句型上

若疑問焦點範圍大些，就是指某一特定句型。藉由這固定形式，傳達疑問的訊息。「X 不 X？」是正反問句的句型，「（是）A？還是 B？」是選擇問句的標準句式。這二種問句的疑問焦點位在句型上，而不在詞語上。甚至這二種句型，連語氣詞都可以不使用，更找不出代替某詞語的疑問代詞了。

這二種問句相當類似，都為答者提供選擇的項目。正反問句是「X」與「不X」正反選項擇一，而選擇問句是「A」與「B」二項目選其一。答者不須回答新的事物，只須依事實就選項作選擇即可。疑問焦點落在句型上，指的即為正反問句和選擇問句二類。

3. 輔助條件——語調

疑問焦點是疑問句的疑問訊息負載處，它可以落在詞語或句型上，是屬疑問句構句的必要條件。至於疑問句構句有沒有輔助的條件，若有，應就是「語調」一項了。一般認為在疑問句句尾加上上揚的語調，這是普遍的使用情況。

不過，關於語調在問句的地位，討論者日多，見解亦趨多元。林裕文（1985：92）說：

> 當是非問句不用「嗎」時，疑問訊息才須靠句尾升高的句調來
> 負載，它才是表示疑問的形式標誌。

他認為疑問句的句調並不上揚，維持和陳述句相同。在不具疑問語氣詞的是非問句，才使用上升的句調，才是表疑問的形式標誌之一。

雖然學界對疑問句的句末語調是否上揚，尚未取得共識。然而，由上升語調的有無，對問句的影響力不大來判斷，疑問句的語調應不是負責疑問訊息的地方。

總結來說，疑問句的構成條件，是以疑問焦點為主。而其形式可以是點（詞語），部分（句型），或整體。不同的疑問焦點，形成不同的問句句型。

第三節　疑問句四種類型

疑問句的分類，是為研究疑問句著重要課題之一。由不同角度來看，或許會產生不同的觀點，這是學界對分類結果尚未取得一致看法的原因。而且各類的確切涵蓋範圍，也有差異，這是疑問句研究裏一項極待解決的問題。

統整各家對疑問句分類的看法，歸結出漢語疑問句，應有四種句型，分別是：特指問句、是非問句、選擇問句、正反問句。

一、疑問句四種句型〔註5〕

關於疑問句的分類問題，邵敬敏所撰〈關於疑問句的研究〉一文（1995：538～541）討論甚是詳細，以下整理列出此文要點，並以圖表呈現其分類結果。

一是根據疑問句內部小類的派生關係來分類，以呂叔湘為代表。特指問句和是非問句是基本句型。正反問句和選擇問句是從是非問句派生而來。

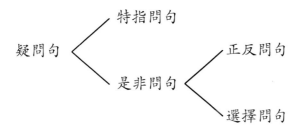

二是根據疑問句與陳述句之間的轉換關係來分類。以朱德熙為代表。將疑問句看成是由相應陳述句轉換出來的。

三是根據疑問句的結構形式特點來分類，以陸儉明、林裕文為代表。特指問句和選擇問句有二個共同點（由疑問形式構成、語氣詞用「呢」），與是非問句對立。

〔註5〕請見《語法研究入門》，頁536～557，邵敬敏的文章。此文把各家對疑問句的分類作很清楚的介紹。

四是根據疑問句的交際功能來分類，以范繼淹為代表。除特指問句外，其他問句的答問都是一種選擇。

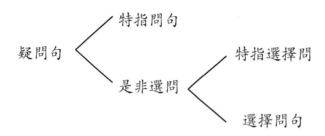

上述是邵敬敏所整理的結果，可看出各家的看法差異很大。然而，仔細對照後，發現分類依據雖然不同，但是幾乎都是特指問句、是非問句、選擇問句、正反問句四類，只有各類的範圍大小、關係親疏的差別而已。

以上四種見解中，呂叔湘（1985：241）以句子特點來分類，這理由是讓人較為信服的。他說特指問句與是非問句是問句的基本句型，二者差別在具不具有疑問詞（特指問句有，是非問句無），以及回答的方式（是非問句用對不對回答，特指問句卻不行）。而選擇問句與正反問句是由二個是非問句合併而成的。

因為特指問句與其他三類問句，差異實在太大，不可能混為一談。反倒是其他三種問世的形式接近，界限常是不容易清楚劃分。故可知呂叔湘的分類方式是很合理的。

湯廷池（1981）〈國語疑問句的研究〉一文，同樣把疑問句分成這四類（特指問句、是非問句、選擇問句、正反問句）。雖然分類的依憑不同，他認為正反問句與選擇問句的關係相近。他（1981：232）曾說：「正反問句，可以說是國語裏一種很特殊的選擇問句。」雖和呂叔湘的見解稍有差異，但分成四類的意見，二人是一致的。

所以，我們贊成疑問句的基本句型是特指問句、是非問句。雖然明白正反問句、選擇問句二者與是非問句相近。但畢竟三者各有其句型特點，應各自獨立，不宜混淆。本文是以這四類問句作為討論的對象，不偏重某一類，四種問句的地位是相等的。

二、《景德傳燈錄》的疑問句類型

在探討《景德傳燈錄》裏的疑問句之前,先要說明為什麼單單選取疑問句,這是因為禪宗語言中疑問句是一大特點,變化豐富且數量又多。

(一)禪宗語言的特色──疑問句

一般來說,宗教意味著一種神聖的使命,有令人敬畏的感覺,其語言風格多為莊重,有古典感、抽象感。今日所見的佛經或是聖經,多是教導人們如何做人處世、看待生命。以書面的語言為主,其句式、修辭比較肅穆,雖有啟發人心的故事,但整體的感受並不是輕鬆愉悅的。

然而,禪宗語言卻是個例外,它一反傳統宗教語言的說教,破除了對佛典的迷信,直接指入人心,與日常生活融為一體,探索人的本性,強調簡明的頓悟與自我解脫。

禪宗這種風格反映在語言上,注重即興式的語言創作,任意發揮。導致禪宗語言語佛典有不同的語言風貌,而這活潑的味道,更受廣大民眾歡迎,一出即廣為流傳,盛行不衰。

張美蘭(1998:6)說:

> 我們閱讀禪宗語言時,到處可見其風趣高雅、理趣橫生的對話
> 藝術,妙語如珠,一問一答。其問語之奇,其答語之怪,應對機智,
> 遊戲三昧以求悟性。應該說禪宗語言是疑問句的大總匯。

禪宗語言特有的表達方式,是「問答對話體」。禪師們既以問答對話為開悟人心的重要媒介,學人與禪師的問道對答,其價值超過閱讀佛典,所以紀錄對談內容就變得非常重要,所以語錄所載的問答數量才會那麼可觀。

禪宗語錄是如此,《景德傳燈錄》也不例外,這本北宋初年的禪宗語錄,其語言風格正是十分活潑,而且保存極多唐宋口語的資料。其疑問句的運用上,有許多方向值得探討,深入視察的話,會有許多寶貴的發現,對於漢語語法的變化,能有較詳盡的補充。

(二)四種疑問句型分布數據

漢語疑問句總共有四種句型,本文即以這四種句型分類《景德傳燈錄》的疑問句,分別討論其用法與特點。以下列出四種問句的使用數據。

〈表 2-1   《景德傳燈錄》四種疑問句型數據分布〉

句 型	特指問句	是非問句	選擇問句	正反問句	總 計
數 量	6643	868	112	459	8082
比 例	82.2%	10.7%	1.4%	5.7%	100%

在《景德傳燈錄》全書中，總共使用 8082 句疑問句，其中以特指問句數量最多，佔全部的八成左右，以選擇問句最少，只有 1.4%。這裏先呈現數據，下面章節即進入各種問句的討論。

各章除了討論《景德傳燈錄》的疑問句型，與疑問詞語的使用情形外，再要探討《景德傳燈錄》疑問句在歷史上的定位如何，如此縱觀橫觀均具備，論述才會完整。

以下討論四種問句的次序是：特指問句、是非問句、選擇問句、正反問句。特指問句排首，放在第二章，是因為此句型與其他三種句型，有著極大的差異處，所以先行討論。

是非問句與選擇問句、正反問句相似點較多，所以三者的位置較接近。是非問句為基礎，因此放在選擇問句與正反問句之前，列為第四章。而選擇問句與正反問句，二者關係最密切，再加上使用次數是最少的，所以二者併入同一章，在第五章討論。

第三章 《景德傳燈錄》的特指問句

疑問句句型共分四種，凡有任何疑惑，舉凡問人、問事物、問時問地點、問數量等等，藉助的是特指問句才能得到所欲知的新訊息。特指問句在《景德傳燈錄》是使用次數有 6643 句之多，遠遠超過其他三句類。

本章在第一節先對特指問句的內容界說，說明疑問詞正是特指問句的疑問焦點所在，探索疑問詞的特性、句中位置、語詞間關係與詞形構造等。

再進入第二節句型分類與語氣詞運用的析解。特指問句句型分為六類：（1）問人（2）問事物（3）問情狀、原因、方式（4）問數量（5）問時間（6）問方所。接著分析特指問句句末所使用的語氣詞，出現次數與運用實況。

第三節討論形式特點——疑問詞，在《景德傳燈錄》的運用情形。疑問詞變化多樣，期待經由討論，能對疑問詞有較深入的了解。

第四節探討《景德傳燈錄》特指問句在歷史中的地位，當中以疑問詞最具時代性。疑問詞的複合形式變化多樣、疑問詞「那」的用法成熟與新生的疑問詞——「怎」等，是疑問詞在《景德傳燈錄》的指標性呈現。

第一節 特指問句界說

早在 1940 年代，呂叔湘（1941：285）就把疑問句分為二類：

> 問句分二類：（1）特指問句。我們對於事情的某一部份有疑

問。……（2）是非問句，我們的疑點不在這件事情的哪一部份而在這整個事情的正確性。

特指問句與是非問句是疑問句最基本的二種形態，特指問句是因未知而問，是非問句是對句子真實性有疑問。二者並列為問句的兩大系統，選擇問句、正反問句都是屬於是非問句的範疇。

呂叔湘（1985：241）言：「特指問句裏要用疑問句。」特指問句藉著疑問詞明確地指出疑問點所在，答者須對疑問詞來作回答。朱德熙（1982：202）單對特指問句的構句形成加以解釋，簡潔而清楚：

在相應的陳述句裏代入疑問詞語，加上疑問句調就變成了特指問句。特指問句後頭可以有語氣詞「呢」、「啊」，不能有「嗎」。

朱德熙所分析構成特指問句的項目有三：疑問詞語、疑問句調、語氣詞。然而，這三項所指確切的內容為何？是必要條件，還是輔助條件？在特指問句的地位孰輕孰重？這些相關問題是必須處理的。以下分別論述之：

一、疑問代詞

特指問句以疑問詞（或稱疑問指稱詞）來負載疑問焦點的功能。特指問句具備其他三種問句所缺乏的「疑問詞」，湯廷池相當重視這點，所以把特指問句稱作「疑問詞問句」，他（1981：235～236）說：

在疑問句裏含有疑問詞如：「誰、什麼、怎麼、怎麼樣、哪、多、幾、多少」等。這種問句不能以表同意或不同意的「（不）是、（不）對」回答，也沒有提出幾種可能性供回答的人作選擇，而必須由答話的人針對著疑問詞所詢問的事項提出特定的人、事物、時間、處所等來回答，所以又叫做「特殊問句」。

這段話不僅道出特指問句的內容定義，還提示了特指問句與其他三種問句的不同點。特指問句裏含有疑問詞，答者只須就疑問詞所問來回答對方欲知的新信息。答案受到問者的限制，若是問此答彼，並不算回答問句。而另三種問句是已有主觀想法在、或以並列選項提供選擇，均是以已知而求證實。

那麼疑問詞的內容所指為何？簡單扼要地說，它是相應陳述句的某一部份，只要是未知點，就可以用疑問詞替換。湯廷池（1981：268）認為問話的

人先預設狀況，如「有人拿走我的鋼筆。」，他才會有「誰拿走我的鋼筆？」的詢問。答話者必須就這個「變項」（誰）來作答，若說「沒有人拿走你的鋼筆」或是「某人拿走你的鋼筆。」這都不算回答這個問句。

下面舉例句用來對照比較，以視陳述句與疑問句對應之後的更動：

小王和小李上個月花費二百萬買一棟房子。

>>>　　誰和誰何時花多少錢買什麼東西？

比較陳述句與特指問句：陳述句可切割成幾個語義結構，每一個語義結構是一個單位，每一個單位有其相對應的疑問詞，若某單位是未知的，即可用相對應的疑問詞，形成特指問句，而這疑問詞部份就是特指問句的疑問焦點。

用「疑問詞」來統稱出現在特指問句裏的疑問點，事實上特指問句的疑問詞，只有疑問代詞，不包括疑問副詞與疑問語氣詞。在特指問句裏也會出現疑問副詞和疑問語氣詞，但它們卻不是特指問句中的疑問焦點所在。

這可由特指問句的成因來證明，特指問句是對某項語義單位不了解，所以用相應的疑問詞來代替，既是替代這語義單位，就有代詞的功能在，所以許多學者直接將在特指問句裏的疑問詞稱疑問代詞〔註1〕。因此在特指問句範疇裏，疑問詞和疑問代詞二者內容所指是相同的。

疑問詞既是如此重要，那麼應先探討疑問詞所具備的特點，前二項是疑問詞本身的特點，後三項是疑問詞在句子的特點，以下分五部份陳述。

（一）特性有三──專職、單義、來源不可考

這是漢語疑問詞不同於其他詞類的特性。朱慶之（1990：75）言：

> 就漢語而論，疑問詞一般都有專職、單義和來源不可確考的特
>
> 點。這就是說，疑問詞自成體系，專司其職，僅僅作為一種語法成
>
> 分。

除了少數中古的疑問詞外，專職、單義、來源不可考這三項是漢語疑問詞的特性。「專職」與「單義」表示疑問詞具特定的應用範圍與單一意義。這不只

〔註1〕直接以「疑問代詞」來稱特指問句疑問焦點的學者有：馮春田《近代漢語語法研究》、蔣冀騁和吳福祥《近代漢語語法綱要》、孫錫信《漢語語法歷史叢稿》……等人。

漢語如此，在英美語也相同。至於「來源不可考」，朱文（同上）指出如「誰、孰、何、幾」等疑問詞，經多方查考，人們至今無法知道疑問詞的來源。

但是在中古漢語裏卻有一些例外，有「如、為、所」三詞，朱慶之稱為「特殊疑問詞」。這些詞語其為疑問用法是有條件限制的，應該是分開討論才是。疑問詞與特殊疑問詞（如：若為）均存在於《景德傳燈錄》，形成《景德傳燈錄》繽紛多彩的疑問詞景象。

（二）詞綴變化

三個特性（專職、單義、來源不可考）是普遍存在於歷史上的疑問詞裏，然而在近代漢語這個階段中，疑問詞的詞形變化是別具時代特色，差異在於不同的詞彙結構加上詞綴，分別位在詞頭與詞尾：

1. 加詞頭「阿」

以《景德傳燈錄》為例，加在疑問詞前的詞頭是「阿」字，配合「誰」與「那箇」，就形成「阿誰」、「阿那箇」這特殊的詞彙形式，這是中古以至近代興盛的用法。「阿」為詞頭，不具實質意義，對整個句義亦不會有任何的影響。

2. 加詞尾「生」

除了加在詞頭的「阿」外，還有加在詞尾的「生」字。這「生」字自唐代以來，即廣泛地出現在詞尾，唐詩有「太瘦生」等詞〔註2〕。在宋初的《景德傳燈錄》裏，「生」字可加在疑問詞「怎」和「作麼」二詞之後，構成「怎生」、「作麼生」的形式，十分特殊而新奇。

派生詞的詞彙結構使得疑問詞更為新穎，跳脫傳統的語言模式。這些疑問詞求新求變，不只延長它們的生命，從中還可看出不同時代不同的語言風格，形成一股別有的特色。

上述二項是疑問詞本身的特點，包含疑問詞的特性與詞形的變化。以下三項是疑問詞在疑問句中的特點，必須與句式配合才能顯現的：

〔註2〕參見歐陽修《六一詩話》：「李白戲杜甫云：『借問別來太瘦生，總為從前作詩苦。』太瘦生，唐人語也。至今由以『生』為語助，如『作麼生』、『何似生』之類是也。」見《歐陽修全集》頁1038，中國書店出版，1994.12。

（三）句中位置

疑問詞在句中的位置需從二個層面來討論，一是古代漢語，另一是現代漢語。至於位居其中的近代漢語，則是兼具二種情況。

先看現代漢語的疑問詞位置。湯廷池（1981：236）分析疑問詞在句中的位置說：

> 國語的疑問詞問句，與英語的疑問詞問句不同，疑問詞並不移到句首而留置於句中原來的位置。疑問詞在句中出現的位置原則上沒什麼限制。

現代漢語疑問詞的位置很容易擺放，視問者對於陳述句的哪一部份有疑惑，就把疑問詞放在那裏，即是正確的位置。無須將句子的結構加以更動，甚是簡便。

然而，上古漢語的問句卻以更動句式為常態。呂叔湘（1941：286）所言：

> 文言的疑問指稱詞，如果是止詞（賓語），要位於動詞之前；如果是補詞（賓語），也要位於關係詞（介詞）之前。

亦即在動詞與介詞後的疑問詞應改變位置，提到動詞、介詞之前。此用法在上古時常可見，然傳至後代，只為死的書面語言，見於文人仿古之作。日常生活的語言，特指問句的句式已不如此使用了。

在近代漢語的《景德傳燈錄》裏，仿古之句（如「何……之有？」之類）才會沿襲倒裝句式，絕大多數的疑問詞位置是和現代漢語相同。

（四）用法靈活

疑問詞在問句的角色是靈活運用於主語、賓語、定語、狀語之間的。以「何」字單用的句子來說，「何」在句中的用法相當靈活。如以下句子：〔註3〕

    a. 「師<u>何</u>方而來？」（1：22）

    b. 「額上珠為<u>何</u>不見？」（17：336）

    c. 「<u>何</u>有今日事耶？」（11 ：195）

〔註3〕本書所舉《景德傳燈錄》書中句例，後所附的括號中，第一個數字為卷數，第二個數字為頁數。以下均同。版本為臺灣新文豐書局，1988 年 6 月出版，1997 年 12 月一版七刷。此書原為民國八年常州天寧寺刻本。

同一疑問詞在句中可扮演不同角色，視其位置之不同而具不同用法：a 句的「何」字在句中是當定語，「什麼地方」之意；b 例的「何」是當賓語，意為「什麼」。C 例的「何」是「為何、為什麼」意，「何」字當主語。「何」單用就可以這麼多變化，更何況「何」還有許多複合形式呢！

（五）使用個數

最後是一個疑問句裏可使用幾個疑問詞的問題。呂叔湘（1985b：242）說：「一個特指問句可以有兩個疑問詞。」疑問詞在一個問句裏，可以多個同時出現。若問者未知點很多，這種集多個疑問詞於一句的情況是被容許的，如頁 37 所舉例句。只是說在真實生活上，極少出現超過二個疑問詞以上的問句。

在《景德傳燈錄》裏，一句有二個疑問詞的疑問句也不少，有實際的需要就得藉助這種表達方式。一個疑問詞是一個答案，多個疑問詞當然須回答的新資訊相對的增多了。

疑問詞在特指問句的地位是最為關鍵的。在討論《景德傳燈錄》的特指問句之前，疑問詞本身的種種特點是應該先把握住的。討論完疑問詞，接著對特指問句句末是否必須使用疑問語氣詞的問題來作分析：

二、語氣詞

關於特指問句句尾的語氣詞，呂叔湘（1941：286）認為：

> 句末語氣詞白話用「呢」或「啊」，文言用「乎」、「歟」、「也」、「邪」。……大率老老實實的問話不大用語氣詞，用語氣詞較富於疑訝的神情。

可放在特指問句句末的語氣詞，在現代漢語裏，呂叔湘和朱德熙都認為是「呢」和「啊」，湯廷池和陸儉明〔註4〕也是提出「呢」，而且他們認為語氣詞是可有可無的。特指問句句末以不用語氣詞為常。如真要使用語氣詞，必須受限制（「呢」與「啊」），不可任意加不同的語氣詞的。

〔註4〕湯廷池（1981：236）說：「而在三種問句中，選擇問句與疑問詞問句又可分析為屬於同一種。因為這二種問句可以在句尾加上疑問語助詞『呢』。」陸儉明（1982：435）說：「特指問句和選擇問句末尾都能帶語氣詞『呢』不能帶語氣詞『嗎』。」

　　邵敬敏在〈語氣詞「呢」在疑問句的作用〉一文，也極力證明「呢」在疑問句中不負載任何疑問的訊息。他說（1989：170）：

　　　　「呢」在任何疑問格式中都不負載疑問訊息。……「呢」的基本作用是「提醒」，在疑問句中的派生作用是「深究」，在非是非問句簡略式中還兼有「話題」標志的作用。

統整來說，特指問句句尾語氣詞是以不用為常，其選擇必須受限制，且語氣詞在特指問句的功能，最多是輔助的語言神情（疑訝與提醒）。既是如此，語氣詞在特指問句的角色只能算是配角，在問句中不具實質的影響力。

　　因此，語氣詞在特指問句應是語境功能大於語義功能，是為表達驚訝疑惑的語氣罷了，實不是特指問句的形式特點。所以語氣詞在特指問句的角色，只是居輔助的語氣表達地位〔註5〕。特指問句的形式特點在於疑問詞，疑問詞是疑問焦點所在，答者必須依照疑問詞所詢問的內容來作答覆。

　　最後，對於朱德熙所提的上升疑問語調，各家見解就有不同。呂叔湘卻不認同特指問句的語調需上升，他（1985：242）說：「特指問句不用疑問語調。」

　　另位學者林裕文（1985：92）分析疑問句的結構形式特點有五：疑問代詞、「（是）A 還是 B」的選擇形式、「X 不 X」的正反並列形式、語氣詞、句調。第一項「疑問代詞」就是特指問句最主要的形式標誌。

　　對於「句調」，他以最新研究成果（同上）說：

　　　　帶有前四項形式標誌的疑問句，句尾的調型一般也和平敘句一樣，句尾不升高，則一切維持平敘句原調（只有說得特別強調時，則句尾可以升高）。

又言（同上）：

　　　　當是非問句不用「嗎」時，疑問訊息才須靠句尾升高的句調來負載，它才是表示疑問的形式標誌。

不僅是特指問句不用上揚的句調，連其他問句也不用。上升的句調充其量是在

────────────────────

〔註5〕這可由《景德傳燈錄》全書特指問句句末使用到語氣詞句子的數量，視其比例（佔全部特指問句的 2%），比例相當低，可知以不使用語氣詞為常。既是如此，語氣詞當然只是個輔助的角色罷了。

是非問句裏出現，而且是在毫無疑問語氣詞的情況在才使用。因此句調既不是負載疑問訊息之處，就不列入特指問句的構句形式特點中。

　　特指問句語氣詞只居輔助角色，不是疑問標誌，那麼特指問句疑問形式特點，就只有疑問詞了。因此歸納出特指問句疑問標誌是疑問詞，而語氣詞是可有可無的輔佐角色，而疑問句調則是不列入特指問句的形式標誌中。

　　在《景德傳燈錄》的疑問句裏，特指問句是數量最多的。全書總共 8082 句疑問句裏，特指問句就有 6643 句，佔全部的 82.2%，是使用最為頻繁的問句型式。檢查書中特指問句的句型以及疑問詞的運用狀況，發現相當具有近代漢語的特色，下面進入《景德傳燈錄》疑問詞的討論。

第二節　特指問句句型分類與語氣詞的運用

　　《景德傳燈錄》全部共有 6643 句特指問句，數目是其他三類問句的 4.6 倍，如此可觀的數量，相信有很多探索的空間。欲探討特指問句，可以從很多角度切入，像句型分類、語氣詞的運用、與疑問詞的運用等等。

　　本節先從特指問句 6643 句問句的分類著手，以詢問對象為依據，分為六類，視《景德傳燈錄》的特指問句實際分布情況。之後再討論語氣詞的運用，雖然語氣詞在特指問句是非必要的，但是在《景德傳燈錄》有 140 句特指問句未運用語氣詞，不該忽略應加以討論。以下分特指問句句型分類與語氣詞的運用二部份討論：

一、特指問句句型分類

　　《景德傳燈錄》有 6643 句特指問句，使用數量多，相信其運用的句型必是相對的多樣。為了能對《景德傳燈錄》龐大的特指問句作剖析，必須先將之分類。分類特指問句多是以詢問的對象為依據〔註6〕，呂叔湘（1941：286）分特指問句為五類：

　　　　特指問句應用疑問指稱詞來指示疑點所在：或是問人和物，或

〔註 6〕各家在分類特指問句時，依據各有不同。最常見的分類是以所詢問的對象作為標準，即是分為：問人、問事、問理由原因、問方式、問時間、問地點、問數量……等。如湯廷池、呂叔湘等學者，此方式以語義作為區別的根據，差別只在各家的細項有所不同。

是問情狀及原因、目的，或是問數量，方所，時間。

特指問句的疑問對象可以是多方面的，如人和物、原因結果、時間場所、或是數量等等。本文分類以呂叔湘的分類為依據，再將第一項「問人和物」分開，成為「問人」和「問事物」兩類；把第三類的「情狀、原因、目的」更動為「問情狀、原因、方式」，如此包含性較足夠。以上總共是為六類：即「問人」、「問事物」、「問情狀、原因、方式」、「問數量」、「問方所」、「問時間」。茲分述如下：

（一）問　人

「問人」是特指問句最基本的句型，「問人」這類居《景德傳燈錄》所有特指問句的 7.3％，比例偏低。所使用的疑問詞有：「誰」、「孰」、「何人」、「阿那箇」……等詞。當中以「誰」最具代表性，所使用的次數也最多（348 次）。「何人」次之（63），「什麼人」（58 次）第三，「那箇」與「孰」（各 9 次），「何者」（2 次）。以下舉例子來看：

 a.　師曰：「誰是不會者？」曰：「適來道了也。」（21.409）

 b.　問：「今日一會抵敵何人？」師曰：「不為凡聖。」（12.222）

 c.　師一日問黃檗云：「黃金為世界，白銀為壁落，此是什麼人居處？」黃檗云：「是聖人居處。」（8.133）

 d.　曰：「此猶是學人，阿那箇是和尚？」師曰：「適來道不錯。」
  （20.391）

「那箇」、「何者」可指人也可指物，以句義來判斷，然以指物為多。在《景德傳燈錄》裏，「誰」最強勢佔所有問人句子的七成，因此只要是詢問人的特指問句，都是以「誰」為主。

（二）問事物

在「問事物」類裏，以「什（甚）麼」最可觀，共 710 句，當定語可構詞為「什麼事」、「什麼物」……等。另外，「何物」與「何事」共 80 次。還有「那箇」與「何者」，全部合計「問事物」類，是佔特指問句的 12.9％。

 e.　僧曰：「和尚見什麼？」師曰：「可惜許，磕破鍾樓。」其僧
  從此悟。（8.142）

f. 師云：「床子那邊是<u>什麼物</u>？」仰山云：「無物。」師云：「這邊是<u>什麼物</u>？」仰山云：「無物。」（9.158）

g. 師曰：「觀心。」祖曰：「觀是<u>何人</u>？心是<u>何物</u>？」師無對。（4.60）

h. 師問仰山曰：「汝名<u>什麼</u>？」對曰：「慧寂。」師曰：「<u>那箇</u>是慧？<u>那箇</u>是寂？」曰：「只在目前。」（9.159）

「什麼物」與「何物」、「何者」的構詞是相同的，是主從結構的詞組。「何」與「什麼」二詞意義相同，或許可以這麼說：「何」是上古的「什麼」，至近代的「什麼」即是上古的「何」。「那箇」必須視其語義，才能判斷是指人還是指事物，例 h 指的是事物，而非人。

（三）問情狀、原因、方式

這是使用最頻繁，因而數量最多的一類，不僅是數量多，疑問詞相對也多樣。或是詢問原因理由、或是詢問方式、情狀……等。這類數量相當可觀，佔特指問句的 71.4%。

疑問詞間的詞義有重疊部份，甚至可以相同：問原因的疑問詞，有「為什麼」與「因何」、「何以」……等；問情狀，則有「爭」、「怎（麼）」、「作麼」……等；問方式，則是「如何」、「若為」……等。

這類的疑問詞有十數個之多，其中單詞「何」視所搭配的語詞，是靈活周旋在問情狀、原因與方式之間。下面疑問詞以出現較多的為例。分述於下：

i. 師上堂曰：「人人具足，人人成見。<u>爭</u>怪得山僧？珍重。」（21.414）

j. 人問之曰：「師是道人，<u>何故</u>如是？」師曰：「我自調心，何關汝事？」（3.51）

k. 問：「<u>如何是</u>巔山巖崖裏佛法？」師曰：「用巔山巖崖作麼？」（25.515）

l. 師叱云：「闍黎<u>因何</u>偷常住果子喫？」僧云：「學人纔到，和尚為什麼偷果子？」（16.302）

m. 地藏問曰：「子去未久，<u>何以</u>卻來？」師曰：「有事未決，豈憚跋涉山川？」（24.484）

　　n. 問：「<u>若為</u>得證法身？」師曰：「越毗盧之境界。」（5.100）

眾多的疑問詞以「如何」最多，高達 2863 句。「若為」的 8 句最低。這麼多樣的疑問詞，可看出這類特指問句在使用上的頻繁程度。每個疑問詞詳細的用法在第三、四兩節會深入介紹。

　　一個意義用法不只一個疑問詞，這應是和疑問詞本身演變有關，不同時代產生的疑問詞共存一時，也可能是不同詞彙具相同意義，這都是多詞一義的原因。

（四）問數量

　　「幾」和「多少」是「問數量」類的二大主力，二者意義用法相去不遠，此部份的數量（139 句）佔特指問句的 2.1%。「多少」比「幾」的使用略多一些。

　　o. 資福問曰：「和尚住此山得<u>幾</u>年也？」師曰：「鈍鳥棲蘆、因魚止箔。」（19.379）

　　p. 洞山問：「他屋裏有<u>多少</u>典籍？」師曰：「一字也無。」（14.273）

　　q. 問：「和尚年<u>多少</u>？」師曰：「今日生，來日死。」（11.201）

「幾」的用法比「多少」狹窄，「幾」只能當定語，「多少」除定語（如 p 例）外，還可當謂語（如 q 例）。以「幾」、「多少」詢問，答者應以數量來回答，然禪宗語言思路跳動，往往不按常理作答，藉著「失常」的答案，希望聽者能悟真理，這是傳道者的苦心。

（五）問處所

　　問地點所使用的疑問詞主要是「什麼處」與「何處」、「何方」，三者共 589 次，佔特指問句的 8.8%。以「什麼處」使用 444 次最多。

　　r. 師問僧：「<u>什麼處</u>來？」曰：「泰州來。」（21.410）

　　s. 師曰：「<u>何處</u>有恁處人？」問：「諸餘即不問，如何是向上事？」（22.439）

　　t. 師問禪客：「從<u>何方</u>來？」對曰：「南方來。」（28.576）

u. 僧問：「十方俱擊鼓，十處一時聞，如何是聞？」師曰：「汝從那方來？」（25.518）

在書裏「什麼處」比「何處」使用次數多到接近六倍，因為「什麼處」是新生的口語語言，而「何時」較近文言，口語中較不受喜愛。除此之外，在《景德傳燈錄》裏的「那」用在「問處所」時，後面加名詞如 u 例。又另如：「佛性在阿那頭？」（10.173）例子雖然不多，卻是現代「那」的前身。

詢問禪師從何處來，是俗士與禪師一項重要的對答，從哪裡來往哪裏去，禪師的回答通常會使人不禁思索起人生的去來了。

（六）問時間

「何時」、「幾許」、「什麼時」與「早晚」都是詢問時間的疑問詞。前二詞易了解，其中較特別的是「早晚」，事實上，「早晚」與「何時」的語義是相同的。先看句例：

v. 有江陵僧新到。禮拜了，在一邊立。師曰：「幾時發江陵？」僧拈起坐具。（14.267）

w. 主怒知事云：「和尚何時得疾？」對曰：「師不曾有疾。」（11.201）

x. 經僧曰：「彌勒什麼時下生？」曰：「見在天宮，當來下生。」（17.321）

y. 眾曰：「師從此去，早晚卻迴？」師曰：「葉落歸根，來時無口。」又問：「師之法眼何人傳受？」（5.83）

詢問時間的問句，要回答確切時辰而非數量。例 y 的「早晚卻迴」意為「什麼時候回來」，「早晚」在本書中只用 6 次，但它從中古開始出現，持續地存在於語言中。

這「問時間」類共 41 句，只佔特指問句的 0.6%，是最低的一類。因在禪宗語言裏，抽象的思維多於具體，少人注意基本事物，是故「問時間」的疑問句就極少了。

經過上述討論後，統整特指問句的句型數據如下表：

〈表 3-1　《景德傳燈錄》特指問句句型分類表〉

詢問事項	疑問詞		數量	總計	比例
問人	誰		348	488	7.3%
	孰		9		
	什麼人		58		
	何＋N（者／人）		65		
	那箇		8		
問事物	何＋N（物／事／者）		96	858	12.9%
	那箇		51		
	什（甚）麼		710		
問原因、情狀、目的	爭		103	4531	68.2%
	怎		21		
	作麼		525		
	何	「何」單用	494		
		如何、若何	2883		
		因何、何以	56		
		云何、何似	89		
	為什麼		295		
	若為		10		
	胡、安、曷、焉		65		
問數量	幾		56	139	2.1%
	多少		83		
問方所	何＋N（處／方）		143	592	8.9%
	什麼處		444		
	那		5		
問時間	何＋N（時）		16	41	0.6%
	幾時		10		
	什麼時		9		
	早晚		6		

＊表中「何＋N」表示疑問詞「何」之後接一般名詞，形成疑問詞組。「何」用法靈活，其後所接的名詞無法完全列舉，括號中的字詞為使用次數最多者。此表用意在了解六大句型的使用比率，次數數目僅為參考。

二、語氣詞的運用

在特指問句句末的疑問語氣詞，可分為二大類，首先是上古漢語即有的語

氣詞，如乎、耶、也、哉等字。再者是出現次數極少，甚至因版本差異而有不同的，只幾個短暫生存在中古時代的語氣詞，有底、聻、咿等字。以下分述之。

（一）傳承上古的語氣詞

語氣詞在特指問句裏，其份量不能算重，因為無論有沒有語氣詞，不影響此句是否為特指問句。以語氣詞的功能來說，是非問句才是它主要發揮的問句句型。若在特指問句句末使用語氣詞，最多能使此句更富言談上的精彩度，加深疑問的語氣意味。

呂叔湘（1941：262）說：「用語氣詞較富於疑訝的神情。」增加了神韻，在句式結構上，卻不會造成任何的改變。因此在討論特指問句的過程中，語氣詞的部分僅只於配角，主角還是以疑問詞所佔份量為重。

在近代漢語的《景德傳燈錄》裏可以找到的語氣詞在有「乎」、「也」、「邪」、「哉」等字詞，這相承自古漢語而來的。以下整理全書特指問句句末所用的語氣詞的數量，及其實例用法：

〈表 3-2　特指問句句末語氣詞使用次數表〉

語氣詞　　　次數　　　卷別	卷 1-10	卷 11-20	卷 21-30	總次數	佔全部特指問句比例
乎	12	10	2	24	0.36%
也	21	25	25	71	1.06%
耶（邪）	21	4	7	32	0.48%
哉	11	2	0	13	0.19%
累積次數	65	41	34	140	2.09%
佔總次數比例	46.4%	29.2%	24.2%	100%	

特指問句句末使用語氣詞的句子總數，只有 140 句，佔全部 6643 句的 2% 而已。由上表可得知《景德傳燈錄》的特指問句語氣詞傳承上古漢語，其理由有兩點：

（1）句中所使用的詞語僅只四個「乎、也、耶、哉」，這均是承襲自上古漢語。王力（1958：448）言：「上古語氣詞主要有四個：乎、哉、與（歟）、耶（邪）。」

（2）出現語氣詞的特指問句有 46% 集中在前十卷，前十卷記錄的正是禪

宗始祖至於惠能等宗師，年代均在道原之前，此部份資料極可能是抄襲自前代的禪宗語錄。仿古的文句一多，這類傳承上古漢語的語氣詞自然會出現在問句句末。

語氣詞沿用了數百年後，直至近代的《景德傳燈錄》，還是沒有什麼新的發展，可說是守成有餘，開拓不足。

接著檢視語氣詞在句子裏的用法：

a. 祖曰：「何不體體取無生了無速<u>乎</u>？」曰：「體即無生，了本無速。」（5.93）

b. 又問：「和尚一片骨敲著似銅鳴，向什麼處去<u>也</u>？」師喚侍者，侍者應諾。（14.272）

c. 若言心生法生，心滅法滅，何以得無生法忍<u>耶</u>？（13.253）

d. 師曰：「慧非定故，然何知<u>哉</u>？不一不二，誰定誰慧？」（3.44）

上述例子有一共性，其語法架構與上古漢語非常類似，以近代漢語而言，這些句子稍嫌拗口，與當時口語不合，因此在這本記錄口語語錄的書籍裏，使用的頻率才會如此低。

另外，以特指問句本身的句式結構來分析，句末有無語氣詞，真是不影響語義表達。刪去語氣詞，最多使得語句的感情不那麼充沛外，對文句的意義絲毫未減。因此，語氣詞在特指問句裏，只是輔助的角色而已。

（二）特殊的疑問語氣詞

這部份所探討的是幾個特別的語氣詞，包括底、聻、吥等字。這幾個語氣詞的共同點在，出現在中古時期，口語程度非常高，如不是白話文獻，根本無法見其蹤跡，但是生命不是很長，只維持在中古至近代這段時間。

這些詞主要出現在禪宗語錄，非禪宗語錄的文獻裏，十分罕見，《祖堂集》有 8 例。這些字的字形並不是很固定，寫在《景德傳燈錄》的底、聻、吥等字，在《祖堂集》可作你、泥、聻。

在《景德傳燈錄》中，這些是極有可能被楊億視為不雅粗俗而加以更動的字詞。再者，這些字詞也因《景德傳燈錄》的版本不同而有更動。也可賦是這些語氣詞的生命短暫，後人不懂便故意更換。由此可猜測，這些字詞存在於人們口語的時間並不甚長。

《景德傳燈錄》所記載的情況如下：

a. 時譚空和尚出曰：「崔禪咻」（校：「咻」，宋作「底」，元作「聻」。）師曰：「久立，太尉珍重。」便下座。（12.224）

b. 師曰：「道不得。」僧曰：「即今底？」師曰：「輸汝一佛法。」（13.247）

c. 師問雲巖：「作什麼？」巖曰：「擔屎。」師曰：「那箇底？」（校：「底」，元作「聻」。）巖曰：「在。」（14.265）

d. 僧云：「賴遇問著某甲，若問著別人，即禍生。」師云：「作麼生？」（校：「作麼生」，元作「作麼生嗰」。）僧云：「人尚不見，有何佛法可重？」（14.267）

由這些記載來看，這幾個詞語是互相通用的。它們的用法是在特指問句句尾，作疑問語氣詞使用。全書只能見到這4句例。此處以「聻」來代替這一組語氣詞。

雖是例子極少，但學者對這幾個詞十分有興趣。曹廣順（1986：115）說：「『聻』是現代語氣助詞『呢』的主要來源。」因為「聻」在特指問句的功能為句末語氣詞，協助提問，與現代的漢語語氣詞「呢」功用相當，在用法是相承的。

曹廣順認為語氣詞「聻」是個假借字。在不同的年代有不同的寫法，所以才會有字形不整齊的現象。他（1986：117）整理為：

唐代用例寫作「聻」，五代成書的《祖堂集》中，除「聻」以外，亦簡化為「你、咻」，宋代是「咻、你、嗰、聻」與「聻」並用。……「呢」取代「聻」的時間大約在元代之後。

至於唐代之前的「聻」是為何詞呢？江藍生（2000：34）將之與上古時期的句末助詞「爾」作連接，補充了王力（1958：454）所提出「從爾到呢」的說法，所以可以整理成：

爾（上古）→聻、嗰、你、尼（近代）→呢（現代）

漢語語氣詞「呢」的歷史演變，即可完整的呈現出來，「呢」的直系傳承是如此，但是「呢」的誇張語氣，卻可能沿自中古是非問句句尾的語氣詞「那」，這在第四章第三節「那」部份會探討。

第三節　特指問句中疑問代詞的運用

在特指問也中，疑問詞是最重要的辨別指標，在探討特指問句的時候，若沒有將疑問詞作詳細討論，等於是漏掉最重要的部份，所以在探討《景德傳燈錄》的特指問句時，不可忽略疑問詞。

疑問詞在句式中如何發揮其功能？有什麼特別的用法？或在特指問句裏佔何種地位？疑問詞彼此之間是否有關連？這一連串的問題是值得探索的。以下各節將試著從這幾個層面，來討論《景德傳燈錄》的疑問詞。

綜觀《景德傳燈錄》的疑問詞，詞語各具形式特色，各有不同的語義功能，看似龐雜但不難處理，首先依詞語間關係的親疏遠近，將所有疑問詞分為八組，逐項討論，疑問詞的原形即可顯現無遺了。

首先是「何」系列、「誰」系列、「胡、安、奚、焉、曷」、「幾、多少」。這些疑問詞，在上古時代極為常可見。歷史十分悠久。差別在有些傳到後世更加興盛；有些則成死的書面語言，逐漸被人遺忘。原因只在於用法與詞彙是否隨著轉變，是否具新的生命力罷了。

接著是「什麼（甚麼）」、「爭」和「作麼」與「怎」、「那」系列、「早晚」與「若為」。這些疑問詞是屬新生的疑問詞，或中古始產生、或至近代才出現。因為新生所以用法活潑，是值得關切的疑問詞。

這些疑問代詞是《景德傳燈錄》特指問句的主角，共 6643 句的特指問，均由這些詞語構成，是故其使用情形，是值得探討的。

以下就逐項進入討論，首先是「何」系列，它是特指問句裏使用最多的疑問詞，而且疑問詞的數量與變化也是最多樣的。

一、「何」系列

以「何」構詞的疑問複詞家族統稱「何」系列。分「何」的單詞和複合詞二部份敘述，單詞「何」有 1027 次，由「何」構成的複詞使用共 3028 次，比例接近三倍。「何」的單詞用法沿襲自上古，而複詞卻是新穎的部份，更易引人注目。

「何」系列能夠從上古時代流傳到今日而不衰退，其寬廣的用法、靈活的搭配語詞，是使得它的壽命延續到今天，是最主要的原因吧！以下分述之。

（一）單詞「何」

「何」字出現的歷史相當古老，它並不是新的疑問詞，而是從上古漢語已經常使用。在上古時代，「何」以單用為常。王力（1958：288）云：

> 「何」字指物，以用於賓語為常。……「何」字用為定語，兼指人和事物。……「何」字用為狀語，大致等於現代漢語的「為什麼」、「怎麼」。

在古漢語的單詞「何」用法已是相當多樣，傳至近代漢語的《景德傳燈錄》，單詞「何」還是不脫當賓語、定語、狀語的用法。各舉實例作為參考：

    a. 曰：「既不借三光勢，憑<u>何</u>喚作乾坤眼？」師曰：「若不如是，髑前見鬼人無數。」（16.308）

    b. 有一講僧來問云：「未審禪宗傳持<u>何</u>法？」師卻問曰：「座主傳持<u>何</u>法？」（6.105）

    c. 師曰：「摩頂至踵，如椰子大，萬卷書向<u>何</u>處著？」李俛首而已。（8.130）

    d. 尊者曰：「汝尚年幼，<u>何</u>言百歲？」曰：「我不會理，正值百歲耳。」（2.31）

a 例的「何」是賓語，「憑何」是介賓結構的詞組。b 和 c 例的「何」均是定語，修飾「法、處」。d 例的「何」是狀語，後接動詞「言」。這些用法直接傳襲於上古缺乏開創性。因此單詞「何」會集中出現在前十卷，正是其來有自。

王力所云「何」以賓語為多見，但在《景德傳燈錄》裡卻是以當定語為多（397 次），其次才是賓語功能（373 次），最低則是狀語（257 次），只是三者數量相距不大。

然而更值得注意的是《景德傳燈錄》裡，「何」不再以單詞為主要用法，而是發展出各式各樣的複合詞，是單詞「何」所衍伸出的特色，是本文想著墨探討的地方。

（二）由「何」構成之複合詞

「何」以單用為其基礎，與不同詞彙結合形成不同的語詞，各具不同的意義用法。疑問複合詞結合緊密無法拆開，有：如何、云何、何以、何似、奈何

等詞。疑問複詞若是分開使用即失去其詞義,可拆開的詞語則是視為單詞「何」的運用,不屬複合疑問詞〔註7〕。

「何」系列中當中的老大應是「如何」了,它使用的次數甚至超過其他「何」系列疑問詞的總合。因此,討論「何」系列的疑問詞,是從「如何」開始。

1. 如何、若何

「如何」在《景德傳燈錄》裏的使用數量是最龐大的,共有2863句,佔特指問句的43.1%,實是驚人。雖然數量多,但用法卻很單純,只有三種句型,以下以實例來解析:

> e. 問:「<u>如何</u>是芭蕉水?」師曰:「冬溫夏涼。」(12.229)
>
> f. 曰:「<u>如何</u>得到?」師曰:「闍黎從什麼處來?」(20.401)
>
> g. 問:「萬里無片雲時<u>如何</u>?」師曰:「青天亦須喫棒。」(12.233)
>
> h. 問:「仁王登位,萬性霑恩,和尚出世<u>何如</u>?」師曰:「萬里長沙駕鐵船。」(20.405)

若「如何」後接的是名詞,則加一「是」字,形成「如何是+N」的句型(有1706句);若後面是動詞,則直接接動詞成為「如何+V」式(有362句)。「如何」還可放在句末,成為主謂結構的謂語,詢問前面的主語情狀怎麼了(有795句)。

「如何」還可顛倒成「何如」,若使用在句尾(3句),二者的意義用法相同。但若不是在句尾的話(3句),就不等於「如何」,而有比較何者為勝的意味(例p.261:「選官何如選佛?」)。

與「如何」意義相近的詞語是「若何」,「若何」使用20次,見下例。

> i. 問:「披雲一句師親唱,長慶今朝事<u>若何</u>?」師曰:「家家觀世音。」(23.458)
>
> j. 問:「香煙起處師登座,未審宗乘事<u>若何</u>?」師曰:「教乘也

〔註7〕以「何為」為例:「何為」出現53次,二字可視為一疑問詞有16次,如:「師住何為?」然而其餘47次,則是二字分開,不屬同一意義單位,如:「以何為驗?」這種情況的語詞,雙音節發展尚不完全,本文還是將之視為單詞「何」的活用。

恁麼會。」（26.533）

「若何」只用於句末，這與在句末的「如何」有些接近，以主謂句型構句。因有「若」字，其義偏重「似、像」，仔細來說「若何」應是「似什麼、像什麼」之意。

2. 何以、因何

「何以」意同「以何」、「為什麼」之意，與「因何」意同。「何以」在書中共使用 45 次，「因何」有 11 句，均是詢問對方原因。茲分述於下：

k. 曰：「學人請益，<u>何以</u>問倒學人？」師曰：「汝適來請益什麼？」（24.488）

l. 有靈隱韜光法師問曰：「此之法會<u>何以</u>作聲？」師曰：「無聲誰知是會？」（4.68）

m. 曰：「和尚<u>因何</u>到恁麼地？」師曰：「我到恁麼地。」（19.369）

n. 曰：「性既清淨，不屬有無，<u>因何</u>有見？」師曰：「見無所見。」曰：「無所見<u>因何</u>更有見？」師曰：「見處亦無。」（4.70）

「以何」、「因何」是介賓結構的疑問複詞，它們在句中均為狀語，位置相近、意義相同，似乎可互通而無礙。詢問原因的疑問詞相當的多，「因何」偏文言，所以在前十卷出現的多，「何以」就屬一般性語言，分布自然就平均些。

3.「云何」與「何似」

「云何」是「說什麼」意，時常連接使用則可視為一疑問詞。共出現 44 次，位置可在句末與句首。在句末的「云何」是謂語（有 5 句，如 o 例），在句首則是主語（有 39 句，如 p 例），而以在句首的位置為多。

o. 曰：「弟子智識昏昧，未審佛之與道其意<u>云何</u>？」師曰：「若欲求佛，即心是佛。若欲會道，無心是道。」（5.97）

p. 曰：「<u>云何</u>即得解脫？」師曰：「本自無縛，不問求解。」（6.107）

「云何」在上古漢語就始出現，但當時是以詞組的方式運用在疑問句中，發展到宋代，二字連結緊密，已經可視為一疑問複合詞。接著是「何似」，有 12

句，意義有前後比較之意。

> q. 師作一圓相，問：「何似這箇？」僧云：「和尚恁麼語話，此
> 間大有人不肯諸方。」（9.151）

> r. 和尚問曰：「近離什麼處？」師曰：「武陵。」曰：「武陵法
> 道何似此間？」師曰：「胡地冬抽。」（17.329）

「何似」前後通常有事項，二者比較孰優孰劣（如 r 例）。q 例看似只一件事
項，然「這箇」是與禪宗所作畫圓的動作比較，禪宗特殊的言語是包括肢體
動作的。

　　以下表 3-3，是把《景德傳燈錄》的疑問代詞「何」，其使用的數據作一整
理。

〈表 3-3 疑問代詞「何」系列的分布次數表〉

卷別 　　　次數 疑問詞		卷 1-10	卷 11-20	卷 21-30	總次數
「何」單用		455	334	390	1179
由「何」構成的複合詞	如何	286	1352	1225	2863
	若何	2	8	10	20
	因何	6	4	1	11
	何以	15	13	17	45
	云何	22	2	20	44
	何似	15	13	17	45

二、「誰」系列

　　「誰」〔ẓǐwəi〕與「孰」〔ẓǐəuk〕（王力 1958：286）二字是漢語裏詢問人
最重要的疑問詞，這二詞聲母同屬 ẓ 系，早在上古漢語時代已然興盛。王力
（1958：286）對二詞的析解是：

> 「誰」字指人，用於主語和賓語……偶然也用於定語。「孰」
>
> 字主要用於選擇（例如：女與回孰賢？），而且不能用於賓語。……
>
> 「孰」字還可以指無生之物，而「誰」字則沒有這種功能。

「誰」與「孰」同是詢問人，但「孰」字的用法較窄，受到使用上的局限而漸
趨沒落，反倒「誰」不受影響一直居優勢地位。反應在《景德傳燈錄》裏情況

是相同的，「誰」出現348次，而「孰」才9次。

（一）誰

湯廷池（1981：272）說「誰」這個疑問詞：

> 在的問句中取代直述句裏的「屬人名詞」；無論者名詞是單數還是複數，也不問主位還是賓位，都一律用「誰」。

只要是詢問人，用「誰」就不會有錯誤。「誰」在句中的功能以主語、賓語、定語三項為主，以下視實例句例：

  a. 師曰：「遍界無聲人，<u>誰</u>是知音者？」曰：「如何是知音者？」
   （24.500）

  b. 問曰：「如何是學人心？」師曰：「<u>何誰</u>恁麼問？」（24.485）

  c. 雲巖問：「和尚每日驅驅為<u>阿誰</u>？」師云：「有一人要。」
   （6.115）

  d. 僧云：「什麼處是學人義墮處？」云：「三十棒教<u>誰</u>喫？」
   （12.214）

  e. 師曰：「日月並輪空，<u>誰</u>家別有路？」曰：「恁麼即顯晦殊途
   非一概也？」（16.313）

「誰」可加詞頭「阿」形成「阿誰」，與「誰」意義完全相同。但用法有些微差異，「誰」可以自由轉換成為主語（a例），或為賓語（d例），或當定語（e例）。而「阿誰」可以是主語（b例）賓語（c例），極少為定語，只有2句（p.328的「未審天王赴阿誰願？」與p.457的「汝道鈍置落阿誰分上？」）。

「誰」（包括「阿誰」）當主語有175次，當賓語有109次，當定語最少，只有49次，另外還有單呼「（阿）誰」有15次。由此數據看來，「誰」是以主語的用法為多。

（二）孰

「孰」字只使用9次，且集中出現在前四卷（5次）與第29、30卷（3次），只分布在古漢語味道濃厚的卷別與偈頌部份。

  f. 第二子功德多羅皆曰：「此珠七寶中尊，固無踰也。非尊者
   道力，<u>孰</u>能受之？」（2.40）

g. 體本寂寥，<u>孰</u>同<u>孰</u>異？唯忘懷虛朗，消息沖融，其猶透水月
華，虛而可見，無心鑑象，照而常空矣。（30.632）

「孰」用法既少只局限於句中主語，在口語中失去生命力，只存在於書面語言
裏，因此在《景德傳燈錄》的使用次數自然是少到幾乎不見。

三、胡、曷、奚、安、焉

這類疑問詞的情況與「孰」字十分類似，均只興盛在上古時代，後世僅
見於少數的文言文書面中。王力（1958：286）把上古的疑問代詞分為三系：
（1）z系，指人。如誰、孰。（2）ɤ系，指物，如：何、曷、胡、奚。（3）o
系，指處所。如：烏、安、焉。

當時雖同時產生「何」和「誰」二詞，然此二詞到後代發展出多種的用
法，不局限於上古用法，當然愈加興盛。而「孰」與「胡、安、奚、曷、焉」
等詞則不是如此，只沿承古漢語是容易被歷史所淘汰的。

在上古時期，「胡、奚、曷」是詢物的疑問詞；「安、焉」則是問處所的
詞語，各有其不同的意義用法，但兩漢後使用界限已漸模糊〔註8〕。均只是書
面上的語言，在口語裏已失去生命，因此歸入同類。

這五個疑問詞在《景德傳燈錄》很少使用，總次數不過40句。下表是詳
細的分析情況：

〈表3-4　疑問代詞「胡、安、奚、曷、焉」的分布次數表〉

疑問詞 ＼ 次數 ＼ 卷別	卷 1-10	卷 11-20	卷 21-30	總次數	佔特指問句比例
胡	4	0	0	4	0.06％
曷	1	1	0	2	0.03％
奚	3	1	0	4	0.06％
安	9	0	2	11	0.16％
焉	7	4	8	19	0.28％
總　　計				40	0.6％

〔註8〕王力（1958：291）云：「總之，疑問代詞z系，ɤ系，o系之間的分別，在先秦是
相當清楚的，到漢代以後，界限變為不那麼清楚了。」

　　五個當中以「焉」的使用次數最高，「曷」最低。全部次數也不過佔全部特指問句的 0.6%，還不到百分之一。以下對五個疑問詞依次剖析。首先是「胡」字：

> a. 尊者曰：「仁者習定，何當來此？既至于此，<u>胡</u>云習定？」曰：「我雖來此，心亦不亂。定隨人習，豈在處所？」(2.36)
>
> b. 乃諭之曰：「善來，仁者<u>胡</u>為而至彼？」曰：「師寧識我耶？」(4.75)

　　此二句的「胡」所詢問事項均帶有處所的意味。在《景德傳燈錄》所出現的另二句為：「胡為出家？」(2.31)；「胡不隨依哉？」(6.117)，這二句的處所意味就降低很多了。這四個「胡」字都是句中的主語。

　　再來是「曷」字，只有 2 例：

> c. 尼曰：「字尚不識，<u>曷</u>能會義？」師曰：「諸佛妙理，非關文字。」(5.80)
>
> d. 師曰：「在不動道場。」曰：「既言不動，<u>曷</u>由至此？」(15.297)

「曷」字問原因方式，與今日「為什麼」、「怎麼」意義接近。「曷」字只能當主語，應用範圍比「何」窄多了。

　　其次是「奚」：

> e. 第一座問：「汝師已逝，空坐<u>奚</u>為？」遷曰：「我稟遺誡，故尋思爾。」(5.91)

「奚」出現四次均是以「奚為」詞組運用，其意同於「何為」，即「為什麼」之意。

　　最後「安」與「焉」字：

> f. 倏聞空中有聲曰：「虛患之相，開謝不停，能壞善根，仁者<u>安</u>可嗜之？」師省念稚齒崇善，極生厭惡。
>
> g. 師曰：「佛身無為，不墮諸數，<u>安</u>在四禪八定耶？」眾皆杜口。(7.122)
>
> h. 吾則不生不滅也。汝尚不能知足，又<u>焉</u>能生死吾耶？(4.75)

i. 陳曰：「不是。」曰：「<u>焉</u>知不是？」陳曰：「近前與問。」
（12.226）

「安可」是「哪裏可以」，「焉知」是「哪裏知道」，從句中功能意義來看，「安」與「焉」有共通之處，可以互換使用，因為這些詞語與今日的「哪裏」是相同的。

王力（1958：290）說：「這一類的『惡』、『安』、『焉』，實際上只等於現代漢語『哪裏』的活用。」所以「安」與「焉」出現的疑問句，就可以用「哪裏」來義譯。

四、幾、多少

「幾、多少」二詞語的功能是詢問數量，多是充當句子的定語。《景德傳燈錄》裏，「幾」使用 76 次，「多少」則有 83 次，各佔特指問句的 1.14％與 1.25％，比例雖然低，卻是詢問數量的主要疑問詞語。湯廷池（1981：280）說二詞差別為：

（「多少」）在疑問句中取代直述句的（1）數詞，（2）數詞與量詞，（3）數詞、量詞與名詞（即整個名詞組）。……（「幾」）但是只能取代數詞，不能取代量詞或名詞。

「幾」與「多少」二者均是詢問數量，然而「多少」的用法是比「幾」還寬廣。二者在《景德傳燈錄》的用法正是如此。

（一）幾

用「幾」是以詢問數量，回答者應以具體數目字來答覆。「幾」字在句子幾乎都是當定語（有 66 句），另外 2 句以「幾許」形式，8 句以「幾何」出現。以實例來討論：

a. 師問維那：「今日<u>幾</u>人新到？」對曰：「八人。」（15.280）

b. 僧問：「藥嶠燈連，師當第<u>幾</u>？」師曰：「相逢盡道休官去，林下何曾見一人？」（23.458）

c. 問曰：「只如這僧辭去，<u>幾</u>時卻來？」師曰：「他只知一去，不解再來。」

    d. 人問：「般若大否？」師曰：「大。」曰：「<u>幾許</u>大？」師曰：

        「無邊際。」（28.586）

    e. 僧曰：「真空妙用相去<u>幾何</u>？」師以手撥之。（22.446）

放在名詞前當定語是「幾」的主要工作，如 a 和 c 例。而 b 例的「幾」看似不是定語，但是「幾」後應是省略名詞（人），所以還是視為定語。c 例的「幾時」之意約同於「何時」，不是問幾個小時，而是問何時（什麼時候）。如「桶頭下山幾時歸？」（18.348）

    d 例的「幾許」較為特別，「幾許大」意為「有多大」，不是詢問數目而是詢問情狀了，反而和「幾」的關係比較遠。「幾何」意為「多少」，出現 8 句，但不是詢問數字，而是事物之間的差距，應視為詞而非詞組。

（二）多　少

「多少」的句中功能可當定語，也可以是謂語。當定語有 45 句，當謂語有 37 句，有 1 句是「多少」單獨成句。用法比「幾」寬廣些。

    f. 師云：「汝離吾在外<u>多少</u>時耶？」小師云：「十年。」（9.158）

    g. 師曰：「掃雪來。」曰：「雪深<u>多少</u>？」師曰：「樹上總是。」

      （20.402）

    h. 藥山問僧：「年<u>多少</u>？」僧曰：「七十二。」（17.325）

    i. 對云：「爭敢謗和尚？」師乃噴水。云：「<u>多少</u>？」座主便出

      去。（8.134）

「多少」在上述例句裏，依次是為定語（f 例）、謂語（g、h 例）及單獨成句（i 例）。「多少＋名詞」的用法，和「幾＋名詞」是相同的，均應回答具體數字。而在句末當謂語的「多少」，則可以回答數量（如 h 例），也可以回答狀況（如 g 例），視問題而定。

    討論完前四組傳承於上古的疑問代詞，接著要探討的是後四組，中古時代始產生的詞語。

    《景德傳燈錄》的疑問詞有繼承上古者，也有新興於中古近代的。接著要探討的四組疑問詞，屬新興的疑問詞，產生於中古魏晉，或是唐宋時代的。相較於傳統的疑問詞，這類新興疑問詞得到的關注就多了，學界對於這些疑問詞有豐富而熱烈的討論。

五、什麼（甚麼）

這四組疑問詞以「什麼」出現的次數最多，有 1476 句，佔特指問句的 22.2%，五分之一強。而「甚（麼）」有 40 句，二者共 1516 句。

關於「什麼」的來源各家說法不甚相同，王錦慧（1997：143～150）統整為八種說法，以第八種說法最可信：

（八）「甚（什）麼」是由「是物」而來。太田辰夫（1991）、志村良治（1995）、呂叔湘（1985）、江藍生（1995）都持這種說法。……由「是物→甚麼」的演變過程如下：

$$\text{是物、是勿、是沒} \rightarrow \text{甚物、甚沒} \rightarrow \begin{array}{c} \nearrow \text{甚} \\ \text{什沒} \rightarrow \text{什摩} \rightarrow \text{什麼} \\ \searrow \text{甚摩} \rightarrow \text{甚麼} \rightarrow \text{是麼、是末} \end{array}$$

「甚」字出現的時代是九世紀；「甚（什）摩」是十世紀中葉；「甚（什）麼」是十世紀後半葉。（見王錦慧：同上：150）

再以「什」與「甚」的語音關係來看：《廣韻》：「什，是執切。」「甚，常枕切」，均屬禪母，「什」是緝韻，「甚」是寢韻，陽入對轉。這是二者相通在語音方面的證據。

這段話清楚地交代「什（甚）麼」詞彙的由來。十一世紀初完成的《景德傳燈錄》裏裏所呈現的語言，是以「什麼」為主，「甚（麼）」已漸趨衰微。以下對實際句例的探討，分「什麼」與「甚」二部份：

先是「什麼」，在 1476 句的「什麼」疑問句裏，有 322 句是以「為（因）什麼」為疑問焦點，超過五分之一。

 a. 師一日謂眾曰：「虛空為鼓，須彌為椎，<u>什麼</u>人打得？」眾無對。（7.124）

 b. 師問維摩經僧曰：「不可以智知，不可以識識，喚作<u>什麼</u>語？」對曰：「讚法身語。」（15.291）

 c. 問：「路逢達道人，不將語默對。未審將<u>什麼</u>對？」師曰：「上紙墨堪作<u>什麼</u>？」（18.169）

 d. 有人問云：「和尚是大善知識，<u>為什麼</u>兔子見驚？」師云：

「為老僧好殺。」（10.178）

e. 雪峰有時謂眾：「堂堂密密地。」師出問：「<u>是什麼</u>堂堂密密？」雪峰起立曰：「道<u>什麼</u>？」（18.354）

例 a 與 b 的「什麼」為定語，例 c 二次「什麼」均是賓語，d 例的「為什麼」在句中為狀語，e 例的「是什麼堂堂密密」的「什麼」亦是狀語，因「堂堂密密」是形容詞作定語。最後的「道什麼」的「什麼」是動詞「道」的賓語。

以使用次數而言，「什麼」作定語是最普遍的，其次是賓語。若是當狀語的話，幾乎都是以「為（因）什麼」的詞語形式出現（d 例），非「為什麼」的型式，如 e 例的情況很少，只有寥寥 5 次。

「什麼」這個疑問詞的的可連結性相當大，可與很多的名詞（人、時、地、物）結合，連用來詢問人、時、地、物。若與介詞「為、因」結合，則用來詢問方式、理由。

接著是「甚」：

「甚」在《景德傳燈錄》出現 38 次，其中 12 次是以「甚麼」形式使用，句例如下：

f. 師問曰：「座主任<u>甚</u>寺？」會曰：「寺即不住，住即不似。」（14.274）

g. 師臥次，椑樹云：「作<u>甚麼</u>？」師云：「蓋覆。」（14.271）

h. 問：「牛頭未見四祖時<u>為甚</u>百鳥獻花？」師曰：「如陝府人送錢財與鐵牛。」曰：「見後<u>為甚</u>不銜花？」師曰：「木馬投明行八百。」（11.203）

三個例句的「甚（麼）」用法依序為定語、賓語、狀語。視其在句中的語義與功用，與「什麼」可說是一模一樣，甚至連構成的語詞也相同，如「作什麼、作甚麼」和「為什麼、為甚麼」，差別在於「什」字後均有「麼」字，而「甚」後則不一定有「麼」。

下表是「什麼」與「甚麼」的使用情況表：

〈表3-5 疑問詞「什麼」與「甚麼」的使用情形統計表〉

類別 項目 次數 疑問詞	分布情況			句中功能			合計
	1-10卷	11-20卷	21-30卷	賓語	定語	狀語	
什麼	250	718	508	401	743	332	1476
甚（麼）	4	14	20	3	29	6	38

六、「爭」、「怎」與「作麼」

由於它們具有同源的關係，這三個疑問詞應一同討論。這三詞的關係密切，除了處理這三詞在《景德傳燈錄》的運用情況外，這三者之間的牽連也必須釐清，故分二層次來談。先處理三者間的關連。王力（1958：294）言：

> 現代漢語的「怎麼」，在唐代只用「爭」字來表示。到宋代才用「怎」字，同時產生了「怎生」、「怎麼」、「怎的」等。……「作麼生」和「爭」或「怎生」在語音上是可以相通的。「怎生」可能來自「作麼生」。

王力認為「爭」、「作麼」與「怎」語音相通，三者同出一源，且以「爭」年代最早。孫錫信有相似的見解，他（1997：18～20）歸納出三點：

> 「爭」在歷史上比「作麼」、「作麼生」出現略早；「作麼」的使用比「爭」自由；「爭」分化出「作麼」是由于方言音變的結果。

「爭」是「怎」和「作麼」的前身，三詞意義相同，會有如此演變是由於音韻的關係。「爭」音為 tsəŋ，「怎」為 tsəm（王力1958：294），二個聲音的聲音母，韻母同為鼻音，實在太接近，故易混淆而相通。

在《景德傳燈錄》裏，「爭」有103句，「怎」有21句，「作麼」有525句最多。三詞共存在宋代的《景德傳燈錄》中，檢視其用法是否有寬窄不同？以下舉實例來探討：

> a. 曰：「長明何在？」。僧無語。師代云：「若不如此，爭知公不受人謾？」（18.353）
>
> b. 師曰：「達摩大師。」曰：「達摩爭能傳得？」師曰：「汝道什麼人傳得。」（17.336）

  c. 師大笑。僧曰：「<u>爭</u>奈老僧何？」（12.224）

「爭」用法很單純，在句中只當狀語，後面一律接動詞（a 例）或助動詞（b 例）。常見的句式是「爭奈……何」（c 例），有 31 句。

  而「怎」可以分音為「怎麼」，還可再加詞尾「生」成「怎生」、「怎麼生」，都是意義用法相同的詞語。

  d. 後趙州教僧去問婆，云：「<u>怎生</u>是趙州眼？」婆乃豎起拳頭。
   （8.145）

  e. 曰：「怎遇四方八面來<u>怎麼生</u>？」師曰：「胡來胡現。」（21.
   388）

  f. 僧曰：「未審<u>怎麼生</u>下手？」師曰：「適來幾合喪失生命。」
   （13.245）

  g. 曰：「恁麼則謝供養。」師曰：「<u>怎生</u>滋味？」（23.467）

「怎」可為主語（d 例）、謂語（e 例）、狀語（f 例）、定語（g 例），功能比「爭」寬廣許多。然而句子數量還不多，可能是剛起步的階段，使用尚不普及。至於「作麼」的用法，和「怎」相當接近：

  h. 師曰：「此猶是文言，<u>作麼生</u>是長老家風？」曰：「今日賴還
   佛日。」（11.197）

  i. 師曰：「五眾且置，仁者<u>作麼生</u>？」問：「久處幽冥，全身不
   會，乞師指示。」（22.438）

  j. 拈問僧曰：「一語須具得失兩意，汝<u>作麼生</u>道？」僧舉拳曰：
   「不可喚作石頭也。」（19.365）

  k. 問：「摩尼珠不隨眾色，未審<u>作麼</u>色？」師曰：「白色。」（11.199）

這四例的「作麼」依次是主語、謂語、狀語、定語，再由語義來看，「作麼」與「怎」似乎可以互相替換，只是「作麼」在禪宗語錄裏使用比「怎」普遍多而已，這或許是與習慣性用語有關。下表整理這三詞的句中功能的分布次數情況：

〈表3-6　疑問詞「爭」、「怎」與「作麼」的使用情形統計表〉

類別 項目 次數 疑問詞	分布情況			句中功能			合計
	1-10卷	11-20卷	21-30卷	賓語	定語	狀語	
爭	14	58	31	0	0	0	103
怎	5	9	7	1	13	1	6
作麼	93	229	203	46	334	6	139

七、那

　　「那」有二種用法，一是當疑問代詞，另一是當疑問語氣詞。在特指問句裏的「那」是屬疑問代詞，疑問語氣詞的「那」則用於是非問句中。今日寫成「哪」字，是為了和非疑問用法（指示代詞）的「那」作區別。

　　「那」是從先秦時代開始產生了〔註9〕，其用法以反詰為主，表示否定，唐之後用法稍有變化，增加了表示詢問的用法。《景德傳燈錄》的「那」共有77句，詢問的「那」有66句，反詰的「那」有11句，二句型的差距明顯可辨。

　　柳士鎮（1992：185）說反詰的「那」是：「表示反問，常與助動詞『得、可、能』合用。」在魏晉時代此用法時常可見，在《景德傳燈錄》有10次反詰的「那」，其後所搭配的詞語除「得、能」外，助動詞有「敢」，動詞有「知、辨」。以實例來看：

　　　a. 曰：「佛之誠言，<u>那</u>敢不信？」師曰：「色即是空，寧有罣礙？」
　　　　（28.577）

　　　b. 在夢<u>那</u>知夢是虛？覺來方覺夢是無。迷時恰是夢中事，悟後
　　　　還同睡起天。（29.613）

　　　c. 不因世主教還俗，<u>那</u>辨雞群與鷄群？（23.470）

這反詰用法的「那」，後接助動詞或動詞，因此它是為狀語是毫無疑問的。但是自唐代之後，詢問的「那」使用情況逐漸超越反問的「那」了。吳福祥（1995：

〔註9〕王力《漢語語法史》言：「『那』字在先秦時代就產生了。《左傳・宣公二年》：『棄甲則那。』杜注：『那，猶何也。』……到了東漢時代，詞意稍變，等於現代漢語表示反問的『哪』。」參見柳士鎮（1992：185）

74）指出：

> 晚唐五代時期……「那」用於詢問的頻率比此前明顯增高，同
> 時又出現由「那」參與構成的變音詞「那箇」、「那裏」，並且使用開
> 來。

二種「那」各具特性、涇渭分明，均可見於《景德傳燈錄》中，然在《景德傳
燈錄》裏，「那」反而改變以詢問用法為主，詢問的「那」，用在詢問人物、處
所、時間……等，以其後所加的名詞來判定，舉實例來看：

> d. 每見僧來禮拜，即叉頸，云：「<u>那箇</u>魔魅教汝出家？<u>那箇</u>魔
> 魅教汝行腳？道得，也叉下死；道不得，也叉下死。速道。」
> （10.186）

> e. 官人問：「蚯蚓斬兩段，兩頭俱動，佛性在<u>阿那</u>頭？」師展
> 兩手。（12.226）

> f. 師曰：「汝從<u>那</u>方來？」問：「善行菩薩道，不染諸法相，如
> 何是菩薩道？」（25.518）

詢問的「那」加在名詞（魔魅、頭、方）之前，均是定語角色。「那」有36次
前面加了詞頭「阿」，超過一半的比率（54%），反詰的「那」之前是不加詞頭
的。

　　表詢問的「那箇」、「阿那頭」等詞語，隱約提供答者選擇的意味。在北
宋初年，反詰問事理的「那」已經不是疑問代詞「那」的主流用法，現代漢
語的「那」，以表詢問的為主，這正是從北宋沿承而來。下面是「那」的使用
數據表：

〈表3-7　特指問句疑問詞「那」的句型分類表〉

疑　問　詞		句　　型	出現次數
「那」	表反詰	那＋助動詞（得、敢、能）	7
		那＋動詞（知、辨）	4
	表詢問	那＋名詞	66

八、「早晚」與「若為」

　　在《景德傳燈錄》裏，此二詞的使用次數相當少，分別是6句和10句。雖

是罕見，卻也不能忽略。

（一）早　晚

「早晚」的詞義不是指早晨和夜晚，而是「何時」之意。呂叔湘（1941：218）把「早晚」放入詢問時間類的解釋為：

> 詢問時間也沒有專用的指稱詞。……汎概點兒就用「幾時」（不
> 含數量的意義）、「多會兒」、「多早晚」（說快了成「多偺」，早先的
> 白話裏又可單用「早晚」）等等。

他舉的例子是李白的〈長干行〉：「早晚下三巴？預將書報家。」這詞屬白話系統的語詞，然流行於何時？丁聲樹（1949：61）指出「早晚」一詞「自晉迄唐，人所習用。」又（同上：62）云：

> 蓋「何當」之用局之未然，「早晚」則可施於未然，亦可施於已
> 然，用法上範圍較廣耳。

這是拿「何當」與「早晚」作比較，二者均是詢問時間的詞語。「早晚」在《景德傳燈錄》出現次數只有6次，有問過去時間者、有問未來時間者、也有問未知時間者：

> a. 眾曰：「師從此去，<u>早晚</u>卻迴？」師曰：「葉落歸根，來時無
>   口。」（5.83）
>
> b. 石頭曰：「未審汝<u>早晚</u>從那邊來？」曰：「道悟不是那邊人。」
>   （14.260）
>
> c. 藥山置經曰：「日頭<u>早晚</u>也？」師云：「正當午也。」（7.121）

a例問未然，b例問已然，c例則是問未知的現在時間。「早晚」意同於「什麼時候」，問的是一個確切時間。然而問時間的疑問詞在《景德傳燈錄》有「何時」、「什麼時」、「幾時」可供選擇，「早晚」興盛於晉至唐的白話中，至宋代，已漸失去其舞台，故使用的次數急遽減少了。

（二）若　為

「若為」作為疑問詞語，大概始於南北朝時期，然而「若為」的用例一直不多，在《景德傳燈錄》也只有10例而已。馮春田（1999：153）言：

> 「若為」作為疑問代詞，相當於古代的「何為」，也就是「如何」、

「怎麼」的意思。……「若為」可作為謂語、主語，但更多的是用
在謂語前詢問樣態、情狀等。

「若為」主要用於詢問情狀，見以下實例：

> d. 祖曰：「汝師<u>若為</u>示眾？」對曰：「常指誨大眾令住心觀靜，
>   長坐不臥。」（5.85）
>
> e. 弟子問：「滅後形體<u>若為</u>？」曰：「山頂焚之。」（27.558）
>
> f. 有僧問：「<u>若為</u>得成佛去？」師曰：「佛與眾生一時放卻，當
>   處解脫。」（5.100）

d 和 f 例的「若為」均是狀語，詢問的是情態，e 例的「若為」是謂語，也是詢
問樣貌。在《景德傳燈錄》的 10 句「若為」，有 1 句是主語，有 6 句是謂語，
有 3 句是狀語，用法以謂語較多。

第四節　《景德傳燈錄》特指問句的歷時意義

特指問句是最基本的問句形式，有疑惑而問，冀望對方給予新的訊息，以
解答己之未知。因此其歷史的淵源是很久遠的，自從有語言始，特指問句就存
在人們日常生活之中。

以語法史的角度檢視特指問句的發展，可從二個層面：一是句型部份，另
一是疑問詞部份。以句型來說，句型的變化不多，除了上古時的疑問詞當賓語，
必須前置之外，其句法結構是很穩定的。尤其從中古以後，句法架構相承，也
沒有什麼改變。

反倒應注意的是疑問詞的變化，卻是各個時期各具不同特色，位居近代漢
語初期的《景德傳燈錄》，其疑問詞的發展，記錄了近代漢語特指問句與其他時
期的不同點，值得一提。

特指問句在《景德傳燈錄》裏是數量最多的問句形式，在這麼豐富的語
料裏，疑問詞當然有極多發揮的空間，在析解特指問句句型與疑問詞之後，
下面以疑問詞為中心，分二方面來陳述《景德傳燈錄》特指問句的歷時意義：

一、疑問複合形式變化多樣

疑問詞在每個時代都有，然而在近代漢語這個階段，最特別的是疑問詞

具有相當多樣的複合形式。這些複合形式，不是從近代漢語開始產生的，但是在近代漢語裏，這些複合的疑問詞，的確是相當耀眼。疑問詞的複合形式的構成，有二個方式：

第一種是詞與詞的結合：

這種方式的構詞以「何」系列為代表。在上古的《詩經》等書中，即「如……何」的句型，使用既久，「如」與「何」二字的結合緊密，即成一疑問複合詞，不再拆開使用。即為近代漢語的「……如何」或「如何……」句型的起源。同樣的構詞結果產生「何似」、「云何」、「若何」等詞。

第二種是詞與音的結合：

近代漢語的雙音節化的趨勢，雖傳承自中古漢語，然更加明顯。反映在疑問詞身上，造成疑問詞常常本是單音節，或加詞頭、詞綴，或是加「麼」字，而形成雙音節詞。這些後加的成分，並無實際意義，加不加也不會影響語法結構。

詞頭有「阿」，形成的疑問詞有「阿」、「阿那箇」；詞綴有「生」，形成「怎生」、「作麼生」。還有在疑問詞詞尾，加上「麼」字。這個「麼」只是前面疑問詞的分音。

王力（1958：394）：「『怎麼』是『怎』的分音，正像『那麼』是『恁』的分音一樣。」「怎麼」與「怎」的意義用法是相同的，而「甚」與「甚麼」也是同樣的道理。

然而「什麼」與「作麼」的「麼」卻不是分音而來，這二個詞的詞彙不是由詞加音構成的，「什麼」由「是物」演變而來，「作麼」由「爭」變化而來，二字是一詞不可分開，所以無法見到單用「什」與「作」當疑問詞的句子。

以上是二種疑問詞構詞的方式，忠實地記錄在《景德傳燈錄》中，欲了解近代漢語詞彙結構的轉變，必須要從此書疑問詞複合形式使用的實況來探究才行，缺少《景德傳燈錄》，研究資料便有缺憾。

二、疑問詞的新發展

基本上，《景德傳燈錄》的疑問詞多由上古、中古的疑問詞添加變化而形成。但更人欣喜的是新興疑問詞的產生，以「那」和「怎」為代表。「那」是

產生新用法，「怎」是新生的疑問詞，此二者至今日仍活躍地存在於現代漢語中呢！下文分別敘述。

（一）「那」的詢問用法成熟

反詰的「那」後接動詞或助動詞，用來問事理；詢問的「那」後接名詞，可供作選擇。這詢問與反詰，正是現代漢語「那」二大用法的源流。其中以反詰用法的起源較早，從先秦直到唐代是以反詰用法為主。

然而，到晚唐五代時期，產生了另一種新的用法——其後接名詞，用來表詢問，逐漸使用開來。到宋初的《景德傳燈錄》，「那」的詢問用法已多於反詰用法，次數甚至相差六倍，儼然是疑問代詞「那」的主流用法。

反詰用法在魏晉時期已然成熟，詢問用法則是到北宋初年才完成。因此到《景德傳燈錄》時，「那」的一種用法均已兼具，而且後發展的詢問用法，使用次數還超過原有的反詰用法。《景德傳燈錄》的「那」以「那箇」一詞最為常見，有 56 句，問者有給答者選擇答案的意味，這即是詢問最標準的句子。

可在北宋初年的《景德傳燈錄》語言資料裏，找到相當數量的「那」表詢問完整而成熟的例句。因而可說，「那」的第二種用法（表詢問）在此時已經成熟，這是藉助《景德傳燈錄》而得到證明。

（二）新生的疑問代詞——「怎」

現代漢語時常使用的疑問詞「怎麼」，用來詢問方式、原因、性狀。其初始詞形為「怎」，而「怎」直至宋代才產生。「怎」字的起源是唐代的疑問代詞「爭」。

王力（1958：294）：「現代漢語的『怎麼』，在唐代只用『爭』字來表示。到宋代才用『怎』字。」

「怎」分音成「怎麼」，《景德傳燈錄》出現有 14 句，是現代漢語「怎麼」的直接源頭。在宋代之前無法見到，這是新生且生命力十足的疑問詞語。

唐代的「爭」在句中只作狀語，而新生的「怎」字，在句子裏可當主語、謂語、定語及狀語等，這些實際句例在宋初的《景德傳燈錄》裡都已呈現出來，即使只有少少的 21 句。

「怎」當主語、謂語之時，傳承至今日，依舊使用「怎麼」，只是當主語用法較少見。而當定語、狀語的時候，就用「怎麼樣」一詞。以湯廷池（1981：

276～279）的例子來看：

例 173　你<u>怎麼</u>沒有跟他打個招呼？

例 184　你答應的事<u>怎麼了</u>？已經辦好了沒有？

例 185　你準備採取<u>怎麼樣</u>的措施？

這「怎麼」與「怎麼樣」是今日語言最常用來詢問事物靜態的性質、或動態的情狀，想到這些詞的起源來自於北宋，沿用至今已一千年，語言的生命力豈不驚人？

第四章 《景德傳燈錄》的是非問句

本章針對《景德傳燈錄》是非問句的句式及疑問語氣詞來討論，預期呈現是非問句的組織架構，以及《景德傳燈錄》的是非問句在語法史上的地位。

第一節首先界定是非問句的範圍，說明是非問句的要素有三：語調、疑問語氣詞、疑問副詞。第二節是非問句的類型探討，以三要素來分類是非問的句式作為開端。

第三節探討是非問句中疑問詞用法，以疑問詞氣詞為經，疑問副詞為緯，分項作句式分析。全書所出現疑問語氣詞共有八個：乎、耶、也、哉、否、無、那、麼。疑問副詞有七個：還、曾、莫、其、寧、可、把二者關係加以歸納比較。

第四節略述《景德傳燈錄》在語法史的定位及重要性。整理出四項特點：句式以「還 VP（＋語氣詞）」為最大宗；是語氣詞由「無」到「麼」的中介點；是現代語氣詞「嗎」的起源；以及和現代閩南語的關係。期待由這些探討能對《景德傳燈錄》的是非問句，有更清楚而全面的認識。

第一節 是非問句界說

學界對於界分疑問句型分類的相關問題，迄今仍無定論〔註1〕。然而眾人有

〔註1〕請見《語法研究入門》中〈關於疑問句的研究〉一章邵敬敏所撰，頁 536～557。

一基本共識：特指問句和是非問句是疑問句的兩個基本類型，因為它們在「疑問焦點」與「句法形式」上有著極大的差異。特指問句擁有疑問代詞，此為疑問焦點所在。是非問句無疑問代詞，疑問的焦點為整個句子。在將疑問句作分類時，必須要審慎考量這些條件。

一、是非問句定義

關於界定是非問句的範疇問題，最早見 1940 年代呂叔湘在《中國文法要略》書中（p.285）即對是非問句作一番闡述：

> 是非問句，我們的疑點不在這件事情的哪一部分，而在這整個事情的正確性。……這類問句可用「然、否」回答。

這指出是非問句的疑問焦點並不是在某一個詞語上，而是對整個句子的正確與否懷疑，是故提出詢問。而答者必須針對完整的句子，來作肯定或否定的答覆。

在呂氏之後，接連有許多學者投入疑問句的研究行列，他們對是非問句的定義是否與呂叔湘相同呢？以下是四位學者的論述：

湯廷池（1981：222）把是非問句稱為「語助詞問句」，認為此類問句是「在直述句的句尾附上疑問語助詞而成」，又「可以用是、不是來回答」，所以才有「是非問句」的稱呼。可見湯氏著重在「疑問語助詞」的有無，作為判斷的根據。

朱德熙（1982：202）說：「只要把相應的陳述句的語調換成疑問語調，就變成了是非問句。」將疑問句視為陳述句的變形，而以語調的變化作為是非問句的主要條件。

陸儉明（1982：29）以現代漢語為資料來源，他將疑問句分為是非問句和非是非問句（包含特指問句和選擇問句）。此二項在「句子的語段成份」和「語調」有著明顯的差別。

所謂的語段成份，指的是「疑問形式的語言成份」，也就是指疑問代詞。陸儉明（同上）說：「是非問句是由非疑問形式的語言成份構成的。」是非問

此文把各家對疑問句的分類作有很清楚的介紹，且將各家的疑問句分類整理為四大類。

句句尾可以加語氣詞「嗎」，但除了這語氣詞外，就只能靠「語調」，否則，句子的其他部份並不能探查出其與陳述句不同處。

但是，是非問句並不等於陳述句，是非問句的疑問焦點是整個句子，仍要藉助一些手段來達到疑問的目的。陳妹金（1993：21）言疑問句中用于負載疑問信息、傳達疑問功能的疑問手段主要有：語音手段、詞匯手段、句法手段三種。

詞匯手段是加疑問代詞，是形成特指問句所藉助的方式。選擇問句和正反問句所運用表達疑問的手段是以句法方面的改變為主。至於是非問句則是以語音手段的「疑問語調」和詞匯手段的「疑問語助詞」來協助表達發問的訊息。

統整上述各家說法，發現是非問句與特指問句的確存在極大的差異。首先是疑問焦點的不同，特指問句的疑問焦點是落在疑問代詞，而是非問句確是整個句子。

特指問句的句末語氣詞為輔助用途，然是非問句的句末語氣詞卻是主角。再以和陳述句比較的角度來看，是非問句不更動句子的任何部份，即能表達疑問語氣；而特指問句是得將相應的部份替換成疑問代詞。

因此，是非問句的組成與特指問句是有極大的不同。是非問多以疑問語氣詞協助表達疑問口氣，若是沒有疑問語氣詞的是非問句，其句尾語調則必須上揚，否則便與陳述句無異。

二、是非問句構成要素

從上述討論，可歸結出構成是非問句的要項有：疑問語氣詞和語調二項。以下就分別來論述之。

（一）疑問語氣詞

構成是非問句的條件之一是要具備疑問語氣詞，只要在直述句句尾加上疑問語氣詞，就能形成一個是非問句。呂叔湘（1941：286）說：

> 是非問句可以單用語調來表示，但大多數運用疑問語氣詞。……
> 疑問語氣詞有二類：一類用在句末，白話用「呢」、「嗎」、「吧」、「啊」
> 等，文言用「乎」、「歟」、「諸」、「也」、「哉」等；一類用在句中或
> 句首，白話有「可」、「難道」等，文言有「豈」、「其等」。

呂叔湘所謂的「句中語氣詞」指的即是今日所稱之「疑問副詞」。他認為是非問句可以不用任何疑問詞，只憑語調。但是大部份的是非問句，仍是要藉助疑問語氣詞與疑問副詞。

再以疑問詞的角度看，當中尤以疑問語氣詞為重。如湯廷池所言：「在直述句的句尾附上疑問語助詞而成。」換句話說，疑問副詞與疑問語氣詞二者之間，當是以疑問語氣詞的地位重要多了。

然而，依歷史的發展不同，是非問句的疑問語氣詞與疑問副詞的變化也有不同。在先秦階段，何樂士（1992：8）研究古漢語的是非問句後說：「這類問句（指是非問句）不帶語氣詞的情形很少。」亦即是上古時期的是非問句幾乎以代語氣詞為常態。

以下舉一二例為證（引自呂叔湘《中國文法講話：288》）：

1. 井有人焉，<u>其</u>從之<u>也</u>？《論語·憲問》

2. 居馬上得之，<u>寧</u>可以馬上治之<u>乎</u>？《史記·陸賈列傳》

在此階段，以語氣詞和副詞來形成是非問的句式是比較多的，運用到語氣詞的有「抑」、「乎」、「歟」、「耶」等字。

疑問語氣詞是是非問句裏，變動最為劇烈的一項。孫錫信《近代漢語語氣詞》的書前張斌先生作的序說：

> 拿文言語法和現代漢語語法比較，有許多差別，最顯著的是語
> 氣詞全部更換了。

語氣詞是最明顯跟著口語演化而一直變動的，隨時代遷移而隨之更動。因此，探查疑問語氣詞的歷史發展，其豐富的變化是最大的特點。然而語氣詞的盛行並不是一直持續下去的。

到了魏晉南北朝，是非問句有了較大的變化。柳士鎮（1992：299）說：

> 出現了一些不用疑問詞語的疑問句，這在較為接近口語的載籍
> 中表現尤其明顯，因為口語常常可以借助語境、語調來表示疑問。

單憑語調不用疑問詞語的是非問句，從這時開始，已漸漸顯露在記載口語的典籍上。到元明清等時代，是非問句中語氣詞和副詞的功能更加式微，日本學者植田均（1999：96）研究元明清時的是非問句說：

話本小說更是十分多見，比如《水滸全傳》裏的是非問句，多
數不用疑問語氣詞和疑問副詞。

文中舉例：《水滸全傳·第 39 回》：「如今卻倒去害宋三郎的性命？」在此例句
中既不見疑問語氣詞也不見疑問副詞，那麼，如何表達疑問的口氣呢？就只能
憑藉上升的疑問語調了。句式會有由偏重疑問副詞、語氣詞到省略二者，轉變
成以語調為主，這可能是和是非問句的疑問焦點有關。

是非問句的焦點是整個句子，在口語敘述裏，因為語境是雙分所熟悉，為
了節省時間，避免不必要的浪費，所以便將疑問語氣詞略去。因為省去疑問語
氣詞，並不改變句子的疑問焦點，言談雙方不會有誤解的困擾，所以才會在口
語文獻中，省去語氣詞的疑問句有增多的趨勢。

（二）疑問語調

疑問語調在四類疑問句型裏，其份量是不同的。呂叔湘認為在是非問句裏
必須要藉助疑問語調，如他在（1941：286）說：「是非問句可以單用語調來表
示。」又（1985b：242）再次說明：「是非問句用疑問的語調。」

這表示在是非問句裏，疑問語調是必要條件的。因為是非問句的疑問焦點
是整個句子，範圍太大容易模糊，才要語調協助。但在特指問句與正反問句、
選擇問句裏，因為具有疑問焦點明確，聽者不至於混淆，是故不必再借用語調
來協助表達，疑問語調就成非必要條件。

林裕文（1985：92）認為：

句尾趨升的句調，其實不過是第四項形式標誌（語氣詞）「嗎」
的一種補充手段。……只有當是非問句不用「嗎」時，疑問信息才
需要靠句尾升高的句調來負載，它才是表示疑問的形式標誌。

從此段話看出，疑問語調並不是主要的疑問訊息負載處，除非問句沒有疑問語
氣詞。只要有語氣詞，句尾升高不升高都無關緊要。而上升的疑問語調，其功
能發揮最多的場合，就是在非是非問句。

因此，語調究竟能代表多少程度的疑惑口氣，似乎是因人人的認知不同而
有差異了。

但是，語調在是非問句裏的確有其重要性。然而從魏晉開始，到元明清
時代，不用疑問詞（語氣詞與副詞）的是非問句越來越多，這些是非問句若

失去疑問語調，將與陳述句無異，因而，在是非問句裏，語調的地位是不可忽視的。

但是，在書面語言中，單以語調來表達疑問語氣的句子並不多見，這極可能是未被察覺，因為這類單用語調的句子難以判斷是否其為問句。因語調是無法被記錄於文字中的。

在一般日常對話中，可以借助語境、甚至肢體語言來協助，若將疑問語氣詞省去，光靠疑問語調，也不至於影響雙方對談。但在書面資料的解讀，往往會造成判斷上的困難。唯一的線索只能依靠上下文，以上下行文的口氣，來判別這個句子是否為沒有疑問語氣詞的是非問句。

是故，在對《景德傳燈錄》的是非問句討論裏，將單用語調的是非問句一類列出，但卻不把這些問句列入探討的重心。實因這類句子與直述句沒有兩樣，重心是放在有疑問語氣詞的句式當中。

對疑問語調，可將之視為構成疑問句的一項輔助條件，而這項條件在沒有疑問語氣詞的是非問句裏，才會躍居首要地位，否則，只是輔助語氣表達的工具而已。

統整對是非問句幾個要素的討論，可以歸結出：

在是非問句裏，疑問焦點是一整個句子，所以表達疑問口氣的工作主要落在疑問語氣詞與疑問副詞身上，二者中又以疑問語氣詞為主。至於疑問的語調，主要使用在無疑問語氣詞的是非問句中。所以，在是非問句裏，依重要性排列的順序為：疑問語氣詞、疑問副詞，最後是疑問語調。

是故疑問語氣詞的重要性是居首要的。而本文對《景德傳燈錄》裏是非問句的分析，即是以疑問語氣詞為主，輔以疑問副詞來探索是非問句的風貌。

第二節　是非問句句型分類

《景德傳燈錄》的是非問句共有 868 句。是非問句若是用疑問詞來幫助表達推測詢問的口氣的句子，就明顯可知此為問句。若是不用疑問語氣詞或疑問副詞者，則應是以上升的語調來輔助傳達疑問意味。

想把是非問句作詳盡地分析，疑問語氣詞使用以及特色或限制，再與疑問副詞的搭配狀況等，這都是分析是非問句的重心。

以這些要點來剖析《景德傳燈錄》的是非問句，從核心的疑問語氣詞開

始，輔以疑問副詞的搭配來探討。期待對北宋初年反映在《景德傳燈錄》的口語現象，有較深入的瞭解。

　　本文所統計出的 868 句這個數字，除了包括有疑問語詞的句子外，對於單以語調來表達疑問的句子，則採較嚴格的選取標準，亦即在上下文當中，依答者的回答來判定前句是否為問句。有許多句子似乎是自問之句，詢問語氣不明顯，又無法找到回答的語句，這類就不列入計算。

　　下面進入是非問句的細項分類討論，將從語調、疑問語氣詞和疑問副詞的使用情況來分三類：

一、單用疑問語氣詞者

　　在《景德傳燈錄》868 句中，有疑問語氣詞的句子（不論是否有疑問副詞），就佔 98％以上，接近 862 句，可說是最大宗，所以，疑問語氣詞的用法情況，與是非問句的是緊密結合的，在討論是非問句時，論述的重點就在語氣詞的變化。

　　《景德傳燈錄》的是非問句裡，單純藉用疑問語氣詞來表達疑問口氣的句子總共有 264 句（不用疑問副詞者），佔全部是非問的百分之三十。這類的是非問句是以一個陳述句為基本架構，在句子末尾再加一疑問語氣詞而成。

　　綜觀全書，在是非問句後所出現的疑問語氣詞總共有九個，有的是沿襲上古漢語的，有的是新興的詞語。它們在語義的表達上，分別扮演不同的功能角色，也各佔有不同的比例和地位。

　　如果依照使用比例來排列，這八個語氣詞由高至低的順序為：麼、無、否、耶、乎、哉、也、那。以下是單用語氣詞的幾個例子：

　　　　a. 師云：「且放下葛藤，會麼？」云：「不會。」（12.215）

　　　　b. 問：「佛在日為眾生說法，佛滅後有人說法也無？」（23.459）

　　　　c. 師曰：「乞眼睛底是眼否？」僧無對。（14.273）

　　　　d. 曰：「此道德之風也。當有聖者出世嗣續祖燈乎？」（2.31）

　　　　e. 師問云：「但道修涅槃堂了也？」僧問：「久嚮灌谿，到來只見漚麻池？」（12.222）

這類句子如果去掉疑問語氣詞「麼」、「無」、「否」、「乎」等詞，其句式看來與陳述句一模一樣。這類句式的疑問語氣詞只出現於句末，不在其他地方。其特殊點是疑問語氣詞因時代不同，而有不同的字詞，也各具不同的用法。由此項就能看出各時代不同的語言風貌。

在《景德傳燈錄》有上述八個語氣詞，時至今日，在是非問句的句尾，若使用語氣詞的話，則以「嗎」為最主要。而「嗎」的由來，正是近代時期的「麼」字。現代漢語傳承自近代漢語處實在太多。

二、疑問副詞和疑問語氣詞並用者

在疑問句中，疑問副詞可以單用〔註2〕，也可以和疑問語氣詞一起搭配運用。疑問副詞可依其特性，再區分為二：反詰副詞和測度副詞〔註3〕。每個副詞有其偏重扮演的角色，各司其職，才能將使用者心中所要表達的話語，完整無誤的傳達出來。

疑問句中若出現猜測副詞，可判定此句屬是非問句，若是反詰副詞的話，就歸入正反問句。還有一類句子是反詰副詞和疑問語氣詞同時出現，亦將之納入是非問句。因為這類句式，回答者必須以「是不是」回覆，加上詢問重心是放在整個句子上，全句推測意味重於反詰意味，這不是和是非問句的條件相同嗎？因此屬於是非問句的範疇。

在《景德傳燈錄》裡的是非問句中出現的疑問副詞，主要有七個，依使用次數由高至低的排列：還、莫、豈、可、曾、其、寧。疑問副詞同時具備反詰和測度這二種用法的是「豈、可、寧」三字。在此先討論它們的測度用法，至於反詰用法留待正反問句部分再探討。

在全書的是非問句裏，二者均用的句子有552句，佔全部是非問的63.5%，這類二者並用的句式，可說是是非問的主流形式。當中以有「還」字的句子最多，有404句；其次是「莫」，有91句；再來是「豈」，有37句。這三個

〔註2〕至於單用疑問副詞的句子，依其語氣，故歸入正反問句一類。

〔註3〕呂叔湘《中國文法要略》：「文言中的句中語氣詞，沒有一個表單純的詢問語氣。『豈』字最習見，和『庸』『詎』『寧』等相同，以反詰為主。『其』字偏於測度。」頁292。所謂的句中語氣詞即為疑問副詞。

加起來已有 532 句，剩下的部份才是其餘幾個副詞的句子，比例相差十分懸殊。

以下列舉的是語氣詞和副詞並用的例子：

  f. 曰：「不病底<u>莫</u>是智頭陀<u>否</u>？」師曰：「病與不病總不干他事，急道急道。」（14.271）

  g. 師曰：「非見月。」曰：「<u>豈</u>可指認為月<u>耶</u>？」（25.520）

  h. 心無是者，亦無不是者。汝擬執認，<u>其</u>可得<u>乎</u>？（25.520）

  i. 丹霞云：「住即且從，還有那箇<u>也無</u>？」師云：「珍重。」（7.124）

範例中的疑問副詞有「還、莫、豈、其」，搭配疑問語氣詞「無、否、耶、乎」。若句中無語氣詞，詢問的語氣是咄咄逼人的，但加上語氣詞，整句語氣轉為委婉，反問的味道大大減低，因此，歸入是非問句中是理所當然的。

三、單用語調者

這類的是非問句不用疑問語氣詞和疑問副詞，只單憑語調來表達疑問意味。二種疑問詞都不用，有時很難判斷其是否為疑問句，讀者只能以上下文作為衡量依據，才能判斷出其是否有疑問的意涵。

因在口語中，語境是彼此雙方所熟悉，只靠上升語調即可明白，不會有誤解的情況。然而，這在書面上卻即為不利，因語調難以呈現，不容易察覺。列舉在《景德傳燈錄》裡的幾例：

  j. 其僧卻迴。師問：「<u>闍黎近去返太速生</u>？」僧曰：「某甲到彼，問佛法不相當，乃迴。」（16.303）

  k. 師曰：「<u>朝看東南，暮看西北</u>？」僧曰：「不會。」（12.228）

  l. 問：「<u>祖師是無事沙門</u>？」師曰：「若是沙門，不得無事。」（17.328）

  m. 師洗衣次，有僧問：「<u>和尚猶有這箇在</u>？」師拈起衣云：「爭奈這箇何？」（8.136）

單看劃底線的句子，並不覺得它是疑問句，然而接著往下看另一人的回答，

明明就是針對前句話而來的，因此推論前者必是疑問句。以例 k 來說：「朝看東南，暮看西北？」看似陳述句，但對方卻回答「不會」，依此判定「朝看東南，暮看西北？」應是疑問句而非陳述句。

這類句子不容易判別，所以在此採取較嚴格的篩選，只在回答者針對對方所提的句子作內容回答時，才承認前者所提的是疑問句。否則在禪宗機鋒的對答中，似乎句句是問句，卻又句句不似問句，在研究取樣時會造成困擾。因此在數量上，此類問句是比用疑問語氣詞或是疑問副詞的句子少多了。

這類句子沒有疑問詞可以輔助，因而需以上升的語調來幫助表達疑問的口氣，在口語對話裡，說話雙方所熟悉當時語境，所以容易判別。然而若書之於文字，只能完全依上下文來了解了。

這種只藉助上升語調的是非問句，傳沿至後代愈發興盛，這是近代漢語，與現代漢語的是非問句一項差異，植田均（1999：96）說：

> 近代漢語有別於現代漢語的，主要是有疑問語氣詞和疑問副詞的。

換句話說，現代漢語多不用疑問語氣詞和疑問副詞的是非問句。今日的是非問句，其特點即在於多純粹以語調來表達疑問意涵，這是是非問句特殊的改變。

第三節　是非問句中疑問語氣詞的運用

本節主在探討《景德傳燈錄》是非問句裏疑問詞的使用狀況，分析疑問詞的特性與運用差異。是非問句是以疑問語氣詞為其靈魂重心，所以下面分項敘述，將以疑問語氣詞為經，疑問副詞為緯，採察二者在句式的使用的狀況，希望看出在《景德傳燈錄》中疑問詞所展現的特點。

經查尋結果，出現在《景德傳燈錄》是非問句末的疑問語氣詞共有八個：乎、耶、也、哉、否、無、那、麼。將八個疑問語氣詞依本身的特性分為三組，「乎、耶、也、哉」一組，「否、無」一組，「那」、「麼」分開討論。

第一組的四個語氣詞傳承自上古，是傳統的語氣詞。第二組的語氣詞原來都興盛於中古時期，且本身均含有否定的意味。第三組的「那」起源於魏晉，以至唐宋均有發展，而「麼」字是宋代新興且異軍突起的詞語，到宋代之後使

用更普及廣泛了。「麼」在本書的使用比例非常高。下面將先列表呈現它們的使用數據，再詳細地敘述各個語氣詞的用法：

〈表4-1　《景德傳燈錄》疑問語氣詞使用的次數表〉

句末語氣詞	乎	耶	哉	也	否	無	那	麼
次數	45	67	11	9	70	196	5	448
佔全書是非問的百分比例	5	7.4	1.2	1	7.7	21.8	0.6	49.4

一、乎、耶、也、哉

王力先生在（1958：446）裏指出「上古的疑問語氣詞主要是四個：乎、哉、歟（與）、耶（邪）。」他將「也」歸入陳述語氣詞裏，當說明原因、解釋可能等用途的判斷語氣詞。事實上「也」除了陳述用法外，也有疑問的用法，只是以陳述為其主要用法而已。

在觀察《景德傳燈錄》的疑問語氣詞之後，尋找出「乎、耶、哉、也」四個語氣詞，在是非問後扮演疑問語氣詞的角色。這四個不一定是上古最常見的，但它們的確是繼承上古發展而來的。

這些語氣詞在《景德傳燈錄》的是非問裏共使用 127 次，佔全書是非問的百分之十四點二，比例並不算高。一般而言，沿襲舊有詞語的句子較為古板，缺乏生命力，口語對話裏不再喜愛使用，這反映在記錄口語的《景德傳燈錄》書中，出現比例自然偏低。下表是語氣詞「乎、耶、哉、也」在書中各卷的分布次數：

〈表4-2　語氣詞「乎、耶、哉、也」在各卷的分布表〉

句末語氣詞 ＼ 次數 ＼ 卷別	卷 1-10	卷 11-20	卷 20-28	卷 29-30	次數總合
乎	29	7	9	0	45
耶	33	17	17	0	67
哉	2	1	7	0	10
也	3	3	2	0	8

從分布的情況，可看出這幾個語氣詞（除了「哉」外），著重在卷 1～10 的居多。若以只佔全書的 14.6％的低比例，再加上幾近一半是出現在前十卷

裏，可判別在本書的絕大部份的判別內容中，是極少出現這四個語氣詞的，由此亦能約略判別《景德傳燈錄》的資料年代。

《景德傳燈錄》的前面十卷記載的是歷史上的人物，相信道原在撰寫時必定引用相當多的古籍資料，所以這些沿承自上古的語氣詞才會多次出現。而在後二十卷裡記錄的是當代禪師的對話，自然使用當時新興流行的語氣詞，這些上古語氣詞出現的機會是少之又少了。將這四個語氣詞分析於下：

（一）乎

「乎」在全書的使用次數為 67 次，大部份是在是非問句裏（有 45 次），其餘是出現於特指問句末尾。在是非問句的 45 次，有 64% 以上集中在前十卷，這同樣地和歷史傳承有即密切的關連。「乎」常常是和疑問副詞配合著使用，以下依疑問副詞的不同分別探索其用法：

1.【可 VO 乎？】〔註4〕

此處「可」是為「可以」之意，當作詢問副詞來看待。

> a. 先問彼眾曰：「此偏行頭陀能修行，<u>可</u>得佛道<u>乎</u>？」（2.33）

> b. 侍者請避之，師曰：「死<u>可</u>逃<u>乎</u>？」（8.141）

此類句型的動詞多是用「得」字（7 句中有 5 句），比例超過一半。而「可得……乎？」是語氣詞「乎」基本的句式形貌。

2.【其 N 乎？】

在這裏「其」代表的是將然的語氣，意為「大概」，有強烈的感嘆成份在其中，此種用法表達出較為激動的情感。

> c. 方隨侍至上，執弟子之禮。觀曰：「毘盧華藏能隨我遊者，<u>其汝乎</u>？」（13.249）

> d. 師一日自念曰：「餅是我持去，何以返遺我耶？<u>其</u>別有旨<u>乎</u>？」（14.269）

此用法自先秦時代就可找到許多相同的句式，如：《論語》的「知我者，<u>其天乎</u>？」，句式是相同的。

〔註4〕「V」是動詞；「O」是賓語；「N」是名詞；「S」為主語；「P」是謂語。

3.【豈 V 乎？】

「豈動乎？」句型的動詞，包含動補（如例 e）和動賓（如例 f）結構。這種語句帶有反詰的意味。

> e. 一旦自謂曰：「學無常師，豈宜齦齦於此乎？」即辭抵宜春仰山。（12.228）

> f. 乃曰：「持犯但律身而已，非真解脫也，依文作解，豈發聖乎？」（21.408）

另外，「乎」也能和「莫」、「況」、「詎」等副詞合用，但均僅各一次，故不另列項目。

4.【S 能 V 乎？】

「乎」字句中，多用「能」這個能願動詞來輔助主要動詞，如下例：

> g. 師曰：「汝能不婬乎？」曰：「亦娶也。」（4.75）

> h. 師曰：「汝能庚上帝東天行而西行七曜乎？」曰：「不能。」（4.76）

此用法的「乎」和今日的語氣詞「嗎」是扮演相同的角色的。例 g 含否定詞「不」，從反面問；例 h 是從正面詢問「能嗎？」，相同句型的句子在原文裏重複好幾次，加強疑問的口氣，帶有反問的效果。

（二）耶

王力先生指出（1958：450），在上古時期「邪」和「耶」是相通的，用途為「要求證實」。以今日的語言翻譯，則是接近「嗎」字。孫錫信（2000：17）補充說：「魏晉南北朝時期用「耶」明顯增多，尤其是譯經文字中「耶」字頻繁出現，似超出用「邪」字。」在《景德傳燈錄》裏，則只見「耶」而未見「邪」了。

「耶」字在《景德傳燈錄》全書中，共出現 121 次，在是非問句尾有 67 次，所佔比例最高。在這四個上古語氣詞中，「耶」的使用次數是最多的，且集中在前面幾卷。以下就來分析「耶」的用法。

1.【疑問副詞＋耶】

與「耶」搭檔的疑問副詞有「豈」、「莫」等，實際句子如下：

> a. 僧云：「佛性豈有南北耶？」師云：「饒汝從雪峰雲居來，只
> 是箇擔板漢。」（10.179）
>
> b. 黃檗曰：「莫是困耶？」曰：「才钁地，何言困？」（12.211）

此類句式以「豈＋耶」為最多，有 23 句。除了「豈」、「莫」外，還有「寧」、
「曾」，只是數目少多了。

2. 【無疑問副詞的「耶」字句】

下面這一段話，重要了三個相同的字句，讀起來饒富禪宗語言迂迴纏繞的
趣味：

> c. 又問：「教中說幻意是有耶？」師曰：「大德是何言與？」云：
> 「恁麼，幻意是無耶？」師曰：「大德是何言與？」云：「恁
> 麼，幻意是不有不無耶？」（10.173）

「耶」字在句子的功用，表示揣測未定的語氣，用在帶測度意味的是非問句中。
以此 3 例而言，這種功能已能清楚的呈現了。

（三）哉

孫錫信（1999：16）歸納上古時期「哉」的用法說：「『哉』用在問句中，
多數是表示反詰語氣。」這與《漢語史稿》是一致的，又提出「哉」多與「豈」
相呼應。如果將之與《景德傳燈錄》作一對照，發現《景德傳燈錄》的「哉」
字用法和上古時期是一致的。

「哉」在是非問句裏出現次數只有 11 次，其中有 6 次是與「豈」字合用，
2 次與「可」，剩下 3 次才是單用的狀況。很明顯是沿襲上古用法，並無改變。

1. 【豈（可）（V）O 哉？】

「豈」與「可」都可當疑問副詞使用，若「豈可」連用，可將之視為疑問
副詞加能願動詞來看。

> a. 言假則影散千途，論真則一空絕跡，豈可以有無生滅而計之
> 者哉？（25.517）
>
> b. 謂人曰：「吾本避上國浩穰。今復煩接君侯，豈吾心哉？」

例 a 是「豈可動賓哉？」中的「可」是能願動詞，「豈可」意為：「哪裡可以
有……」，搭配「哉」這個語氣詞，比單用「豈可」語氣緩和多了。例 b 是單

用名詞「豈＋名＋哉」。另外有「良可傷哉？」句子，單與「可」合用，就語法角度來看，這句和「豈可傷哉？」是相同的。

2.【SP 乎哉？】

主謂結構的句子，通常是由形容詞來充當謂語，在下面 c 例正是如此。

> c. 師上堂曰：「道遠乎哉？觸事而真。聖遠乎哉？體之則神。」
> （25.510）

「乎哉」二個語氣詞連用，就是相當引人注目的句子，連用有加強語氣的效用。在此發問者心中已有確切答案，表面雖是詢問，卻不讓對方存有任何反面回答的機會。

（四）也

「也」在上古時期多是用在肯定句句末，表達的是判斷、確定的語氣，這種用法是頻繁的出現於各篇文言篇章裏的。在《景德傳燈錄》裏的「也」稍有不同，它有不少在肯定句尾，表達論斷語氣的功能，它也有在疑問句尾，表達疑問語氣的用法了。

綜合全書的疑問句，在句尾使用「也」的只有特指問句和是非問句，特指問句用了 73 次，是非問句僅用 8 次，所以大部份的「也」是出現於特指問句裏的。而特別的是在這 8 次裏，有 5 次是與「豈」這個測詞合用，作一分析於下：

> a. 上座，豈是今日會得一則明日又不會也？莫是有一分向上事
> 難會，有一分下劣凡夫不會？（25.502）
>
> b. 師曰：「道由心悟，豈在坐也？」（5.81）
>
> c. 師云：「你是什麼僧？」僧云：「豈無方便去也？」（8.144）
>
> d. 師曰：「你若認這箇，還成心佛去也？」曰：「請和尚說。」
> （28.593）

例 a 是判斷句型，意為：「難道是今日會一項，明日又不會啊？」加「也」使得反詰語氣不再那麼強烈。例 b 之「難道是在打坐而已？」與例 a 同。

前三例與「豈」孝合用「豈」在是非問句裏，與疑問語氣詞的結合程度相當高，與「也」也不例外。d 例是「還＋也」的結合情形。而在句末「也」前

常常用「去」這個趨向動詞，這種特殊情形的產生原因，想來應「去」字本身有關係吧。

以上是《景德傳燈錄》中四個疑問語氣詞，從上古即普遍使用的。下一部分要討論的二個疑問語氣詞，是興盛於中古時期的疑問語氣詞，帶有否定詞的意味。可見《景德傳燈錄》一書所出現的語氣詞，種類是相當多樣的。

二、否、無

這部份所探討的二個疑問語氣詞的共同特性是：原來均是否定語氣詞，而且均以中古時代為其光輝時期。在發展的歷程中，否定的意味逐漸消失，所以將之歸入疑問語氣詞，表純然的虛化語氣，不再有具體的否定意義。首先是二詞在《景德傳燈錄》各卷的分布情形：

〈表 4-3　疑問語氣詞「否、無」在各卷的分布表〉

語氣詞 ＼ 次數 ＼ 卷別	卷 1-10	卷 11-20	卷 21-28	卷 29-30	次數總合
否	22	28	20	0	70
無	20	111	65	0	196

從上表可以看到「否、無」三個語氣詞，在前十卷所出現的次數是低於中間幾卷的，明顯的集中在卷 11～28。由此情況可以佐證這四個語氣詞真是是中古新生的，而使用多樣化，因此在富歷史色彩的前十卷裡，是比較少見的。接著分別探討這二個語氣詞：

（一）否

「否」字的分析可「依句式來分別」，即以「判斷句型」為分斷憑據，是判斷句尾的「否」，我們視為「否2」，非判斷句則視為「否1」。〔註5〕

因為判斷句裏，一定有判斷繫詞「是」存在，所以當被問者要回答時，當然必須以「是、非」或「然、否」來回應，這類問句的核心是整個句子而非重點字詞，基於這二個理由，當然歸入是非問句而非正反問句。

〔註5〕「否」字反分詰（否1）和測度（否2）二種，以是否有「繫詞（是）」為依據。此參考《祖堂集句式研究》第五章之研究結果（頁 183），周碧香博士論文，2000 年6月。

在《景德傳燈錄》的「否」字，總共出現 350 次，其中有 70 次是在是非問句裏，即是「否 2」的用法，以下先列出一張表格，視「否 2」在判斷句中用法的細微差異：

〈表 4-4 疑問語氣詞「否 2」的句型分類表〉

句 型	詳細句式分類	次 數
判斷句型（是＋否 2）	是……否？	37
	……是否？	27
	，是否？	6

接下來分別作探討：

1. 【是……否？】

第一類的「是……否？」裏，可再以句中是否使用到「莫」這個疑問副詞來分：全部 37 次中，有用到「莫」字的有 19 句，沒有疑問副詞的是 18 句約略各佔一半。二種情形的用法分列於下：

  a. 鹽官曰：「我在江西時，曾見一僧。自後不知消息，莫是此僧否？」（7.126）

  b. 僧曰：「莫便是和尚極則處否？」師曰：「南巖讓禪師。」（13.246）

  c. 又問：「禪師見十方虛空是法身否？」師曰：「以想心取之，是顛倒見。」（5.101）

  d. 講華嚴座主問：「禪師信無情是佛否？」師曰：「不信。」（28.586）

「莫是二字中，有時可插入「即」或「便」，形成「莫即是」、「莫便是」，這樣用進文句裏，當使文句的含意比較流暢，這可是口語話的詞語呢。這類句式中的謂語，大多是由名詞擔綱，但也有使用動詞的例子，如「莫便是接否？」（18.361）

  在 c 和 d 二個例子中，應當將「十方虛空是法身」、「無情是佛」視為一體，它們是「見」、「信」的賓語，主語都是「禪師」。發問者請教的是：禪師們，十方虛空就是所謂的法身嗎？沒有情欲就是成佛嗎？

2. 【……是否？】

此部份看的是「是否」放在句子末尾的情形：

> e. 師問雲巖云：「聞汝久在藥山<u>是否</u>？」巖云：「是。」（9.151）

> f. 師問僧：「聞汝解卜<u>是否</u>？」曰：「是。」師曰：「試卜老僧看。」（14.273）

> g. 藥山乃又問：「見說廣州城東門外有一團石被州主移卻，<u>是否</u>？」師曰：「非但州主，闔國人移亦不動。」（14.272）

> h. 祖問曰：「見說座主大講得經綸，<u>是否</u>？」亮云：「不敢」（8.138）

以例 e 和例 f 來看，在「是否」之前，均是一完整的句子，主謂形式完備。「聞汝久在藥山」、「聞汝解卜」中主語「我」省略，動詞為「聞」，謂語是「在藥山」、「解卜」。在完整的句子後再加「是否」，可見詢問者欲詢問請教的重點在整句，而不是問句的某一小部份。因此，這類「否」字句，當然是歸類於是非問句裏了。

e、f 與 g、h 二類句子的差別不大，只在於「是否」二字有沒有再自己獨立出來，用一個逗號帶出，形成類似附加問句的形式。用 3 類比用 2 類的好處在於，文句可稍作停頓，逗號是文句裏語氣短暫停留之處，如果句子太長，把「是否」移到最後，再加逗號，說起話來就不會顯得太過侷促急迫了。

（二）無

「無」是個非常奇特的語氣詞，有許多值得討論的地方，所以分四項來解析「無」字。

1. 語氣詞「無」的歷史發展

「無」字除了動詞的用法外，從唐五代開始在句子末尾出現，它的角色是否定副詞相當於「不」。將否定詞「無」放在疑問句的句尾，這個疑問句就形成所謂的正反問句。疑問句末的語氣詞「無」是從否定詞變化而來的，而這二者交織的時代約在唐代。

唐人詩中大量使用「無」於句尾，以白話程度高的白居易詩為例：「晚來天欲雪，能飲一杯無？」開始的時候「無」的否定意味仍濃，與「否」不相

上下，但在句末時日一久，其否定意義逐漸地消失，虛化成是非問句末的疑問語氣詞。

　　「無」逐漸虛化成單表疑問語氣的句末語氣詞，而與新興的語氣詞「麼」功能重疊，因音近用法同，故逐漸被「麼」所替代。關於「無」在唐之後的發展，呂叔湘（1941：290）言：

　　　　「無」字就是白話裏的「麼」和「嗎」的前身。

　　孫錫信（1999：102）說：

　　　　「無」和「麼」都是唐五代時期產生和運用的疑問語氣詞（「麼」
　　　　在宋代之前字形作「摩」、「磨」），二者本來有區別，「無」是否定
　　　　詞而兼表疑問語氣，「麼」（磨、摩）不帶否定義，是純粹的語氣
　　　　詞。

因為同樣都帶疑問語氣，所以「無」很容易轉換成「麼」。「無」本來只是把疑問語氣的句子句末用詞部份，可以「麼」字替換。但「無」使用越多，其虛化的程度越高，導致「無」被「麼」所取代。

　　在北宋的《景德傳燈錄》裏，「無」字的出現次數已無法和「麼」比較，若將「無」的句式與「麼」的句子互相對照，會發現其實二者是可以互通的，那麼，「無」到北宋初期，事實上是和「麼」相同，這是本文將「無」與「麼」同列入是非問句一類的原因。

　　試比較下面幾個疑問句：

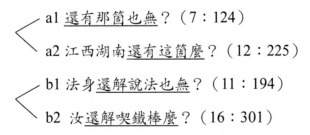

　　　　a1 還有那箇也無？（7：124）
　　　　a2 江西湖南還有這箇麼？（12：225）
　　　　b1 法身還解說法也無？（11：194）
　　　　b2 汝還解喫鐵棒麼？（16：301）

看來「無」與「麼」在《景德傳燈錄》裏，應是沒有差別的。而「無」因為漸被取代，所以使用次數漸漸降低。這是從句法的運用來證明，語氣詞「麼」是由「無」逐漸轉換而來的。

　　而「麼」與現代漢語「嗎」的關係，於下部份探討語氣詞「麼」的時候，會有詳細解說。

2. 《景德傳燈錄》的「無」、「也無」

「無」在《景德傳燈錄》疑問句尾總共出現 196 次，主要分布在中間幾卷，尤其是卷 11～21，共 113 次，佔全部「無」子句的 57%。

以「無」字結尾的句式當中以「還＋（也）無？」的結構佔絕對優勢，有 168 句，是全部的 85% 左右。而這種句式是和「還＋麼？」相同，可以《景德傳燈錄》的實例來說明之。

在主要句式的架構下，還可以容許小變化，如在主語之前加個「未審」，使得全句的詢問氣勢稍微緩和。此處的動詞以「有」為最多，共有 60 例，其餘的 138 例才是由別的動詞擔綱，這和「無」本身有關，因為「有」、「無」本來就是互相對應的動詞了呀！

「無」這個語氣詞用在句末，時常是與「也」連用，構成「也無」一詞。單用「無」字為疑問語氣詞的疑問句全書只有 11 句，而搭配也字的「也無」使用的次數有 185 次，依比例來說「也無」被使用是超出「無」單用非常多的。

以下分「無」和「也無」二部份來看：

首先是單用一字「無」，在句末的句子只有 11 句，有「還＋無？」和「曾＋無？」二種句型。以下是其中幾個例子：

　　a. 僧問：「草童能歌舞，未審今時還有無？」師下座舞曰：「沙彌會麼？」（18.362）

　　b. 曰：「還有不受潤者無？」師曰：「有。」（19.379）

　　c. 師問僧：「曾到紫陵無？」曰：「曾到。」師曰：「曾到鹿門無？」師曰：「曾到。」（20.391）

與單詞「無」配合使用的疑問副詞就只有「還」與「曾」，而「莫」之後只用「也無」，其他的疑問副詞，就未見與「無」搭配的，這情況與「麼」是一致的，這點也可作為證明「無」和「麼」二者相同，在用法上的證據。

因此，既和「麼」有相同的句式用法，當然同歸於是非問句的行列中了。這也是「無」演變成「麼」字的一個證明。

另外是「也無」：在全部的「也無」句中，「還＋也無」就有 170 句。以下舉例句，以輔說明：

d. 曰：「某甲學和尚，還得也無？」師曰：「若是汝，牛皮也須
看透。」（14.266）

e. 問：「學人擬問宗乘，師還許也無？」師曰：「但問。」（19.365）

f. 洞山曰：「汝還見理路也無？」曰：「見無理路。」（17.328）

g. 師乃問僧曰：「空還具六相也無？」淨慧曰：「空。」（25.513）

h. 師曰：「今夜與大眾同請假，未審還給假也無？」（21.422）

在句子中加入動詞「未審」的用意在於使語氣和緩，在語法上的差異便是使
句子的結構轉變，轉成「兼語句」。「未審」的主語是說話人本身，常常是省
略不出現。這些句例均屬「還 VO 也無」的句式，其中的「具六相、見理路、
給假」就屬於動賓結構的詞組。

接著是疑問副詞「莫」與「也無」的使用情況：

「莫是＋也無」的句子共有 12 句。當中用最多的是「莫便是」或再加「即」
字，成「莫即便是」。舉例於下：

i. 曰：「莫便是和尚消停處也無？」師曰：「馬是官馬，不用印。」
無？」師曰：「勿交涉。」（26.552）

「莫是……也無」的詢問語氣，因為有了「便」和「即」的加入，讓語調
可以和緩些，不至於太嚴厲。而「莫」並沒有與「無」配合的句子，而均是與
「也無」搭配出現在書中。

由以上 a 到 f 的句例可看出，「無」之前有沒有加「也」字，在句法結構
上是似乎影響不大，二者在當時的用法裏是搭配運用的。

3.「也無」之「也」字的由來

雙音節的「也無」，因為是兩個音節的關係，節奏比較疏緩，所以人們比較
喜愛，因而出現次數高出許多。不論以語意或是語法架構來說，有無「也」字
在「無」字句裏是相同的。因此，用「無」還是「也無」，對於整個句式而言，
似乎並無明顯的影響。

至於「也」字是由何而來呢？學者各有不同見解：

梅祖麟（1972：58）認為「還 VP 也無？」是由「還 V 邪不」而來，是以
「也」可能是「邪」的變讀說明。另外，馮春田（2000：710）認為「也」是為

連詞，是正反問句遺留下來的痕跡，最初的形式是「已」或「與」。

孫錫信（1999：56）則是認為「用無和也無的區別僅在於無是直接放在一個陳述句之後構成反復問，而也無則是在一個陳述之後先綴以『也』，表示陳述終了，然後再綴以『無』構成反復問句。」

我們認為孫先生的立論是可信的，因為在傳統的句式裏，「也」常扮演肯定句句末語氣詞的角色，功用在表達語氣的完結終了。演進到近代，也與「無」配合，形成是非問的一種句式。

此處的「無」均虛化成語氣詞，失去否定的意義，所以「無」字句仍應歸類於是非問中，不是歸於正反問句裏，如此較合乎漢語發展的歷程才是。

4.「無」與現今閩南語語氣詞「無〔bo〕」〔註6〕

以歷時的角度來觀察「無」這個語氣詞，在漢語史上，被「麼」所取代而逐漸消失，但在方言裏卻保留下來，仍舊存活在某些方言裏，所以若拿今日的方言與《景德傳燈錄》所載內容比對，可發現許多詞語並沒有消失，而只是轉換生存的領域罷了。

以筆者日常使用的閩南語為例，閩南語的是非問句的語助詞，即是以「是無」、「唔〔m〕」二個語氣詞為主角。湯廷池（1998：173）言：

> 閩南語的是非問句以「是無」、「唔」為疑問語助詞，其句法結構
> 與語用功能類似北京語的「嗎」或「吧」為疑問語助詞的是非問句。

此篇文章也提到（同上：183）「是無」是對應於北京疑問語助詞「嗎」。所以，「無」在漢語的官話系統雖已不存在，但在方言卻可找到活動的痕跡。

　　　a. 伊來有<u>無</u>？【出自楊秀芳（1991：266）】

　　　b. 汝〔有／無〕錢〔<u>是無</u>／唔〕？【出自湯廷池（1998：183）】

以上所舉的例句來比對，這句尾語氣詞「無」常常出現於有無句中，這與《景德傳燈錄》所呈現的情況是一致的。再以答問來說，閩南語「汝有錢是無？」的回答句應是：「是」、「唔是」（是、不是）。

在《景德傳燈錄》裏，「無」常與「也」連用，形成「也無」。「也」在《漢語方音字匯》所記廈門音：文言音為〔ia〕、白話音為〔a〕。

〔註6〕《廣韻》：「無，武夫切。」屬莊系微母字。《漢語方音字匯》一書頁129記載：「無」
　　　是遇攝合口三等字，其廈門音讀為〔bu〕文、〔bo〕白。

《廈門方言志：173》言：

> 廈門話，可把「有、無、要、呣、會、繪」構成反複問句，其
> 格式就是「V＋有＋無？」或「V＋有＋阿＋無？」如：
>
> 「看有無？」（看見了嗎？）「看有阿無？」（看見了還是沒看
> 見？）

「看有無？」的國語解釋為「看見了嗎？」，很明顯的語氣詞「無」等同於
國語的「嗎」。這與「無」變成「麼」，再轉成「嗎」的歷史演變一致，因此，
閩南語的「無（bo）」，就是近代漢語的「無」。

雖然不贊成將「無」的問句歸入正反問句中，但是其記錄的語言資料卻
為可貴。由《漢語方音字匯》的「也」讀〔a〕，再與《廈門方言志》所記的「阿」
（讀為〔a〕），從音韻上的證據，可推測「看也阿無？」的「阿無」即是近代
漢語的「也無」。

沒想到在官話系統已經消失的「無」，依舊存活在今日的閩南語中，這令人
驚訝。因而可知，方言的確是語言學研究相當重要的資料寶庫。從方言來尋找
語言演變的證據，是相當值得開展的一片研究領域。期待來日能有機會更深入
去琢磨方言與漢語史的關係。

三、那

「那」可作為的疑問代詞，也可以是疑問語氣詞。疑問代詞形式已於第
二章探討過，現在要進入的是疑問語氣詞的用法方面。首先「那」字的起源
為何呢？這點學界的看法差距甚大。江藍生（2000：34）認為「那」的演變
應為：

> 《祖堂集》和《傳燈錄》中呢1的用字十分重要，「聻、你、那、
> 尼」諸字是從「爾」變到「呢」的中間形式，有了這些中介為依據，
> 由「爾變到呢」說才比較可靠。

現代的「呢」，在中古是「聻、尼、你」，它們的前身則是上古的「爾」字[註7]。

〔註 7〕王王力（1958：454）言：「從語音上說，從『爾』變成『呢』是說得通的，但是
　　　從上古到近代，中間有近一千年的空白點，歷史的連繫無法建立起來。」王力無
　　　法建立其歷史發展，江藍生等學者以禪宗語錄為資料而證實「從爾到呢」的說法。

不過，「那」字從何而來？它出現的場合與「你、尼、聻」作比對，似乎用法並不全然相同。而且關於「那」還有許多問題，並不能因「從爾到呢」之說的建立而解決。

如：在悠久歷史的各種文獻裏，為何「那」的使用次數一直是偏低？在代表中古的白話文獻《敦煌變文》裏，也沒有「那」字出現？而佛典語錄裏雖有句例，但次數仍只是相當少？

因此有學者認為「那」是「耶」的傳抄筆誤，在宋代前，「那」是不存在的〔註8〕。因此，無須一定要把「那」的起源與「聻、你、尼」甚至「爾」連接起來。

或許把「那」獨立起來看，問題就不會如此複雜。就《景德傳燈錄》所見的「聻」與「那」，用法就有不同。「聻」用於具疑問詞語的問句中，歸為特指問句的疑問語氣詞。而「那」的句子是單純的陳述句結構，屬是非問句。因此二者各有所屬，互不相干。蔣宗澔（1996：71）所言，較為接近實際情形：

> 「那」應是產生於漢魏，沿用於六朝唐宋，發展於金元系白話
> 的一個口語語氣詞。它具有獨自的特點，與其他語氣詞無涉。明清
> 時，才逐漸為通語「呢」所并合。

是故，在探究《景德傳燈錄》的「那」時，本文是將「那」與「聻」等詞分開探討的。「那」作為疑問語氣詞，在《景德傳燈錄》裏只出現5次。這五次全列於下：

a. 師曰：「道不得。」僧曰：「真箇那？」師曰：「有些子。」
（13.247）

b. 德山聞舉，令侍者喚師去。問：「你不肯老僧那？」師密啟其意。（16.300）

c. 師問僧：「什麼處來？」曰：「江西。」師曰：「學得底那？」曰：「拈不出。」（19.368）

d. 師曰：「此人不落意。」曰：「不落意此人那？」師曰：「高山頂上無可與道者咱啄。」（17.332）

〔註8〕請參見朱慶之〈關於疑問語氣詞「那」的來源考察〉，《古漢語研究》1992：2。

　　e. 曰：「如何領會？」師曰：「更嫌無缽盂柄<u>那</u>？」問：「如何

　　　是微妙？」（23.465）

蔣宗澔（1996：69）針對唐宋之前的句末語氣詞「那」所作的剖析。他認為語氣詞「那」用法有二，一是表肯定驚嘆，另一是表疑問。而對表疑問的「那」論述為：

　　三、語氣詞「那」表疑問時，只用在是非問句中，並且一般是

　　無疑而問，是以疑問的形式印證自己的認識或推測。四、用「那」

　　表疑問時，不再兼用句中語氣詞。

其資料來源正是歸納《祖堂集》、《景德傳燈錄》與《五燈會元》等禪宗語錄的使用情況而來。而以上 5 個句例，「那」的用途表疑問是沒有問題的。以其上下文來看，這些「那」字除了疑問語氣外，果然是都帶有誇張的意味在，這是很特別的地方。

　　植田均（1999：425）也有相似的見解：

　　句末語氣詞「那」於宋代以前就有，基本特點仍是指明事實存

　　在而略帶誇張，也可以用於包括是非問句在內的疑問句。

對於語氣詞「那」的用法已可略知一二，然而，為什麼「那」的出現次數會如此低呢？這應與「那」的產生地區有關，才會有分布如此不均的情形。

　　「那」的使用主要是在金元系地區，劉堅、白維國等著（1992：181）言：

　　北方方言分為平話系白話和金元系白話。……金元系白話呢 1

　　多用「那」或「呢」，平話系白話呢 1 多用「哩」。

在屬南方語言的《景德傳燈錄》的使用當然是少多了。宋代以後的「那」，持續逐漸發展，而漸與「呢」關係密切，「呢」有時代些誇張的語調即是承襲「那」而來的。因此今日雖不再使用「那」，但「呢」其誇張的語義，或許正和近代的「那」密切相關呢！

四、麼

　　「麼」是近代時期是非問問句句尾，最常出現的疑問語氣詞，它和中古的「無」、現代的「嗎」關係是相承的。以下分別介紹。

1. 「麼」的歷史演變

「麼」是個純粹只表達推測語氣不含否定意味的語氣詞,「麼」一字的出現時代頗晚,一直到五代的禪語錄,「麼」字形還寫為「磨、摩」,時至宋初,才確定「麼」的字形。

「麼」這個語氣詞一出,即風靡當代,迅速席捲各個白話文本,禪宗語錄如是,儒家語錄與話本小說皆然〔註9〕。為何會被廣大使用,必須從起源開始探討。

在上文「無」的部份,已約略提及「麼」的前身是「無」。如王力(1958:452)說:

> 「麼」應該從是「無」演變過來的。……在唐人詩句中,我們看見大量的「無」字被用作疑問語氣詞,實際上它就是「麼」的前身。

孫錫信(1999:55)說:

> 「無」表疑問在8世紀中葉以前,而「麼」(磨、摩)表疑問則在9世紀初葉,二者約隔半世紀,這說明在表疑問功能方面,「無」比「麼」早出。如果再將句例作一比較,「麼」從「無」出應是沒有疑問的。

「麼」是近代漢語最為普及的疑問語氣詞,它的歷史演變整理為:

> 無(六朝)→摩、磨(晚唐五代)→麼(宋初)→嗎(現代)

魏晉六朝始有「無」在句末〔註10〕,至晚唐五代寫成「磨、摩」,《祖堂集》裏多見。到宋初則將之改為「麼」字,至《景德傳燈錄》裏,「無」與「麼」的用法已是相同。

而「麼」當疑問語氣詞時,唯一功能是用在是非問句句尾,幫助表達疑問語氣。在其他問句形式均不見「麼」出現,這是「麼」獨特之處。而這個用法在現代漢語裏,是以「嗎」來擔任。

〔註9〕見鐘兆華(1997)一文,內舉出極多的宋代作品文句使用「麼」為語氣詞之句例。

〔註10〕見孫錫信(1999:53)所舉「無」在六朝之句例:《佛說義足經》下:「不知彼有法無?」

「麼」與「嗎」的聲音非常接近。「麼」是【mua】,「嗎」是【ma】,差別只在失落韻頭【u】。孫錫信(1999:162)指出:「到二十世紀初,『嗎』字的使用已佔絕對的優勢。」換句話說,「麼」的生命力,是從十世紀的北宋持續到今日的在二十世紀,壽命不可謂不長。

2. 《景德傳燈錄》的「麼」

在《景德傳燈錄》裏,句末疑問語氣詞「麼」數量十分龐大,有448句,佔全部是非問百分之五十以上,二個是非問句就有一個是以「麼」字結尾,運用十分廣泛。可見「麼」是最受歡迎的疑問語氣詞。

再以《景德傳燈錄》次數分布的情形來看,主要集中在中間幾卷,在前十卷並不常出現,在末二卷的偈頌詩歌也不常使用。就是在白話色彩濃厚的中間二十卷,「麼」大量被使用,而且使用的頻率之高,遠遠勝過其他所有的疑問語氣詞的總合。

《景德傳燈錄》的「麼」常常和固定的某幾個動詞合作,在句子裏時常見到的都是熟悉的句型。這些動詞包含有「會」、「知」、「見」、「聞」、「有」及判斷繫詞「是」等。合計這幾個動詞包的使用次數已達251次,佔「麼」字句的56%左右。除了因為這些動詞本身在對話的使用率較高外,禪宗語言的獨特性,所謂同行語言,也有相關的關連。

在「麼」字句裏,依照句型的變化,分以下數類來加以討論:

(1)【V麼?】

以「V麼」為一主架構,可沿展出各樣的句式,有三種情形:

1-1　〔V麼?〕

「麼」有很多情形是單和一個動詞合用,形成一個簡短的句式「V麼?」短短二字即是一個句子,這是和其他語氣詞相當不同的地方,如下例:

  a. 師曰:「石橋那畔有,這邊無,會<u>麼</u>?」僧曰:「不會。」

   (22.442)

  b. 大不容易受,大須恐懼好,是汝自累,知<u>麼</u>?(18.346)

  c. 黑山下坐鬼趣裏體當,便道得箇入頭處,夢見<u>麼</u>?(19.376)

這類句式的次數以「會麼」最多(56次),「知麼」次之(15次)。在一個完整的直陳句之後加「動麼?」,表示疑問的焦點是一整個句子。發問者是對整

句提出自己的疑惑。

1-2　〔SV麼？〕

此句型可以再衍生，在「V麼」前只加一主語，成為「SV麼？」的句式，例子如下：

> d. 雲門舉拄杖曰：「慧琳大師恁麼去，汝見<u>麼</u>？」（23.456）

> e. 師曰：「大王會<u>麼</u>？」王云：「不會。」（10.181）

此類句式的數量比不上單用動詞的「V麼」，其中用的最多的是「SV麼」，也不過只有8次。

1-3　〔SVO麼〕

前面是以單個動詞為主，另外「麼」亦有接在主謂結構之後，對全句表達出疑惑猜測的口吻的用法。

> f. 師曰：「陛下見空中一片雲<u>麼</u>？」帝曰：「見。」（5.101）

> g. 師問座云：「你與我講得經<u>麼</u>？」對曰：「某甲與和尚講經，
>   和尚須與某甲坐禪。」（8.136）

這類是以不加疑問副詞為基本形態，句子多簡單數語，讀起來另有番乾淨俐落的感覺。

（2）【還＋麼？】

累計所有「還＋麼？」的句子，總共有237句，全部的「麼」也才447句，和「還」一起出現就佔53％，另外「麼」與「莫」合用的比例約10％，其餘的是獨用的句子。看來「麼」字是以和「還」搭配為主要形式。這雖然比不上「還＋無？」的句式佔全部「無」字句的84％，但若以由語法組織結構來看，二種句型可說是一模一樣，這是「麼」由「無」轉換之說在語法上的證據。

「麼」加疑問副詞「還」，構成「還V麼？」的句式。

> h. 未至禪床謂眾曰：「不負平生行腳眼目，致簡問訊將來，<u>還</u>
>   有<u>麼</u>？」（15.282）

> i. 師指竹問僧：「<u>還見麼</u>？」曰：「見。」（24.482）

> j. 莫把瞌睡見解便當卻去，未解蓋覆得毛頭許，汝<u>還</u>知<u>麼</u>？
>   （18.346）

k. 師云：「大于<u>還</u>得<u>麼</u>？」侍者云：「猶要別人點檢在。」（9.159）

l. 師曰：「汝<u>還</u>有口<u>麼</u>？」僧無對。（14.265）

m. 師問西堂曰：「汝<u>還</u>解捉得虛空<u>麼</u>？」堂卻問：「師兄作麼生捉？」（6.111）

n. 師曰：「闍黎<u>還</u>具慚愧<u>麼</u>？」僧便喝。（21.428）

h、i 例沒有主語，其他句子均有。有無主語，雖然對整個句式結構的影響不大，但對語氣的描述卻是完整多了。也使被問者較明瞭發問者的問題核心在哪裡，以便針對重點回答。

這種「還 VP 麼？」的句型是整個《景德傳燈錄》是非問句的主要句式。在《景德傳燈錄》中情形如此，相信所呈現出的北宋初年的真實的語言狀況，不致於和本書相差太多，也應該是以「還 VP 麼？」為當時是非問句的主軸。

（3）【莫＋麼？】

「麼」除了和「還」搭配之外，還有與「莫」一起使用的例子，句子的字數就多了些：

o. 師云：「<u>莫</u>是長老見處<u>麼</u>？」黃蘗云：「不敢。」（8.133）

p. 師曰：「<u>莫</u>屈著汝這問<u>麼</u>？」僧曰：「恁麼上來已蒙師指示也。」（22.436）

q. 師以手拂眉曰：「<u>莫</u>辜負<u>麼</u>？」又說偈曰：「蕅刀叢裏逞全威……。」（23.462）

「莫＋麼」共 48 句，是為判斷句型的結構稍多，然而如例 11 雖無「是」字，但也屬判斷句式，因此「莫＋麼？」句型以判斷句式為其主幹。雖然「麼」是由「無」演變而來，但是一般認為「麼」不具有反詰味道，所以這類問句事實上是以疑惑口氣多於反詰氣。

「麼」在《景德傳燈錄》的語氣詞裏，使用的情況最為活潑，雖然搭配的疑問副詞只有「還」、「莫」二詞，但是足已架建出其龐大的語句，這種功力，是其他語氣詞難以達成的。

下面將前面所述的句式，作一詳細的整理，列成表 4-5：

〈表 4-5　疑問語氣詞「麼」的句型分類表〉

分　類	句　式	次　數	次數總合
麼（單用）	V 麼	87	159
	SV 麼	11	
	SVP 麼	61	
還＋麼	還 V 麼	56	237
	S 還 V 麼	29	
	S 還 VP 麼	152	
莫＋麼	莫是……麼	27	48
	莫……麼	21	

　　以上就是在《景德傳燈錄》是非問句中的疑問詞的使用情形。從《景德傳燈錄》所反映出來的語言情形，可見在近代初期的北宋，有些語氣詞「也、乎、哉、耶」是沿襲上古，至宋代已成為死的書面語言。

　　更有朝氣活力的是新興的語氣詞，如中古以來的「否、無」。在本書中佔絕大多數的是北宋才產生的「麼」，由其數量比例，當可代表當時在人們口語中的使用情形。而《景德傳燈錄》將之記錄下來，成為銜接漢語發展史上的一本經典。

　　在《景德傳燈錄》的語氣詞有八個，雖然這八個語氣詞，到現代漢語都不使用了，但是在當時，它們支撐出疑問語氣的大半邊天。現今，它們完成了階段性的任務，經過不同的演變歷程，形成今日語氣詞「嗎、吧、呢」等詞。

　　雖是字形不同，來源卻是密切相關。因此，要了解今日語言的使用成因，一定要追溯到近代漢語，甚至上古漢語才行。所以對近代漢語《景德傳燈錄》疑問詞語的整理工夫，是不可省略的。

　　以下將《景德傳燈錄》中疑問副詞和疑問語氣詞的搭配情形，作一數據的統計，整理為下面表 4-6：

〈表4-6　疑問副詞與疑問語氣詞的搭配情況表〉

副詞＼次數＼語氣詞	乎	耶	也	哉	否	無	那	麼	總計
還＋□	*	*	1	*	2	170	*	237	423
曾＋□	*	1	*	*	*	3	*	3	7
（還曾＋□）	*	*	*	*	*	3	*	6	14
莫＋□	1	1	*	*	29	12	*	48	91
其＋□	6	*	*	*	*	*	*	*	6
可＋□	7	1	*	*	*	*	*	*	8
豈＋□	4	24	5	3	1	*	*	*	37
（豈可＋□）	*	2	*	2	*	*	*	*	4
（豈況＋□）	*	2	*	1	*	*	*	1	4
寧＋□	1	3	*	*	*	*	*	*	4

說明：1. 打*表示在書中未發現這種組合用法；2. 括號是兩個疑問副詞連用的情況

第四節　《景德傳燈錄》是非問句的歷時意義

　　是非問句的句型產生的年代已久，在漫長的歷史過程中，並不是一成不變的。因此在討論完《景德傳燈錄》是非問句的變化情況後，更關心的是《景德傳燈錄》在整個是非問句的歷史定位如何？

　　目前可追溯句子出現的年代，最早是在殷墟卜辭的時候。學界現在對卜辭裏哪些是疑問句，哪些是直述句，似乎還未有定論〔註11〕。然而，對卜辭中有相當部分確定是問句這點而言，確實已取得相當共識。

　　張玉金（1995：8）說：「卜辭的命辭絕大多數是所謂是非問句，這種問句可以分成兩類。第一類是正反對貞卜辭的問句，第二類是選擇性卜辭裏的問句。」卜辭裏的句末語氣詞常用的是「抑」和「执」二字〔註12〕除了「抑」之外，還有「乎」與「才」（即「哉」）可以作為問句的語氣詞，可見是非問

〔註11〕關於卜辭中的語氣問題，舊說（多數大陸學者）以為卜辭全部都是問句。而海外的學者（如李學勤、雷煥章和高島謙山一）主張卜辭不是問句。但是近來學者多認為卜辭中應為直述與疑問語氣二者均具備。

〔註12〕裘錫圭（1988：1）說：「認為目前能夠確定是問句的命辭，主要是早期卜辭那些帶句末語氣詞『抑』和『执』的選擇問句式命辭以及帶『抑』的是非問句命辭。」

句在殷代已可初見其貌。

經學者研究可知在卜辭的句子裏，已經存在是非問句句型的初模，可知是非問句是中國傳衍已久的問句型式，在殷墟卜辭的時代，已粗具規模、要素略備，這種問句形式實在是問句的基本句式啊！

在長久的發展過程中，位居近代漢語發展初期的《景德傳燈錄》的是非問句情況如何呢？是否有與其他時代不同的特色？以及與今日方言的連繫性如何？經由前幾節的探討，以下整理出四個特徵。

一、句式以「還VP（＋語氣詞）？」為大宗

在《景德傳燈錄》中，「還VP（＋語氣詞）？」的句子共有410句，佔全部是非問句的46%。所使用的疑問語氣詞以「無」、「麼」三個為多，尤其是「麼」。「還VP（也）無？」有170句，「還VP麼？」有237句。共同架構《景德傳燈錄》的是非問句主流句式。

江藍生（1992：251）認為「還」字最常用於「還VP？」的句式，表示說：

> 「還」字充當疑問副詞最遲不晚於晚唐五代，其語法意義跟今語「可」相當。

又於（2000：92）說：

> 用作疑問副詞的「還」其黃金時代是在五代和宋，元代之後就很少用了。

的確是如此，在《景德傳燈錄》中的是非問句句型是以「還VP＋疑問語氣詞？」為最大宗。所配合使用的疑問語氣詞有「麼」、「無」、「否」與「也」次數很低，只1至2句而已。

在《景德傳燈錄》的「還」字句佔絕大多數的優勢可證明，在最遲不晚於晚唐五代出現的「還」字句，其光輝時期正是在北宋一代。而《景德傳燈錄》正忠實地記錄了這個語言現象。

「還」是晚唐五代才興盛的疑問副詞，所以與「還」搭配的疑問語氣詞則是以新興的語氣詞為主，鮮少與上古所遺留的語氣詞配用，因此句式中以「還＋麼」為最多，佔「還」字句的56%以上，其餘的就是「還＋無」等，上古的「耶、乎、哉」則是見不到合用的例子。

　　《景德傳燈錄》的情形如此，印證時代稍早的《祖堂集》裡，同樣可以查到相同的句式，只是字型寫法稍有不同，寫為「還 VP 摩？」，同樣此句型也是《祖堂集》中是非問句的最大宗，二者句式結構是一模一樣，可見語法發展的一脈相承性。

二、語氣詞由「無」到「麼」到「嗎」

　　詞彙的變化是語音、詞彙、語法三者之中最快速的，甚至每一世代所用的詞彙就有差別。在《景德傳燈錄》裡，是非問句最值得注意的變化就是落在語氣詞。

　　「無」、「麼」、「嗎」是三個關係密切的語氣詞，它們分別在不同時代扮演相同角色。它們的歷史演變整理為：

　　　　無（六朝）→摩、磨（晚唐五代）→麼（宋初）→嗎（現代）

今日「嗎」字的起源，是從唐代的「無」開始，到晚唐五代的「磨、摩」，再至宋代的「麼」變化而來後來沿用到清代，到現代漢語，「麼」才被「嗎」所取代。

（一）《景德傳燈錄》是「無」到「麼」的中介點

　　探察《景德傳燈錄》的語氣詞用法，可知此書正是語氣詞「無」演變為「麼」的一個歷史交叉地帶。

　　在中古唐代，語氣詞「無」字出現，一來是個否定的語氣詞，但是到晚唐以後，其否定意義逐漸虛化，慢慢轉變成為一個純然表疑問語氣的語氣詞。

　　後來使用逐漸增多，晚唐五代的《祖堂集》有「無」，也有「摩、磨」，同樣是在問句句尾，但是「摩、磨」的字形不固定。到《景德傳燈錄》時，「摩、磨」的字形才固定為「麼」。

　　要如何證明《景德傳燈錄》位居語氣詞從「無」到「麼」的中介點呢？

　　從句法、數據，二方面來證明「無」與「麼」，在《景德傳燈錄》是相通的。首先是例句：

　　　　a. 還有那箇也無？（7：124）

　　　　b. 江西湖南還有這箇麼？（12：225）

再輔以數據說明：在《祖堂集》裏，「磨、摩」出現 202 次，「無」有 280 次。

在《景德傳燈錄》的「無」有196次,「麼」有448次。〔註13〕

這表示從《祖堂集》到《景德傳燈錄》短短五十年間,「無」漸弱,而「麼」漸強。二者相同處太多,所以才導致「無」逐漸被「麼」所取代。二者看似不同,但是用法卻是相承的,均是在是非問句的句尾,扮演推測徵詢的語氣。

二字的功能漸漸在轉換中,這中介的時代正是宋代初年,在《景德傳燈錄》中,清楚地記錄這系列傳承演變在北宋初年的情況,「無」字虛化的情形,與「麼」的用法相同等等,這都是可證明「從無到麼」說法的正確性。

因此,研究《景德傳燈錄》的語言,即能掌握北宋當時的語言轉變情形,是有助於了解漢語語法的發展歷史的。

(二)現代語氣詞「嗎」的源頭

孫錫信(1997:58)說:「從文獻考察可知唐五代時出現的一些新語氣詞正是近現代漢語的源頭。」

到了現代漢語,是非問句的句型基本上是承繼著近代漢語。在語氣詞方面,其變化就讓人十分雀躍,因為《景德傳燈錄》所使用的語氣詞「麼」,正是現代漢語語氣詞「嗎」的源頭。

現代漢語所使用的疑問語氣詞數量並不多,朱德熙認為有三個,陸儉明則說有二個半。

朱德熙(1982:208)文中提及:表示疑問的語氣詞有「嗎」、「呢2」(呢1表時態)和「吧1」(吧2表祈使),總共三個語氣。

而陸儉明(1984:42)說:

> 我們認為現代漢語中的疑問語氣詞有兩個半:「嗎」、「呢」和半個「吧」。

近代漢語的《景德傳燈錄》可以找到今日語氣詞源頭,而且已用法初形已粗具。「嗎」是由中古的「無」再轉為近代的「麼」再形成的。若把「麼」字在句式裡的用法,和今日時常使用的「嗎」字印證,二者不僅語音相近,用法更是相同,有這麼多的相似點,二者的淵源就十分清楚。

〔註13〕《祖堂集》的「無、磨、摩」數據引自周碧香(2000:196)。

關於「呢」字的來源，比較可信的是斂「聻、嚜」等詞演變而來的，這是以用法為判斷依據，因為「呢」是用於特指問句句尾，這和「聻」等詞相同。

而語氣詞「那」主用於是非問句句尾，帶有誇張的語氣。若說近代的「那」與現代的「呢」有傳承關係，必定是以這誇張的語氣為接連的工具。所以，有些學者〔註14〕會把「呢」的源頭銜接在「那」身上。然而，依詞語在句式用法來說，現代的「呢」應是傳自近代的「聻、嚜」等詞才是。

今日語言中有這個字詞，有這個句式，均是其來有自。人們日日使用而不自覺，因此要洞悉現代漢語的全貌，必須要往上追溯到近代漢語、中古以至於上古，才能研究透徹清楚。

這些所得便是在研究《景德傳燈錄》的成果上加以整理而來的。若想探查語言的歷時演變，必須以語法為主幹，以詞彙、語音為支幹，才易架構出語言的真實風貌，還原當代的口語情況。

三、現今的閩南語沿用語氣詞「無」

《景德傳燈錄》是蘇州永安和尚道原所撰寫的，雖無法確知此書是否完全使用方言，然而其白話的程度是可相信的。蘇州屬吳語系統，然而吳語與閩語均是南方方言，相信有某程度的相似點。甚至可以說吳語和閩語的關係，是比二種方言和北方官話關係更接近的。

以今日使用的閩南語為方言取材對象，在閩南語的是非問句裏，其句末語氣詞仍舊是沿襲近代漢語，是以「無〔bo〕」為主，這與《景德傳燈錄》的「無」用法是一脈相承的。

在閩南語是非問句句末，除了可單用「無〔bo〕」外，還有「阿無〔a bo〕」的用法。「也」在廈門的白話音，讀為〔a〕，「也無」同樣是〔a bo〕。而二詞用法與《景德傳燈錄》的「無」、「也無」簡直如出一轍，這實在是相當有趣的事情。舉《廈門方言志：174》的例句說明：

    a. 有考<u>無</u>？（考了嗎？）

〔註14〕蔣紹愚則是說（1994：245）：「粗略的說，表疑問的『呢』來源於『聻』和『那』；表誇張的『呢』來源於『哩』。」

      b. 有考阿<u>無</u>？（考了還是沒考？）

b 例比較強調詢問的語氣，「考了還是還沒？」，a 例是普通的詢問句。在《景德傳燈錄》的「也」字，強調意味不濃。或許更精確的比較「阿無」和「也無」，可說二者的用法一樣，但是語用功用有些微不同，不過差異很小就是了。

    在官話系統的傳承，近代漢語的「無」經過數度轉換，成為「麼」，再轉為「嗎」，可以說消失的十分徹底。但在方言裏，卻依舊保存近代漢語的用法，無怪乎前輩們屢屢告誡，從事漢語語言的研究，不可忽視方言的資料的重要性，其言實是有理。

第五章 《景德傳燈錄》的選擇問句 和正反問句

選擇問句和正反問句在《景德傳燈錄》的疑問句裏，數量是最少的二個問句句類。有些學者將二者歸入同類，雖然二者有許多相似處，但本文並不認為二個屬同類，因此分開敍述這二種句型。

第一節對選擇問句的定義先作界說，闡釋選擇問句的三要點：選項、關係詞、語氣詞。第二節就進入句式的討論，以這三項為中心來開展論述，希望呈現《景德傳燈錄》選擇問句的真實風貌。

第三節先解說正反問句的定義，論述出正反問句有三句型：「VP 不 VP」、「VP-neg」、「KVP」。並針對三者間的關係作探討。接著第四節即以這三句型以及否定詞的運用，來分析《景德傳燈錄》的正反問句。

分別論述完《景德傳燈錄》二種問句之後，第四節就針對《景德傳燈錄》這二個問句句型，繼承古漢語的部份有哪些？對近現代漢語的開展又有何貢獻？界定《景德傳燈錄》在二種疑問句類的語法發展史上的地位。

第一節　選擇問句界說

選擇問句是種很特別的問句形式，在句子中提出數個選擇項目，供答話者挑選。不像特指問句，答者必須回答出新的訊息；也不似是非問句，答者只有

是與非可作答。從語法架構、語義語用層面而言，選擇問句是有不同的特色與價值存在。

最早呂叔湘是稱選擇問句為「抉擇問句」，他（1941：241）所作的定義是：

> 疊用兩個互相補充的是非問句，詢問對方孰是孰非，就成為抉擇問句。白話裏這類問句可以在句末用語氣詞「呢」或「啊」，也可以不用；用語氣詞可以上下句都用，也可以單用在上句或下句。上下兩小句之間，多數用關係詞來連絡，也有不用的。

首先在名稱上，呂叔湘把選擇問句稱為「抉擇問句」；再來他認為選擇問句是「疊用二個互相補充的是非問句」而成；而且多數運用「關係詞」〔註1〕夾在二小句間；以及在句末可有可無的「語氣詞」。

後來呂叔湘（1985：244）對上述說法作了補充修正：

> 選擇問句一般用「還是」連接供選擇的兩部份（或三部份），前一部份的前邊也可以加「是」或「還是」。也有中間不用「還是」連接的，語氣比較急促……選擇問句可以不用語氣詞，也可以用「呢」。

由前後說法比較，呂叔湘的確作了不少修正。以名稱而言，使用「選擇問句」一詞，而捨棄「抉擇問句」，因應學術界統一名詞不致於混淆。再者，問句的選項不止有二個，可以並列三項。另外，文中還指出選項結構是具有「相同的成分」，就不一定是由兩個問非問句所組成，至於相同成份重覆的情況，應視句子的疑問點為何，而作適當的調整。對於「關係詞」和「語氣詞」的看法，則是沒有增添或改變。

那麼其他學者對選擇問句的定義是否相同呢？

湯廷池（1981：230）表示：

> 「選擇問句」係在疑問句中提出兩種或兩種以上的可能性要求答話者選擇其中的一種出來。國語的選擇問句最常用的句型是「（是）……還是……」。……也就是說，凡是句子的組成成分都可以作為選擇的對象。

朱德熙（1982：202）說：

〔註1〕「關係詞」這個名稱，也有學者稱為「關聯詞」，如：邵敬敏。

選擇問句是並列幾個項目，讓回答的人選擇其中的一種。把陳
述句的謂語部份換成並列的幾項，再加上疑問的語詞，就變成了選
擇問句。

看來這二種說法與呂叔湘修改後的見解相當類似，因此統整出「選擇問句」的
構成要項如下：

a. 選項：數目二個或二個以上，以日常對話來說，多是並列二個，少有多
於三個的。選項可以是句子的任何部位，但是以謂語最為多見。選項間
的語法構造是相同的，但其語義關係，是富多樣性的。

b. 關係詞和語氣詞：關於這兩點，學者的看法較具一致性。在選項小分句
前，可以加上關係詞。現代漢語多用「還是」。在選項的小分句後，可
以加上語氣詞，幫助表達疑問語氣。現代用「呢」這個語氣詞。

總結上述討論，可對選擇問句作個精確的界定：

「選擇問句」是在疑問句中提出「二個或二個以上」的選項，供給回答者
擇其一作答。在選項之中，可以用「關係詞」連接。選項之後，可以加「語氣
詞」。「選項」則可以是句子的任何結構，且選項間的語法構造是相同的。

檢視《景德傳燈錄》所有的選擇問句，總共出現 112 句，佔全書疑問句的
1.4％，雖然數量比例相當低，但選擇問句在這一百多句裏，所呈現的變化，卻
是多樣的。

第二節 選擇問句的形式特點與細部句型

經由上一節的界說，可知選擇問句的句式特點為「選項」、「關係詞」、「語
氣詞」三項。選項是選擇問句最明顯的外在形式。關係詞則可由繫詞、連詞等
來擔任。語氣詞加在全句之後，幫助表達選擇問句的疑問意味。把握這三項原
則，相信對剖析選擇問句會有極大的用處。

《景德傳燈錄》全書選擇問句共有 112 句，數目雖少，變化卻不少。以下
先從這三項形式特點，來分析《景德傳燈錄》的選擇問句。分述完選擇問句的
形式特點之後，再對 112 句選擇問句作句型的分類。

一、選 項

在選擇問句裏，最顯明的特徵即是選項的使用。問話者提供多種選擇項

目，讓答話人擇其一或者都不要，這是其他問句所沒有的。因此在探討選擇問句時，首先要進入選項部份。欲解析選項內部，必須由選項的數目，相同項的構成以及選項間的語義關係著手：

（一）選擇數目

選擇問句裏選項的數目以二個最為多見，也有三個以上的。選項數目多寡代表的是可選擇的程度，選項多選擇度就高，反之選擇度即低。在《景德傳燈錄》裏，選項以並列二個為多，共有 108 句；三個選項的只有 1 句，四個選項的句子有 2 個，更多選項的就沒有了。

1. 二個選項

不管是古代漢語，還是現代漢語，並列二個選項的選擇問句一直是主流。二個選項之間的關係可以是相對的、相容的、甚至相反的，彈性相當寬廣。以下舉幾例：

> a. 曰：「汝是<u>有主沙彌？無主沙彌？</u>」師曰：「有主沙彌。」
> （10.177）
>
> b. 彼若明得，此亦昭然。諸上座即今簇著老僧，<u>是相見？是不相見？</u>（26.538）
>
> c. 一問：「云何是道？何以修之？<u>為復必須修成？為復不假功用？</u>」（13.253）

超過 97% 的選擇問句是並列二個選項為句式。若以一般對話而言，選擇問句也通常是以二個選項為多，這樣句子才不致於太冗長。

2. 三個以上選項

在《景德傳燈錄》中只有 1 個並列三選項的，有 2 個四選項並列的。若問句的選項超過三個，那麼選項之間的關係就不會是相反的，如果不是實際情況需要，就是問者故意加強語氣，另有用意，否則選項超過三個以上是比較不經濟的問法。

> d. 師云：「<u>作青見？作黃見？作不青不黃見？</u>」仰山云：「和尚背後是什麼？」（9.151）
>
> e. 或問祖師傳心地法門，<u>為是真如心，妄想心，非真非妄心，</u>

為是三乘教外別立心？（7.121）

f. 且執著什麼？為復執著理？執著事？執著色？執著空？若
　　是理，理且作麼生執？（28.599）

d 例並列正、反、非正反三個選項，在語義上架構出極有意思的選擇。e 例有
四個選項，卻只有二個關係詞，這四個選項並不是並列關係，是有層次的。
前三個選項屬同一層次，再與第四個選項形成並列。

　　而 f 例只有一個關係詞，並列四個佛家事理，這有加強詢問的味道，是執
著什麼，是理、是事、是色、是空嗎？應該都不是吧，這才是問者的真正含
意。

　　因此，多選項間的語義層次，可以藉由關係詞「為是」、「為復」等詞來
輔助判定。以語言分析技巧輔助解釋佛家言句，如此將對瞭解佛法禪理有相
當的幫助。否則佛學奧祕博深，若無適切的語言解讀，是容易誤解的，這是
研治佛典語言學的重要工作呢！

（二）選項構成

　　選項有最特殊的外在形式，就是相同項的並列。欲分解選項的構成，有
二個層面需觸及，一是選項由什麼構成；二是選項的相同項如何構成。也就
是說，選項是由句子哪部份重疊而來？相同項的重覆或省略的規則又是如何
呢？以下分述之：

1 選項的構成

　　關於這個問題，湯廷池以現代漢語為研究對象，他（1981：230）說：「選
擇的對象可能是主語名詞、時間狀語、處所狀語、工具狀語、狀態副詞、情
態副詞……直接賓語名詞、述語動詞、趨向補語……等。」換句話說，選項
的構成可以是句子的任何成份。不過，依實際情況來看，還是以謂語為多。
以《景德傳燈錄》的實例來看：

a. 彼人曰：「佛性太小？」尊者曰：「非大非小。」（1.27）

b. 然遣侍者問：「上座遊山來？為佛法來？」閑云：「為佛法來。」
　　（11.207）

c. 尊者問師曰：「鈴鳴耶？風鳴耶？」師曰：「非風非鈴，我心
　　鳴耳。」（2.31）

`a 例的選項是「大小」，它是形容詞當主語「佛性」的謂語。b 例的「遊山、為佛法」是動賓詞組，是為主語「上座」的動作。c 例選擇對象是主語「鈴、風」。在《景德傳燈錄》裏，選項的構成以句子的謂語（a、b 例）為多，也有非謂語（c 例），只是數目一多。

2. 相同項的形成

選項相同項目的形成有固定的模式，何者該省略，何者該重覆，是有規則存在的〔註2〕。該如何重覆？這必須以「疑問點」為衡量標準。所謂「疑問點」在選擇問句指的就是選擇的事項所在。

呂叔湘（1985：244）分析選擇問句相同項重覆的條件列出四項：（1）疑問點在動詞之前，疑問點以後的成份重覆；（2）疑問點在動詞之後，從動詞起重覆；（3）疑問點在數量詞，從數量詞以後重覆；（4）疑問點在後置狀語，狀語之前的成份不重覆〔註3〕。以下試著從相同項形成的角度來檢視《景德傳燈錄》的選擇問句選項。

> d. 太尉良久。又問：「*驢來？馬來？*」師曰：「驢馬不同途。」
>   （22.438）
>
> e. 塔主問：「*先禮佛？先禮祖？*」師曰：「祖佛俱不禮。」（12.212）
>
> f. 師曰：「正當現時，*毛前現？毛後現？*」上座曰：「現時不說
>   前後。」（11.192）

上例中的斜體字就是疑問點，即是問者要求答者回答之重點。d 例的疑問點「驢、馬」在動詞「來」之前；f 例的「毛前、毛後」疑問點在動詞「現」之前，因此以呂叔湘的第一條規則，二句的動詞必須跟著重覆；e 例的疑問點「佛、祖」在動詞「禮」之後，依呂叔湘的第二條規，從動詞開始重覆。

（三）選項間語義關係

選項的外在形式（數目、結構）分解完後，接著再進入選項間語義關係

〔註2〕參見呂叔湘（1985）〈疑問、肯定、否定〉、以及邵敬敏（1994）〈現代漢語選擇問研究〉二篇文章，對現代漢語中選擇問句選項構成的省略與保留的規，均有深入的條列說解。

〔註3〕此段分析呂叔湘是針對現代漢語，有些條件（三、四項）在近代漢語不一定存有實例。

層面。選項間的語義關係有三種：對立、差共、相容關係〔註4〕。因此本文擬以這三項為依準，探討《景德傳燈錄》選擇問句的選項語義關係。《景德傳燈錄》裏，高達 97%的選擇問句是具有二個選項。以下的討論將是以兩個選項的選擇問句為主。

1. 對立關係

選項間的語義關係形成明顯的對立，或者語義相反，或者語義間不相容，就是所謂的對立關係。舉例如下：

  a. 忽見波羅提乘雲而至，愕然忘其問答曰：「乘空之者，<u>是正？</u>
   <u>是邪？</u>」（3.45）

  b. 曰：「<u>是真實？是虛妄？</u>」師問僧：「什麼處來？」曰：「報
   恩來。」（24.482）

  c. 問：「祖意與教義<u>同別</u>？」師曰：「金雞玉兔，聽繞須彌。」
   （20.400）

a 例的「正、邪」和 c 例的「同別」是對立的二種選擇；b 例的「真實、虛妄」是不相容的。不是正就是邪，不是真實就是虛妄，二個選項間只能擇一，而且是互相對立、互相排斥的。c 例的回答饒富禪機趣味，不以直接的「同、別」，而用金雞玉兔不相干的事物來作答，這就是禪宗的智慧機鋒。

《景德傳燈錄》選擇問句的選項有72%（80 例）是這種對立關係。日常的選擇問句的選項，多是在相對的二者中挑出一個，均屬對立關係。

2. 差異關係

若二選項之間不形成對立，但是具有一定的差異，這種關係則稱為差異關係。這類關係的選項多是屬於同類並列，儘管有差異，卻不致於相對相反。

  d. 石頭問曰：「<u>汝是參禪僧？是州縣白蹋僧？</u>」師曰：「是參禪
   僧。」（14.268）

  e. 師云：「汝道空中一片雲<u>為復釘釘住？為復纜繩著？</u>」問：
   「空中有一珠，如何取得？」（8.136）

〔註4〕此分類依據邵敬敏（1994）〈現代漢語選擇問研究〉一文。他對現代選擇問句選項
  前後項的語義關係作了一番精闢的析解，本文即以此為參考依據。

f. 尊者問曰：「汝身出家？心出家？」答曰：「我來出家，非問身心。」（1.21）

差異關係的選項間，還是具有相斥性，擇其一就不能再選另一，如上舉三例。只是二個選項不至於相反，差異比較低。《景德傳燈錄》的選擇問句選項間屬差異關係的句子有 20 句，約佔 18％，是三種關係數目位居第二的。

3. 相容關係

所謂相容關係，指的是選項間不形成對立，也不表示差異，而是展現一種相容關係，二個選項都具可能性，可能其中一個對，也可能二個都對，或二個都錯。

g. 僧云：「是真？是實？」師曰：「真是真，實是實。」（10.178）

h. 尊者問曰：「汝身定耶？心定耶？」曰：「身心俱定。」（2.30）

g 例的「真、實」並不是相對，也沒有差異，二者是觀念類似的事物，對或錯的可能性二者同時具備，這就是相容關係。h 例亦為相同，共有 11 句，佔 10％左右。

二、關係詞和語氣詞

除了選項之外，選擇問句的特殊部份就是「關係詞」和「語氣詞」。學者將二者合稱為「選擇問記號」，或是「選擇問標誌」。因為此二者，能夠幫助表達選擇問句的疑問意涵，是選擇問句的主要標記。

在《景德傳燈錄》裏，關係詞可探討的部份比較多，語氣詞的相形之下少多了。這是因上古漢語是以語氣詞為選擇問句的主要標誌，到了中古近代，就不再以語氣詞為分辨的標誌了，語氣詞的次數漸少，自然不再豐富多變。相反的，關係詞卻是日漸茁壯，在選擇問句裏漸居主導地位，愈發興盛起來呢！

（一）關係詞的功用與定義

「關係詞」，有些學者又稱之為「關聯詞」。名稱看似分歧，然實質是相同的。所謂的「關係詞」是在選擇問句裏，用以連接選項間的小分句的。通常這個角色由選擇連詞、繫詞、與連接副詞來扮演。

　　並不是每個選擇問句都會有關係詞出現，但是只要一出現關係詞，即可判定這個問句類型是選擇問句，因為它是專屬於選擇問句的。在語法的歷時演變中，關係詞的變化是選擇問句的一項重要指標，每個時代所用的句式差異可能很有限，但是關係詞的變化，就極具時代性，所以，想對選擇問句作精確的分析，關係詞是一項不可或缺的關鍵。

　　《景德傳燈錄》裏所出現的關係詞，有「為」、「是」、「為是」、「為復」、「為當」這幾個，而現代漢語的常用的關係詞「還」，在《景德傳燈錄》裏，雖只有 2 例，卻是珍貴的語料。

　　至於「為」、「是」等詞語，演變為選擇問句關係詞的由來，梅祖麟在 1978 年〈現代漢語選擇問句法的來源〉一文裏，有詳細的分析說解。他提出「為」字會變成關係詞與其本身用作假設詞有關（1978：19）。而「是」字則是因替代「為」字成為繫詞。再者，繫詞產生後擴充到疑問句型來（1978：29），因這二個原因，所以「是」和「為」都產生當關係詞的用法。

　　「為是」、「為復」、「為當」等詞是由「為」衍伸，是單詞衍化成雙音節詞。關係詞可以是由選擇連詞、繫詞、與連接副詞擔任。這些「為」、「是」或是雙音節系列的詞語，視其在句子裏的功用來判定其詞性。

　　《景德傳燈錄》裏關係詞的變化是相當豐富的，不僅是單詞和配（如「為……？為……？」），複詞相配（如「為復……？為復……？」），還可單複詞交叉使用（如「是……？為是……？」），變化多樣呢！

（二）關係詞的使用位置

　　選擇問句的句式一定有數個選項，選項有時獨立成為小分句，有時是含在句子中不另立。不管何種情況，都可以使用關係詞的。通常的情形是關係詞加於選項前後，為整個選擇問句增添疑問的意味。關係詞在句中的位置有：在選項前、在選項後二種。以實際句例來討論：

　　　a. 師問：「隨陽一境，是男？是女？各申一問，問問各別。」（19.379）

　　　b. 僧問：「蛇吞蝦蟆，救即是？不救即是？」師曰：「救即雙目不睹，不救即形影不離。」（15.290）

　　　c. 師云：「臥底是？坐底是？」道吾云：「不在這兩處。」（8.143）

d. 總似恁麼商量，且圖什麼？<u>為復</u>只要弄脣觜，<u>為復</u>別有所圖？
（28.599）

a 和 d 例的關係詞都位在選項前方，b 和 c 例的選項後才放置關係詞。在《景德傳燈錄》裏，關係詞在選項前的選擇問句有 75 例；在選項後的有 7 例。以此看，關係詞應以出現在選項前的用法為常。

再來是詞性的問題，關係詞可以由繫詞、選擇連詞以及連接副詞來擔任。以上例子中，a 例的「是」字為繫詞。b 例的「即是」和 c 例的「是」，位置在選項後方，詞性仍為繫詞。d 例的「為復」則屬選擇連詞。欲判定關係詞的詞性為何，不依位置而依關係詞在句子的功能。

（三）關係詞的運用情況

以關係詞的角度來剖析《景德傳燈錄》的選擇問句，最常見的句型有二：一是單純並列選項，不用任何關係詞，佔全部選擇問句的 34.2％；另一是前後選項都用關係詞，佔全部選擇問句的 51.3％，是最大宗的句式。其中「是 A？是 B？」型就佔 30％左右，最為可觀。關係詞單用的句子最少，只佔 14.4％。

以下將《景德傳燈錄》選擇問句中，關係詞的運用狀況分為三類：選項間不用關係詞者；數個選項間只用一個關係詞者；和選項間使用超過二個關係詞者。以下一一分析：

1. 不用關係詞

在 112 個具分句的選擇問句中，單用選項並列方式，不用關係詞來呈現選擇意味的句子有 38 句，佔全部的 34.2％。例如如下：

a. 師問僧：「近離什麼處？」曰：「長水。」師曰：「<u>東流？西流？</u>」曰：「總不恁麼。」（12.251）

b. 僧皓月問：「天下善知識證三德涅槃未？」師曰：「<u>大德問果上涅槃？因中涅槃？</u>」曰：「問果上涅槃。」（10.173）

c. 師曰：「還見觀音麼？」曰：「見。」師曰：「<u>左邊見？右邊見？</u>」曰：「見時不歷左右。」（19.369）

上述句例中，a 例的「東流？西流？」，b 例的「果上涅槃？因中涅槃？」二個

選項前後均沒有連接的詞語。詢問者把選項直接排，不使用任何連接的詞語，讓回答者去選擇其一（如 b 例），或者二個都不選（如 a 和 c 例）。

李思明（1983：164）提到：敦煌變文出現的選擇問句是沒有關係詞存在的，單只是用選項並列，以及句末語氣詞來形成選擇問句。而且指出時間越接近現代，不用關係詞的選擇問句數目明顯的降低。發展至宋初的《景德傳燈錄》，不用關係詞的選擇問句僅剩 3 成，關係詞更形重要了。

2. 關係詞單用

若在二個選項（或二個以上）的選項中，只用一次關係詞，就是關係詞單用的情況。這在全書 112 句當中，只佔 14.4％，有 16 例，是比例最低的。16 例中，所使用的關係詞有「為、是、為復、為當、還」五個。這五個語詞均只在前項使用，沒有見到在後項出現的例子。

  d. 答曰：「師髮已白，<u>為</u>髮白耶？心白耶？」師曰：「我但髮白，非心白也。」（1.20）

  e. 忽問曰：「古人道萬象之中獨露身，<u>是</u>撥萬象？不撥萬象？」師曰：「不撥萬象。」（24.484）

  f. 問師曰：「<u>為復</u>窗就日？日就窗？」師曰：「長老房內有客，歸去好。」（6.108）

上述例子中的「為」、「是」、「為復」位於前項，後項則是無關係詞的純選項，然而，我們可以很輕易地在《景德傳燈錄》的疑問句中，找到前後選項均用「為」、「是」、「為復」的選擇問句（詳見表 5-1），而且若把上述諸句，在後項加個相同的關係詞，對於文意似乎也未造成任何的不同。所以推測這關係詞單用的情形，極可能是說者為圖方便，省略後項的關係詞而形成的。

3. 關係詞雙用

《景德傳燈錄》書裏，前後選項均用關係詞的選擇問句佔一半以上，是最興盛的用法。關係詞運用十分靈活多變，詞語有單詞也有複詞，各擅其場，甚至前後選項所搭配的關係詞又有不同，真是五光十色，鮮明豐富呢！

  g. 師曰：「適來兩錯，<u>是</u>東院錯？<u>是</u>西院錯？」曰：「是從漪錯。」（12.232）

h. 問曰：「汝學定慧，<u>為一</u>？<u>為二</u>？」彼眾中有婆蘭陀者答曰：
「我此定慧，非一非二。」（2.43）

i. 恁麼道，落在什麼處？<u>為是</u>觀？<u>為復</u>不許人觀？（26.533）

g 和 h 二例的關係詞為單詞，且前後項所用關係詞是相同的。i 例是為複詞的
例子，且是前後項用不同的關係詞。交互搭配之下，句式自是靈活不會呆板。

　　本書選擇問句中，單詞的句式以「是……是……」為最多，其之是「為……
為……」。複詞樣式多變，以「為」為中心衍發出來的是「為復」、「為當」、「為
是」等詞，亦各具特色。

（四）語氣詞

　　呂叔湘（1941：289）云：「文言裏的抉擇是非問差不多必用語氣詞，並
且多數是上下都用。」上古漢語多藉助語氣詞來形成選擇問句，而上古所用
的語氣詞有「與」、「乎」、「邪（耶）」〔註5〕。然而語氣詞的功能逐漸地被關
係詞替代，再者，有一些新興的語氣詞〔註6〕出現，這些上古漢語的語氣詞，
就漸漸沒落了。

　　以《景德傳燈錄》內部的情形來看，選擇問句 112 個句子中，只有 10 個句
子使用語氣詞，10 句都是用「耶」字，「耶」字很明顯的承繼上古漢語。先看
實例：

a. 師曰：「汝身十七？性十七<u>耶</u>？」……毱多曰：「我身十七，
非性十七也。」（1.20）

b. 隍曰：「入定。」師曰：「汝言定，有<u>心耶</u>？無<u>心耶</u>？」（5.99）

c. 師以手拊棺曰：「<u>生耶</u>？<u>死耶</u>？」道吾曰：「生也不道，死也
不道。」（15.288）

較特別的是有「耶」字的 10 句，有 7 句出現在前 5 卷，另 3 句則是分別出現於
13 和 15 二卷，因此，繼承上古漢語的「耶」字，在《景德傳燈錄》裏依然多
是出現在仿古的前 5 卷。

〔註5〕梅祖麟（1978：15）：「先秦兩漢的選擇問，兩小句句末幾乎必用『與』、『乎』、『邪』
之類的疑問語氣詞。……」

〔註6〕如元雜劇裏的「那」和現代漢語的「呢」。參見李思明（1983：165）一文。

語氣詞「耶」上下句都用的有 9 例，有 1 例（即 a 例）只用後句，但沒發現只用上句的。這與呂叔湘對上古漢語的研究結果一致。可見歸納《景德傳燈錄》選擇問句中的語氣詞「耶」，以傳承上古漢語為基礎，並沒有很大的開展。

三、選擇問句句型分類

以上是對選擇問句內部詞語構成著手，接著要分析《景德傳燈錄》112 句選擇問句的句式結構，以關係詞為中心，分為三大系統來討論。

關於近代漢語選擇問句的關係詞，已有多位學者投入探討，而且多也精闢獨到的析解，因此在此的討論將以既有的研究成果為中心，與《景德傳燈錄》的實例來印證，觀察《景德傳燈錄》書裏選擇問句的真實風貌。

（一）「為」字系統

上古時代選擇問句的構句以具備語氣詞為主，或有「抑」、「意」二字作關係詞，但卻這不是它們主要的工作。直到中古時期（西元 5 世紀，約魏晉時代），「為」始作關係詞，開始算是專業關係詞，且沿用至後世，其許多用法成為現代選擇問句的源頭。

5 世紀時產生關係詞是「為」的選擇問句（梅祖麟 1978：30），後來受到漢語雙音節趨勢的影響，以「為」為中心逐漸產生幾個雙音節的關係詞，如「為復」、「為是」、「為當」等詞。

梅祖麟（1978：22）對這幾個關係詞的產生過程的解析是：

> 這三個語辭出現的次序是「為是」最先，「為當」其次，「為復」最後，而其湮沒也是照這個次序。……「為是」的壽命是二世紀到八世紀末。……「為復」的流行時期是八世紀到十二世紀末。「為當」出生在六世紀。在《祖堂集》所代表的九世紀還頗健旺，終年則不易確定。

《景德傳燈錄》是西元 9 世紀左右的產物，所以三個「為」系列的複詞，在書裏均能找到使用的句例，只是數量多寡的不同而已。其中以「為 A ？為 B ？」與「為復 A ？為復 B ？」並列最多，各 4 次，「為當 A ？為當 B ？」最少。這與梅祖麟的分析頗能吻合。

　　另外，關於這幾個關係詞的詞性，王錦慧（1999：313～328）有深入分析，依句子結構來判別，是繫詞或是選擇連詞。下面分單詞「為」與複詞「為復、為當、為是」二部份探討：

　　1. 為 A？為 B？

　　《景德傳燈錄》的「為 A？為 B？」型有 5 例。由實際句例來看，此五例的「為」均屬繫詞。繫詞的功用是連接判斷句的主語和謂語，王錦慧（1999：314）云：「對於『為 A？為 B？』式，選擇項 A、B 如果是名詞組，『為』很明顯是個繫詞。」另外，「為 A？為 B？」句型的「為」也有當選擇連詞的用法，只是未見於《景德傳燈錄》。

　　　　a. 問曰：「何者名戒？云何名行？<u>當此戒行，為一？為二？</u>」
　　　　　（3.44）

　　　　b. 人問：「<u>言之與語為同？為異？</u>」師曰：「夫一字為言，成句
　　　　　名語。」（28.585）

　　另外二例是「為一為二？」「為同為別？」用法均是相同的，當中的「為」是為繫詞，前有主語「當此戒行」、「言之與語」，後是名詞形成的謂語「一二」、「同異」。

　　2. 為復、為當、為是

　　「為復 A？為復 B？」是三型中次數最多的，有 4 次，其次是「為是 A？為是 B？」有 2 為，「為當 A？為當 B？」只見 1 例。

　　　　c. 只如眼耳鼻舌身意所對之物，<u>為復為是你等心？為復非是你
　　　　　等心？</u>（26.549）

　　　　d. 講華嚴大德問：「<u>虛空為是定有？為是定無？</u>」師曰：「言亦
　　　　　有得，言亦無得。」（10.175）

　　　　e. 四問：「凡修心地之法，<u>為當悟心即了？為當別有所門？</u>若
　　　　　別有行門，何名南宗頓旨？」（13.253）

　　「為」字系列的關係詞，後面所接的詞語不只是單名詞組，往往子句也常出現，若是子句或動詞詞組，此時的關係詞詞性就不是繫詞，而是連接詞。以 c 例來看，「為復」後的選項是「為是你等心」，「非是你等心」，二者都屬子句。若去

掉「為復」，形成二個選項並列，並不影響句子結構，更可看出「為復」在此實為連接詞。e 例的「為當」亦同。

然而，d 例的「為是」就不一樣了，它的選項是「定有、定無」，這是禪宗的專有術語，應視為名詞。是故，「為是」在此句是為繫詞，非連接詞。所以，在判定關係詞在句子的功用時，必須以實際句子結構為依準才是。

下面再補充一些句型，屬「為」系列，是單詞「為」與複詞「為復」交叉運用的句子，這些是形式較為活潑多樣的句子：

> f. 人問：「有人乘船，船底刺殺螺蜆，<u>為是人受罪？為復船無辜？</u>」師曰：「人船兩無心，罪正在汝。」（28.588）
>
> g. 曰：「止止不須說，我法妙難思，<u>為是說？是不說？</u>」無對。（27.570）
>
> h. 稱我參禪學道，<u>為有奇特去處？為當只恁麼東問西問？</u>若有，試通來，我為汝證明是非。（18.343）

「為是 A？為復 B？」型有 2 例，「為是 A？是 B？」也有 2 例，「為 A？為當 B？」僅 1 例。這樣的句子在語用上並沒有任何的不同，如此看來似乎單詞複詞可靈活的交互使用，交相替代，只是《景德傳燈錄》裏僅出現以上三種變化句式，沒有其餘的搭配句型了。

在《景德傳燈錄》裏的關係詞，以「為」變化較為多樣，但是，若以數量來說，卻是以「是」最為常見，以下就來看看關係詞「是」的句型有哪些。

（二）「是」字系統

「是」系統的關係詞以單詞「是」為代表，位置在選項前或選項後都可。不像「為」衍生出許多的複詞形式，「是」字的變化是單純多了。關於「是」成為關係詞的過程，梅祖麟（1978：29）言：

> 「是」字變成選擇問記號，不外乎兩個原因，先有了「為」字的選擇問，然後「是」字普遍地替代「為」字。另一個原因是五世紀就有了在原有動詞外另加繫動詞的句型，這種句型擴張到詢問句來，也是促進「是」字變成選擇問記號。

「為」字在 5 世紀進入選擇問句，「是」則稍晚些。梅祖麟在文章裏舉「是」字

的資料是以《朱子語類》為主，他說（1978：28）：「比《朱子語類》更早的資料，似乎只有禪宗的《碧巖錄》。」

看來禪宗的語言資料實在是不可忽視，其實在宋代初年的《景德傳燈錄》裏，即大量以「是」作為選擇問句的關係詞，時代比《朱子語類》早了近二百年。「是」在《景德傳燈錄》的句式用法有二：

1. 是 A？是 B？

關係詞「是」在初現之時，多依賴「為」字，形成雙音節化的關係詞，演變到近代漢語的《景德傳燈錄》中，「是」已經可以獨當一面，有自己獨特的句法，以下是例子：

a.　遇色遇聲未起覺觀時，心何所之，<u>是無耶？是有耶？</u>（3.52）

b.　耽源問：「十二面觀音<u>是凡？是聖？</u>」師云：「是聖。」（7.124）

c.　問：「祖意與教意<u>是一？是二？</u>」師曰：「師子窟中無異獸。」
　　（16.312）

這類句型在《景德傳燈錄》裏，有 33 例，數量是最多的。由上些例子看出，「是」所引導的選項多是短短的名詞，這與「為」字時常是帶長長的詞組不太一樣，這是此句型的特點。

另外，值得注意的是「是」所連接的二個名詞選項，幾乎都是相對的觀念，再舉例如：「是真實？是虛巡？」「是男？是女？」「是同？是別？」「是你麤？是我麤？」等等都是如此，這可說是相對選項的另一項特點。

2. A（即）是？B（即）是？

「是」除了放在選項前之外，還可放在選項後，在選項後的「是」前多加「即」字。這「即」字並沒有具體的實質意義。

d.　一曰：「如何即是？」師曰：「如牛駕車，車不行，<u>打車即是？
　　打牛即是？</u>」一無對。（5.92）

e.　師云：「蓋覆。」椑曰：「<u>臥是？坐是？</u>」師云：「不在兩頭。」
　　（14.271）

「A 是？B 是？」句型共有 2 例：「A 即是？B 即是？」句型則有 5 例。若將選項後的「是」挪移到選項前，似乎對語義的影響也不大，二者應是互相交

通的。

　　由「是」在句子的功能判定,「是」的詞性應屬繫詞,不論位置在選項前或後。以 d 例看,句子的「如牛駕車,車不行」是主語,由假設子句構成,「是」為繫詞,謂語部份則是「打車、打牛」。而 e 例的主語則是承上文省略,只有繫詞和謂語出現。

（三）「還」字出現

　　現代漢語選擇問句的標準句型為「是⋯⋯?還是⋯⋯?」可見「還」字是最常見的現代選擇問記號,那麼「還」字用作選擇問記號的初始年代為何時呢?

　　梅祖麟（1978：23）云:「『還』字最初用作選擇問記號是在《祖堂集》。」即在晚唐五代之時。在《祖堂集》所見的句例只有 3 例,句型為「N 還 VP₁VP₂」、「NVP₁ 還 VP₂」二種。

　　在《景德傳燈錄》裏例子亦不多,只找到二例,句型以「還 V 不 V」式為主。此與《祖堂集》之例稍有不同,比較偏近正反問句,但有關係詞「還」出現,當然屬選擇問句。雖然例證只有 2 例,但確是彌足珍貴。

> a. 便豎起拂子,問:「伊諸方<u>還說箇不說</u>?」又云:「者箇且署,
> 　　諸方老宿意作麼生。」（11.193）
>
> b. 師曰:「白雲山上起。」曰:「<u>出與未出還分箇不分</u>?」（22.442）
>
> c. 曰:「<u>長弄麼?還有置時?</u>」師曰:「要弄即弄,要置即置。」
> 　　（14.272）

　　a 與 b 例的語法結構均是「還 V 箇不 V」,由關係詞「還」連接二個相反的選項,這一正一反的選項中,還加了「箇」字。這個「箇」字,應是作為語氣詞使用。

　　不論是《景德傳燈錄》還是《祖堂集》,「還」均大量被使用,但都以「還 VP＋語氣詞」句型為主,這種句型不屬選擇問句。而「還」當選擇問關係詞的次數很少,卻是讓人驚喜的起源。

　　以下將本節所論述的選擇問句句型的分類情況,整理為表 5-1。

〈表 5-1　《景德傳燈錄》選擇問句句型分類表〉

句 式 結 構			次 數	所佔比例
不用關係詞			38	34.2%
關係詞單用	用於前項	為	6	14.4%
		為復	3	
		為當	1	
		還	2	
		是	4	
	用於後項	還	1	
關係詞雙用	是～，是～		33	51.3%
	為～，為～		5	
	為是～，為是～		2	
	為復～，為復～		4	
	為當～，為當～		1	
	為是～，為復～		2	
	為是～，是～		2	
	為～，為當～		1	
	～（即）是，～（即）是		7	
	或～，或～		1	
總計			112	100%

第三節　正反問句界說

呂叔湘（1985：241）說：

> 疑問有特指問、是非問、正反問、選擇問四種格式，特指問和
> 是非問是基本，正反問和選擇問是從是非問派生的。

呂叔湘認為選擇問句和正反問句是由是非問句衍生出來的，換句話說，這三種疑問句類是有共同的來源，當然其中會有不少類似之處了。若是學者在探討上，對定義沒有精密的區隔，或是因人不同而產生差異，將會造成對句式的分析見解不同，統計數據自然會有差異。所以，若能將疑問句類的範圍作清楚的界定，對語法研究有莫大的幫助。

　　想要釐清正反問句與是非問句、選擇問句之間的關係，除了從句式本身去找證據之外，還要從三者的發展歷史以及方言資料來加以證實，疑問句類才能

出現出更清晰的輪廓。是故，想對正反問句作較深入的探索，必須先處理正反問句、是非問句、選擇問句三者之間的區別問題。才能針對具確切意義的正反問句，嘗試找出較全面的輪廓。

一、三類問句的模糊地帶

語言是最廣泛被使用的東西，正因使用者多，變化跟著增多。我們相信語言有使用上的彈性與空間。但是不是泛泛無規律的。語言學家的興趣就是在找出這些規律，一旦規律逐漸清晰，這將對不同語言間（包括歷時共時二平面）的互通有極大的幫助，也對自己日常使用的語言有更深入的認識。

因此，對於疑問句類型的交叉地帶，不能視而不見、或是一二語帶過。以下分二部份來敘述：

（一）正反問句與選擇問句

首先處理正反問句與選擇問句之間的問題。在疑問句型分類裏，正反問句和選擇問句的關係是最密切的。因此，本文將二者併入同章討論，但這並不表示將二者歸為同類，其中的區隔是有規矩可循的。

因為外在形式的相似，所以學者通常把正反問句和選擇問句聯想在一起。梅祖麟（1978：19）說：

> 選擇問和反復問的關係很近，差別只在前者是選擇甲和乙，後者是選擇甲和非甲。

湯廷池（1981：232）對正反問句的界定為：

> 「正反問句」，可以說是國語裏一種很特殊的選擇問句，是由動詞、助動詞、形容詞的肯定式與否定式連用的方式提供選擇，請求答話者就肯定與否定之間選擇其一。

朱德熙（1982：203）則說：

> 選擇問句裏有一種特殊的類型，就是把謂語的肯定形式和否定形式並列在一起作為選擇的項目……這一類選擇問句可以稱為反復問句。

梅祖麟認為正反問句很可能是選擇問句演變而來的〔註7〕。朱德熙甚至將正反

―――――――――――――――――――――

〔註7〕梅祖麟（1978：25）言二種句式的差別只在「是否省略次句的謂語；省略則是『古

問句歸入選擇問句一類裏，因為選擇問句、正反問句在語法及語義上各有若干共同點，把它們一併處理正好可以收到解釋這些共同點的效果。即使有的學者（如湯廷池）認為二者該各自獨立，但也不排斥將二者一起討論。

以句式的外在形式看，二者同具選項並列的相同點。只是正反問句的差別在並列的是肯定和否定項目而已。也就是說，二者的差別在選擇問句是並列二個（或二個以上）的選項，供答者選其一，選項間的關係是並列的；正反問句具備二個選項，而選項間的關係是一正一反的，答者同樣地在正反二選項中擇一回答。

將二者一起討論的理由看來似乎相當充分，然而，仔細檢視二種問句，發覺之間的仍有很大的不同。黃正德（1989：680～688）舉出「詞語自主律」、「介詞懸空」與「孤島條件」〔註8〕三點來證明正反問句和選擇問句的表現大不相同，二者是不能相通的。

湯廷池（1996：9）提出三個理由，說明正反問句和選擇問句是不同的：

1. 正反問句不含有（對等）連詞，而選擇問句則可。如國語的「還是」。
2. 正反問句的「連接項」限於兩個（即肯定式謂語與否定式謂語），而選擇問句不限兩個。
3. 正反問句的肯定式謂語與否定式謂語不能調換次序，而選擇問句則可。

以第三項的舉例：（59a）「你上不上台北？」與（59b）「你不上上台北？」顯然的 b 例是錯誤的。可是選擇問句卻可以對調，如（60b）「你不上台北還是上台北？」

人選扶入門不？』，不省略則是 4.3.1『古人選扶入門，不扶入門？』。可見產生這種新興的選擇問是由於把『選』字的場合從『省略句』推廣到『非省略句』。」可見梅祖麟認為正反問句（他稱為新興的選擇問），是從選擇問演變而來的。

〔註 8〕所謂「詞語自主律」是說：屬於詞語層次的範疇都具有完整的自主性；適用於詞組層次的句法或語義規律都不能直接牽涉到詞語的內部結構。詞語必須遵守詞語自主律，詞組則不必。所謂「介詞懸空」是說：介賓結構裏的賓語如果經過移動律移出介賓結構，或是受到刪除律的刪除，留在原地的介詞就掛單了。如同大部分的人類語言，漢語是禁止介詞懸空的。所謂「孤島條件」是說：某些結構不准許它所包含的詞組和外面發生關係，好像這些詞組處在監牢裏或孤島上一樣。而「孤島」包含主語子句和關係子句。

經由以上討論，可以將正反問句和選擇問句的界限分清楚。雖然二者看似相近，卻是具不同特點的句類。將二者界限劃分之後，對於論點的展開，將有極大的幫助。

（二）正反問句與是非問句

除了與選擇問句牽涉不清外，正反問句和是非問句的分別也有模糊地帶存在，尤其是在文言句中，如呂叔湘（1941：290）所言：

> 這類（正反）問句，從形式上來看，與抉擇問句相近……從意義而論，和是非問句沒有差別。……文言裏的反復問句在形式上也和單純是非問更加接近了。

因為古代的正反問句句類以在句末加一反詰語氣詞為多，是非問句同樣的地是在句末加語氣詞，二者的差異只在語氣詞的語義不同，自然在分辨上易造成困擾。

而余靄芹（1988：29）把正反問句和是非問句作比較，認為二者只在意義上有差別。其文云：

> 反復問句是一種中性的提問，即問話人對所問的事物不表示在己的意見而單純地向對話人發問。

這和呂叔湘的說法一致。指出是非問句暗存問話者的主觀想法，而正反問句則是完全中性的，沒有任何預設的立場。

然而，以語義來區分是很吃力不討好的工作，所以，最好再找出較具體的形式特徵來分別。湯廷池（1996：4～7）以現代漢語為對象，條列出正反問句和是非問句間七項不同的語法特徵〔註9〕，這提供相當明確的判斷依據。雖然湯

〔註 9〕湯廷池的 7 項語法特徵，列之於下：1. 正反問句是並列肯定式與否定式而成，是非問句則是在肯定句或否定句的句尾加疑問語氣詞而來。2. 是非問句的可以在答詞前加上「是」或「不是」；正反問句必須從述言肯定式或否定式擇一回答，且答詞前不能加上「是」或「不是」。3. 是非問句可與語氣副詞「真的、難道」合用，正反問句可和語氣副詞「究竟、到底」合用。4.是非問句只能充當直接問句，不能充當間接問句；正反問句可以充當直接或間接問句。5. 若「非中立的語言情況」用是非問句，若「中立的語言情況」用正反問句。6. 是非問句可以在句尾加語氣詞而成，幾乎不受任何語法限制。正反問句則反之。7. 是非問句對於「疑問焦點」沒有清楚的交代，因此可用判斷動詞「是」來強調。而正反問句已提正反可能性

廷池的資料來源是現代漢語,不過語言的傳繼是相沿續的,不應出現斷層狀況,所以即使是以現代漢語為準的研究成果,在近代漢語中,仍具一定的參考價值。

將正反問句與選擇問句、是非問句的界限釐清之後,就可以描繪出正反問句的範圍。

二、正反問句三句型

(一)正反問句三句型的內容

經過上面的討論,關於正反問句和選擇問句、是非問句間的界限,已經明顯地區分開來。接著,就對正反問句的涵蓋範圍,作個明確的解說。

正反問句要表達疑問口語的方式,不在疑問代詞,而主要依賴句式來傳達。因此,正反問句主要句式是「X 不 X」型〔註10〕,依句式判別比較不會出現困擾。

在近代漢語裏,就有現代漢語「X 不 X」式式的源頭,這當然歸類於正反問句。然而當時這類句型不似現代發達,「X」只重覆動詞,不重覆賓語,是為「V 不 V」型。根據馮春田(1987)的研究,反復問句未見於傳世先秦古籍,只見於秦簡;而傳世古籍的中性問句多為「VP 否乎?」型或「VP 否」型〔註11〕。

另外,朱德熙(1985:10)也指出正反問句的句型有二種:「VP 不 VP」或「VP」沒有;力一類是「副詞+VP」或「KVP」〔註12〕。並指出後者見於某些吳語、西南官話及下江官話,包括江蘇、安徽、雲南各省某些地區。

余靄芹(1988:29)對漢語方言的調查後,紂朱德熙反復問句二種句式,擴充為三種。在文章中云:

> 中性的問句,可能有三種類型:反復問可能是北方話的特色,

要求對方選擇,故不能再利用「是」來強調其他疑問點。

〔註10〕「X」代表謂語詞組,多由動詞加賓語形成,也可以由形容詞構成。

〔註11〕關於馮春田之語,引自余靄芹(1988:33)一文。

〔註12〕此處代號「V」指動詞;「P」指謂語;故「VP」是由動詞形成的謂語詞組。「O」指賓語;「VO」則是動賓詞組。「K」為表疑問的副詞,如「可」、「豈」等字,或有學者使用「F」為代號,此處從朱德熙用「K」。「neg」為「negation」的縮寫,義為否定詞,如「否」、「不」等字詞。

帶副詞的「副詞＋VP」型似是另一支北方話及吳語的特色，我們要
提出的「VP＋否定語氣詞」型是南方方言的特色。

余靄芹所謂的第一種反復問句的句式即是「VP 不 VP」，再加上「副詞＋VP」
（「KVP」）與「VP-neg」，形成了正反問句的三種句式。

　　綜合上述學者的論述，可以描摩出近代漢語的正反問句的模型，應以句式
判別依據，下列二種句型均屬正反問句：

1. 「X 不 X」句型。

2. 「VP-neg」句型。依馮春田（1987）之說，此句式的語氣詞當以「否」
　　為主。而且再依湯廷池（1996：7）對是非問句和正反問句的第七項不
　　同點，句式為「VP-neg」的問句，還必須限制主要動詞不能是當繫詞
　　的「是」，才屬正反問句。

3. 「KVP」句型。

　　三句型鼎立，架構出正反問句的規模。正反問句裏，不能有關係詞，否
則將成為選擇問句，最多只能有「neg」否定詞。另外，「VP-neg」句式的「neg」，
語義不能虛化，否則即屬是非問句，在嚴格篩選下只有「否」、「不」、「未」
三個語氣詞合乎條件。

（二）正反問句三句型間的關係

　　關於正反問句三句型間關係，還有一些問題必須釐清，像三句型各有其分
布區域的不同，這與方言地理區有關。還有三句型之間，並不是完全密合的，
也就是說，時代不同所興盛的句型也不同。之間的傳承與接續的問題，也是值
得關注的。

1. 三句型的分布地區

　　三句型有其不同的使用區域，這在現今的方言裏，依然可以找到證據，
但是在共同語（或稱普通話、國語、標準話）的強勢入侵之下，區域逐漸模
糊。往往在不自覺當中，共同語滲入方言的詞彙語法，使得方言不再純粹，
失去方言的獨特性。因此，方言資料的收集與研究，實是刻不容緩的。

　　余靄芹（1988：29）提出正反問句的三種句式的使用是有地域的區別：
「VP 不 VP」主要出現在北方；「KVP」似是另一支北方話及吳語的特色；
而「VP-neg」是南方方言的特色。三類各有使用區域，應是不致混淆的。朱

德熙（1985：15）說「VP 不 VP」與「KVP」這二種情形，不會同時出現在同一種方言裏。

然而，在粵語與閩語裏，卻是共同存有「VP 不 VP」與「KVP」這二種句式。余靄芹認為這和普通話的興盛極有關係，可能是方言受共同語所影響。

以《景德傳燈錄》的狀況來看，作者是釋道原，道原是東吳的僧人，住在蘇州承天永安寺。他宣揚佛法，記錄對話，所使用的語言應是南方方言。因此，推論《景德傳燈錄》的正反問句句式應是以「VP-neg」為主。在統計全書語料之後，證實是與推論相待的。

《景德傳燈錄》的語言屬南方方言，南方與北方語言有其不同處，在研究時時代性與地域的差距都必須兼顧。

2. 三句型的傳承關係

在三個句型裏，最早出現的應是「VP＋否定語氣詞」。依照余靄芹（1988：33）說：

> 綜看發展的趨勢，似乎『VP＋否定語氣詞』型出現得比較早，『VP 不 VP』型可能是稍後的發展。……至於『副詞＋VP』型的歷史源流以及和其他兩類型的關係，還有待進一步的研究。

由這三個句型的構句方式來看，「VP 不 VP」問句也具有否定詞，只不過它重覆了動詞詞組而已。太田辰夫認為這型始於唐五代，但在變文中沒有出現。在稍早的秦墓竹簡，也只有「V（O）不 V」型。而「VP＋否定語氣詞」則多見於傳世典籍，因此，余靄芹推論出「VP＋否定語氣詞」應早於「VP 不 VP」型。是故，「VP＋否定語氣詞」這個句式應以近代以前為其舞台，成為正反問句的主流句式。

傳沿到現代，人們日常使用的正反問句反而是以「VP 不 VP」型為重心，今日用「X 不 X」句型來表達，只是「X」擴展其用法，可以是動詞或是形容詞，不只限於動詞謂語句。如：「你今天吃飯不吃飯？」

但這句式重覆部份太多，說來累贅，所以再依照語言學上「順向刪略」（progressive 或 forward deletion）或是「逆向刪略」（regressive 或 backward deletion）條件而簡化，形成「VP 不 V」或「V 不 VP」的句式〔註13〕，現代漢語多是這種省略後的句子，使用不致冗長，較為簡便。例如：「你今天吃不吃飯？」或「你今天吃飯不吃？」

至於「副詞＋VP」型，學者們多從方言角度著手研究，朱德熙說此處的副詞在普通話用「可」字代表，湯廷池（1996）說在閩南語用「敢」字，「敢」字約略同於國語的「可」、「難道」。

4. 三句型在南方語言的呈現

提到了南方方言，就談談這三句型在南方語言的呈現情況。《景德傳燈錄》寫成於東吳蘇州，書中三類句型均具備，不過是以「VP-neg」型為主。

《景德傳燈錄》以「VP-neg」為多，那麼，這與其他南方方言的情況是否相符？

根據王本瑛、連金發（1995：55）的田野調查，發現在台灣閩南語正反問句三句型的使用中，以「VP-neg」型最多，超過 50％的使用率。其次是「VP-neg-VP」型，再其次是「Kam-VP」型（為「KVP」型，亦即湯廷池所言「敢 VP」型）。

正反問句以「VP-neg」為主，閩南語的呈現與朱德熙所言是相符的，而且也和《景德傳燈錄》的一致。共同語以「VP-neg-VP」型為主，是有不同，這是地域性差別的關係。

三種句型興盛的時代略有不同，使用地區也有差異，但語言不是截然劃分，也無法一刀兩斷。彼時此時、彼地此時之間，是有關係互相牽連的。因此，我們可以說有主流句式，卻不是此單一句式主宰全局。

以下就來看，這三句型在《景德傳燈錄》的使用情況。

第四節　正反問句句型及反詰詞的運用

這一節探究的對象是上節所論述出的：「VP 不 VP」、「KVP」、「VP-neg」正反問句三類句型，與句式中否定詞在《景德傳燈錄》的運用狀況，否定詞包括副詞與否定語氣詞二類。

《景德傳燈錄》有459句正反問句，先分類句型，探所句型的使用狀況，

〔註13〕詳見湯廷池（1981）〈國語疑問句的研究〉一文。

再檢視正反問句的詞語運用，發覺以否定詞最具特色，是故，論述將以否定詞為中心。以下分二部份敘述，一是正反問句三句型使用情形，二是否定詞的運用狀況。

一、三句型在《景德傳燈錄》的展現

位居近代漢語的《景德傳燈錄》，其正反問句三句型的使用次數與使用情況又是如何，以下分二點，包括數據呈現與實例分析二方面來談。

（一）使用數據

《景德傳燈錄》共有 459 句正反問句，其三類句式的分布數據，列之於下表：

〈表 5-2　《景德傳燈錄》正反問句三句型數據表〉

句型	VP 不 VP	KVP	VP-neg	總數
次數	5	134	320	459
比例	1%	29.2%	69.7%	100%

依數字來看，《景德傳燈錄》的主要句式是「VP-neg」型，佔 69.7%，其次是「KVP」型，最少見的是「VP 不 VP」型。

《景德傳燈錄》的主要句式是「VP-neg」，這與余靄芹南方方言的析解相同。至於朱德熙所言，二種句式不應同時出現在同一方言中，但是不能忘記《景德傳燈錄》一本書曾經過楊億修改，再上呈皇帝。因此，書中夾雜不同地區的言語是極有可能的，尤其是北方的方言影。

而最少見的「VP 不 VP 型」，只有 5 句。若與《祖堂集》對照，《祖堂集》的「VP 不 VP」式句型也是同樣的只有 5 句，佔正反問句 453 句的 0.1%〔註14〕數字相當巧合。也可以看出兩本南方的禪宗語錄，「VP 不 VP」型同樣是處於弱勢地位的。

（二）使用實例分析

接著要探索的是正反問句三句型，在《景德傳燈錄》的使用實例，以下就分三部份展開：

〔註14〕請參看周碧香（2000：196）博士論文。

1. 【VP 不 VP】

在《景德傳燈錄》裏，這類句式只有 5 個句子。全列於下：

    a. 僧問：「三乘十二分教<u>為凡夫開演不為凡夫開演？</u>」師曰：「不消一曲楊柳枝。」（16.304）

    b. 地藏曰：「汝道古人<u>撥萬象不撥萬象</u>？」師曰：「不撥。」地藏曰：「兩箇也。」師駭然沉思而卻問曰：「未審古人<u>撥萬象不撥萬象？</u>」地藏曰：「汝喚什麼作萬象。」師方省悟。

    c. 祐問：「子既稱善知識，爭辨得諸方來者<u>知有不知有？</u>……子試說看。」（11.193）

    d. 商量古今，還怪得山僧麼？若有怪者，且道此人<u>具眼不具眼？</u>（26.542）

上例中的「為」、「撥」、「知」、「具」是動詞，「凡夫開演、「萬象」、「有」、「眼」是賓語，二者合併則是動賓結構形成的謂語詞組。動賓結構重覆，一為肯定式「VP」，另一否定式「不 VP」，二者並列提供答者作選擇。

「VP 不 VP」型初只見於睡虎地秦簡，中間間斷一千年左右〔註15〕，在其他上古的語言資料，幾乎無法見到此句型，直到唐五代，此句型才又再度出現，在敦煌變文裏活躍出來。

唐五代出現後，在許多口語資料裏，都可找到使用例子，只是使用頻率不高。變文 33 例，《祖堂集》10 例，《景德傳燈錄》只有 5 例。二本語錄出現次數偏低，或許和地域有關。敦煌變文位在西北地區，二本禪宗語錄則是南方語言的產物，南方方言的正反問句是以「VP-neg」型為主，和北方方言的「VP 不 VP」是不同的。

「VP 不 VP」的正反問句主要使用地區是在北方，在南方方言的《景德傳燈錄》裏，在此的 5 個例子，可能受到北方普通話影響，或是楊億修改的結果。

〔註15〕見劉子瑜（1996：567）與馮春田（1999：705）二文。說明「VP 不 VP」型，在上古無所見，除了睡虎地秦簡外，然後又消失一千多年，直到敦煌變文才又出現，簡中原因劉子瑜之文有深入解釋。

2. 【KVP】

余靄芹認為「副詞＋VP」是正反問句的句型之一，而此句式的疑問副詞「K」，朱德熙（1991：321）言共同語用「可」；在蘇州話裏用「阿」；在汕頭話用「豈」。在《景德傳燈錄》的疑問副詞，有「豈」、「莫」、「寧」等詞。這些均屬疑問副詞，只是其反詰語氣有強弱的不同罷了。

觀察《景德傳燈錄》的「KVP」句式，共有134句，佔全部正反問句的三成左右。此句型句末不使用語氣詞，而以疑問副詞來表達詢問味道。在使用的次數上是「豈」最多，有129次。以下舉例來看：

> e. 問：「一切處覓不得，<u>豈不是聖</u>？」師曰：「是什麼聖？」
> （16.308）
>
> f. 波浪漸停，<u>豈可一生所修便同諸佛力用</u>？但可以空寂為自體，
> 勿認色 身。（13.254）
>
> g. 別僧云：「此去山中十里來，有一懶融，見人不起，亦不合
> 掌，<u>莫是道人</u>？」祖遂入山。（4.60）
>
> h. 師曰：「不垢不淨，<u>寧用起心而看淨相</u>？」又問：「禪師見十
> 方虛空是法身否？」（5.101）

「可」在《景德傳燈錄》裏，有當疑問副詞的用法，只是「可」句後多搭配語氣詞，故不歸入「KVP」一類。不過，有二個副詞重疊的「豈可」，如 f 例。其他的副詞句末多加上語氣詞，若出現語氣詞，則歸入「VP-neg」句型，造成在這類句型「豈」子的使用次數是最多的。

3. 【VP-neg】

在《景德傳燈錄》中，數量多的正反問句主要句式則是「VP-neg」，共有320句，超過二分之一的比例。此句型在句子後加一否定語氣詞而成。這構句边式和是非問句有相似之處，除語義上的區別外，語氣詞的選擇是其中關鍵。正反問句後加的是否定語氣詞，而是非問句後面的是推測語氣詞。語氣詞不同，造成句子是否屬中性問句，自然，類別歸屬就不一樣。

《景德傳燈錄》此類句型所使用到的「neg」，以「否」、「不」、「未」為代表。其中「否」字運用的情況比「不」字熱烈許多，「否」字用280次，「未」用38次，「不」字才2次。其例如下：

i. 尊者又語彼眾曰：「會吾語否？吾所以然者，為其求道心切……」（2.33）

j. 有僧問：「上座曾到五台否？」師曰：「曾到。」（19.379）

k. 普因公暇，撰得信論章疏兩卷，可得稱佛法否？（4.78）

l. 僧問：「一句子還有不到處否？」師云：「不順世。」（14.275）

m. 師曰：「眾生還安不？」曰：「安。」師曰：「喫茶去。」（24.482）

上述句式裏，i 例是沒有副詞，j、k 和 l 二例則運用了「曾」、「可」、「還」三個副詞。前四例的語氣詞用「否」，後一例的語氣詞用「不」。這些副詞是以「還」所佔的比例最高，詳細的數據列在下一部份。

欲判定是否為「VP-neg」句型，是依句末語氣詞的有無，然此句式句中通常會使用疑問副詞來表達，會搭配使用的副詞有「還」、「莫」、「曾」、「可」等字。這些副詞和前述「KVP」句式的「K」稍有不同，差別在「K」不包括「還」，而此「VP-neg」句型則包含「還」。此處的「還＋否」句型視為正反問句。而「還＋（否，不之外的）語氣詞」則將之歸入是非問句，這牽涉到「還」的本身屬於測度副詞的關係。

二、反詰詞的運用情況

在正反問句裏，句式是項顯明的特徵，在句子內部的運用詞語上，否定詞的使用，是另一大特點。接著將整理《景德傳燈錄》459 句正反句裏，所運用的副詞、語氣詞的狀況。以下依副詞和語氣詞分二部份敘述：

（一）疑問副詞

正反問句的疑問副詞有「可」、「寧」、「莫」、「豈」、「還」等字，可大致分兩部份，其一是用於「KVP」型，另一是用在「VP-neg」型。「豈」、「寧」是屬前類；「還」、「可」屬於後類。而「莫」則二句式都可使用。以下分別論述之：

1. 豈

「豈」在正反問句的角色偏重於反詰的意味，因此若在句中使用「豈」這

個副詞，反問的味道已然出現，在句末就不須加否定語氣詞。否則會有累贅之感。

> a. 陸云：「和尚<u>豈</u>無方便？」師云：「道他欠少什麼？」（8.134）
>
> b. 王問：「佛<u>豈</u>不是汝師？」師曰：「是。」（27.573）
>
> c. 師曰：「有事未決，<u>豈</u>憚跋涉山川？」地藏曰：「汝跋涉許多山川也還不惡。」（24.484）

「豈」字句共有129句，當中的否定式「豈不（是）」、「豈無」有62句，其餘的部份即是肯定句式。「豈 VP」句型是「KVP」中最標準的句型。「豈」也能表示推測詢問，多與「乎、耶」語氣詞相呼應。這就屬是非問句的範圍了。

2. 寧

「寧」和「豈」的用法相當類似，只是在次數上，「豈」字句遠遠勝過「寧」字句。「寧」在是非問句和正反問句都能使用，「寧＋語氣詞」屬是非問句，「寧＋VP」屬正反問句。

> d. 師曰：「不垢不淨，<u>寧</u>用起心而看淨相？」又問：「禪師見十方虛空是法身否？」（5.101）

在《景德傳燈錄》裏，使用「寧」這個副詞的疑問句，數量本來就不多，再單以正反問句而言，就更少只有1例。「寧」是個較古老的詞語，在文言文裏較見，在白話文本句例實在不多。

3. 莫

「莫」是個猜測意味濃厚的疑問副詞，也只有「莫」可兼用於「KVP」型和「VP-neg」型。若就此字的使用狀況來說，多偏重在是非問句上。但若是「莫VP」或是「莫VP否」句型，則將之視為正反問句。

> e. 夾山曰：「<u>莫</u>從天台得來否？」師曰：「非五嶽之所生。」（20.384）
>
> f. 曰：「<u>莫</u>湖南去？」師曰：「無。」曰：「<u>莫</u>歸鄉去？」師曰：「無。」（15.289）

「莫VP否」的句子有19個；「莫VP」型的句子有4個。這比起是非問句的92個「莫」字句，數量是少了許多，「莫」字的確是常用於是非問句。

4. 還

「還＋neg」句型使用次數為 138 次，次數多於「豈 VP」句式。「還」字句若無「neg」出現，整個正反問句的中性意味就會被沖淡，而成為帶有主觀色彩的是非問句。

> g. 師曰：「<u>還</u>識道信禪師否？」曰：「何以問他？」（4.60）

> h. 師云：「<u>還</u>記得初見石頭時道理否？」居士云：「猶得阿師重舉在。」師云：「情知久參事慢。（8.141）」

「還」字句句末應加語氣詞，遍閱全書找不到「還 VP」的句式。欲判斷「還」字句為何種疑問句型，則依其句末所用的語氣詞為依準。大致上「還」字句在是非問句和正反問句的比例約為 3：1。

5. 可

朱德熙言在共同語的「K」用「可」代表，這是以現代漢語而言。在《景德傳燈錄》裏，「可」字句句尾多加語氣詞，因此屬「VP-neg」句型。

> i. 曰：「近有一僧投寺執役，頗似禪者。」公曰：「<u>可</u>請來詢問得否？」於是遽尋運師。（12.219）

> j. 太子曰：「今我國城之北有大山焉，山中有一石窟，師<u>可</u>禪寂于此否？」尊者曰：「諾。」（1.26）

「可」這個副詞有時與其他副詞一起出現，形成「豈可」（5 次）、「還可」（3次）的句子，不過「豈可」後不加語氣詞，而「還可」後加語氣詞，看來在這副詞連用的情況下，「可」是句中的配角，不居關鍵地位。

將本節所討論的句型，列詳細的使用次數於下表 5-3。

〈表 5-3 《景德傳燈錄》正反問句句型分類表〉

句 型	詳 細 句 式		次 數	總 次 數
VP 不 VP	VP 不 VP		5	5
KVP	豈 VP		129	134
	莫 VP		4	
	寧 VP		1	
VP-neg	VP 否	還 VP 否	119	320
		可 VP 否	9	

	莫 VP 否	19
	VP 否	133
VP 未	還 VP 未	17
	VP 未	21
VP 不	（還）VP 不	2

　　疑問副詞在正反問句的狀況是如此，那麼，在其他三類問句中，疑問副詞的使用又是如何呢？統整《景德傳燈錄》全書疑問句裏的疑問副詞使用情形，整理如下表：

〈表 5-4　《景德傳燈錄》疑問副詞的使用數據表〉

應用句類 次數 疑問副詞	特指問句	是非問句	選擇問句	正反問句	總次數
豈	0	37	0	129	166
寧	0	4	0	1	5
莫	2	91	0	23	116
還	5	423	2	138	568
可	21	8	0	9	38

（二）否定語氣詞

　　學者們對否定語氣詞的內容因人而異，有的則認為只有「否」、「不」〔註 16〕，有的認為「無」也屬否定語氣詞〔註 17〕，然而，考慮到「無」的演變歷程，其否定意義在中古時已漸漸消失，到宋代逐漸被純猜測的語氣詞「麼」取代，故在此不將「無」歸入否定語氣詞的範圍裏。

　　正反問句句末使用的是否定語氣詞，而不是推測語氣詞。在近代漢語《景德傳燈錄》書裏，否定語氣詞以「否」最具特色，另外還有「未」、「不」字。「未」在使用上一直是少例，從上古至近代皆是如此。

　　「不」使用次數最少，然其用法意義與「否」完全相同，二者在上古時代本來就是同一詞〔註 18〕。「否」比「不」晚出，後來人們喜愛使用加口字的「否」，

〔註 16〕如植田均，見其《近代漢語語法研究》一書。

〔註 17〕如馮春田，其書名亦為《近代漢語語法研究》。

〔註 18〕見王力《同源字典》頁 102。云：「不、否、弗三字實同一源。……《廣雅‧釋詁四》：『否，不也。』」又指出「弗」與「不」在語法上有所區別，因此「不」與「否」不論在意義上，還是語法上是完全相同。

逐漸捨棄上古的「不」。

《古漢語虛詞詞典》頁85對「不、否」的解釋為：

> 用於敘述句或描寫句末，使之變為反復問句，表示對一正一反、一肯定一否定二者中究屬何者的問詢。義即「……不……」、「……沒有」。

這段話點出「不、否」在語法上以正反問句為其發揮區域。再回到《景德傳燈錄》裏，全書正反問句共459句，其中280句句尾用「否」，佔61%。有38句句末用「未」，佔8.2%。只有2句用「不」，佔不到1%。不過可把「不」歸入「否」中，因為二者是同樣一字。

1. 否

「否」晚於「不」，在日常對話所受到的青睞也比較多，反應在書上，自然地運用次數就多出許多。

  a. 人問：「無念法有無<u>否</u>？」師曰：「不言有無。」（28.580）

  b. 有僧出曰：「三種病人，和尚還許人商量<u>否</u>？」師曰：「汝作麼生商量。」其僧珍重出。（18.348）

基本上，「否」主要在正反問句出現，但是若碰上「VP否」的句子正巧為判斷句（有繫詞「是」）時，與正反問句的條件無法吻合，是歸屬入是非問句。（見本章第8個註解）

2. 不

「不」在書中的兩個例子，列於下：

  c. 師曰：「眾生還安<u>不</u>？」曰：「安。」師曰：「喫茶去。」（24.482）

  d. 又問雲巖：「和尚百年後忽有人問還貌得師真<u>不</u>？如何祇對？」雲巖曰：「但向伊道只這箇是。」師良久。（289）

若將這二個「不」字換為「否」，也不會影響在句子的意義，由此可見二者用法是完全相同。

3. 未

使用「未」字作疑問語氣詞，開始於漢代，魏晉到唐宋初時期有所發展，

但都處於弱勢（馮春田 2000：716）。

在《景德傳燈錄》裏，「未」字句共 38 句，其中句末單用「未」的有 10 次，「也未」有 28 次。當中與副詞「還」搭配，「還 VP（也）未？」句型共出現 17 次，佔全部「未」字句的 45%，比率相當高。但是沒有發現「未」與其他副詞合用的例子。以下舉實例來看：

> e. 伊云：「還識得目前也未？」師云：「是目前作麼生識。」（8.139）
>
> f. 此外別無道理，諸仁者，還明心也未？（25.520）
>
> g. 師云：「喫粥了也未？」僧云：「喫粥了也。」（10.179）

「（也）未」句的架構依舊是動詞謂語句的句型，但它的變化比較多，在省略方面或是主要動詞上比較富於變化，用語也比較活潑。e、f 例是有副詞「還」，g 例是沒有任何副詞的句子。

第五節　《景德傳燈錄》選擇問句和正反問句的歷時意義

現今的學術界對正反問句與選擇問句相當關心，不論是在歷時語法史上，或是平面的方言上，都有相當規模的探討。相較之下，特指問句與是非問句得到的關注就少多了。或許與這二句類本身句型變化較為多樣活潑，較能吸引學者們的注意吧！

本章的一、二節探討選擇問句，三、四節探討正反問句，在視其內容與使用狀況過後。第五節該對《景德傳燈錄》的選擇問句和正反問句，二者在語法史的地位作一審定，裨能了解變化的歷程以及《景德傳燈錄》的重要價值。要探視《景德傳燈錄》在語法史的意義，將以前四節整理的二句類語法特點為基礎，才能開展論述。

選擇問句和正反問句是否在甲骨文中出現，學者意見仍然分歧。至少可確定的是在先秦時代，二者已經發展出具相當特色的問句形式。在語法史上，我們所關心的《景德傳燈錄》在此歷程中的角色如何，二句類繼承古漢語的部份有哪些，以及這本語錄對近代漢語的啟發又有多少，這些都將是本節論述的核心。下面分選擇問句和正反問句二方面討論：

一、《景德傳燈錄》選擇問句的歷時意義

選擇問句在歷史上的變化,以關係詞最為首要。其句型的改變有限,而且相當特別的是,它在近代的時候,就已經完成句型演變,直至今日,句型依然和近代相同。《景德傳燈錄》即是這關鍵的時代,從中的確有許多值得重視的線索,討論之後,將可對選擇問句的歷史發展,整理出更完整的脈絡。

是故,查看選擇問句的歷史發展,可以從兩方面下手,一是句型變化,另一是關係詞的改換。這二方面《景德傳燈錄》都有不凡的呈現,列之於下:

(一)語氣詞衰落,關係詞加重

在甲骨文中,學者還無法確定是否有選擇問句存在,但可確定的是在先秦兩漢時候,選擇問句已經存在。上古漢語的選擇問句句型是以選項後加語氣詞為常型,梅祖麟(1978:15)云:

> 先秦兩漢的選擇問,兩小句句末幾乎必用「與」、「乎」、「邪」之類的疑問語氣詞,如此兩小句單獨已是疑問句,並列就可形成選擇問。

祝敏徹(1995:117)對古漢語選擇問句的闡釋為:

> 古漢語選擇問句一般是用疑問語氣詞「乎」、「與(歟)」、「邪(耶)」、「也」,轉折連詞「抑(意)」,疑問代詞「如何」、「孰」、「何」等來幫助提問。

祝敏徹所謂的「孰」是「何者」,意同於「如何」與「何」,這些在語義上看似選擇問句,但在句式構造上卻和選擇問句無關,所以,若將之略除,十一個句型就只剩七個了。也就是說上古漢語的選擇問句以語氣詞為主角。

到了中古近代,情況有些許的不同,關係詞的角色加重了,語氣詞的地位大大減低。由《景德傳燈錄》裏,只有十分之一的選擇問句使用了語氣詞,卻有近七成的選擇問句用了關係詞,此起彼落,改變卻是明顯的事實。

從王錦慧(1999:305～312)整理的近代漢語新興句型,這四個句型在禪宗語錄裏極為突出顯明:「D 是 A?D 是 B?」;「DV 不 V?與 VD 不 V」;以及「DA$_1$?A$_2$?DB?」來看,其中句末已不用語氣詞,並且加重關係詞的地位,反映在《景德傳燈錄》書中就是如此,這是近代漢語的重要特色。

　　由此看來，選擇問句句型變化重心是由語氣詞轉換為關係詞。上古時期的選擇問句，語氣詞的運用是很重要的。相形之下，關係詞就顯得無關緊要了。近代漢語是以關係詞為重，而沿續至今，現代漢語的選擇問句也是以關係詞為主。

（二）「是」是主力關係詞；新關係詞「還」興起

　　關係詞的演變和選擇問句的發展的確是密切相關的。在上古時代，關係詞是由「抑、意、將、且」等字扮演，到了中古時期，「為」字興起，迅速成為關詞的主力部隊。

　　後來，順應漢語雙音節化趨勢，「為」逐漸的衍伸出「為復」、「為當」、「為是」各有其光輝時期。也在中古魏晉時期，另一關係詞「是」，漸漸的在入侵「為」的地盤，替代「為」的位置。二者在長期的角力之下，「是」逐漸取得優勢，而這時間就是中古、近代的交會時期。

　　這正值《景德傳燈錄》的時代，所以在《景德傳燈錄》裏，可以明白地察出此現象，「是Ａ？是Ｂ？」型，遠超過「為Ａ？為Ｂ」型。即使將關係詞使用「為」系列的選擇問句通通加起來，只有「是」系列的一半。孰眾孰寡的情勢是很明顯的了。

　　這是《景德傳燈錄》所反映的當代現象，「是」字成為主力關係詞。這沿用到今日的選擇問句句型，還有以「是」作為關係詞的句型。在千年的《景德傳燈錄》所記載的用法居然和今天相差無幾，不是很令人驚訝的一件事嗎？

　　的確，從《景德傳燈錄》可以覺察出許多珍貴的現象。當時選擇問句以「是」為主要關係詞，然而新興的關係詞「還」，正在悄悄地應運而起。起始的時代就是在五代宋初，到了南宋《朱子語類》，「還」字已經具備現代漢語選擇問句的基本用法。

　　雖然只有少少的 2 例，但即使是萬頃波濤的巨河，其濫觴也只是涓涓細流，因此不能忽視其價值。「還」在《景德傳燈錄》只是單用，尚未出現複詞「還是」，等到複詞「還是」運用於語言上，要到南宋時代的《朱子語類》才有的了。

　　現代漢語選擇問句的關係詞「還」，從五代宋初出現，於南未完成其句型架構，距離今日已近千年，居然基本句型都沒改變，真是不可思議的情形，梅祖麟先生說這實在是值得大書特書的呢！

二、《景德傳燈錄》正反問句的歷時意義

雖然甲骨文的問句中是否存有正反問句，學者間仍有歧義。但至少可確定的是在先秦時期，正反問句就以某個句型存在，此句型即是「VP-neg」型。正反問句三句型中，以句末加否定詞的句型最早出現。其餘的「VP 不 VP」、「KVP」出現時代較晚。

《景德傳燈錄》寫成於北宋初年，位居中古漢語和近代漢語的交接點，其正反問句如何接續中古漢語、如何開創近代漢語，書中所呈現的特點有哪些，將這些點一一釐清後，《景德傳燈錄》一書的語法價值，自然就相當清楚了。

（一）以「VP-neg」型為主流

「VP-neg」是《景德傳燈錄》正反問句使用比例最高者，接近七成的比率，使人不得不詳細地探討此句型，以下分二點來談。

1. 承繼上古漢語

首先是承繼上古、中古漢語的部份。在先秦時代，正反問句式的句型是單純的，祝敏徹（1995：118）云：

> 古漢語正反問只有下列四種句式：「……否？」、「……否乎？」、「……不？」、「……未？」

上列句式不正屬正反問句三句型的「VP-neg」一型嗎？「neg」是由「否、不、未」三字來扮演，其中只有「否」字後還可加語氣詞「乎」。另一學者劉子瑜（1996：570）說得更詳細：

> 春秋戰國至秦，反復問句以「VP-Neg-PRT」式為主，漢代，「VP-Neg-PRT」式開始減少，漢代以至於六朝（尤其是六朝），「VP-neg」式成為主要形式。

「PRT」指句末的語氣詞。她舉出數據說明，先秦的「VP-Neg-PRT」型比「VP-neg」多見（比例 8：1）。到兩漢時代，二者比例逆轉為 1：4。不管有無語氣詞，「VP-neg（PRT）」句型均為古漢語的正反問句主要句型。如《孟子‧公孫丑上》：「如此則可動心否乎？」與《漢書‧于定國傳》：「公卿有可以防其未然救其已然者不？」。（例句引自呂叔湘 1941：290）

「VP-neg」句型相當風行，廣泛地在先秦以來的傳世典籍中出現，是現存

最可靠的最早正反問句句型。從上古漢語以來，正反問句一直以「VP-neg」為主，而且大量地在書面文言文使用，屬於相當穩定而傳統的句型。

基本上《景德傳燈錄》的「VP-neg」句型是沿承古漢語而來，歷經千年來，語法的句式結構沒變，但是仔細觀察細部構成則是稍有變化。語言深富生命力，不可能一成不變，這「VP-neg」句型的細微轉變在於其「neg」的詞性改變。

古漢語中「neg」後面或者還能再加個語氣詞，但在近代漢語裏已經沒有在「neg」後加語氣詞的句例，三者已然形成否定語氣詞，不再是否定副詞。依這項變化，可判定這三詞應屬否定語氣詞而非否定副詞。

《景德傳燈錄》裡都是「neg」後，不再加語氣詞的句型。此書繼承古漢語的部份即在此，「VP-neg」句型一直傳沿下來，在《景德傳燈錄》中，所佔比例高達 69%，居三句型之冠，這是承續古漢語的部份。

2. 屬南方語言特點

「VP-neg」不但承繼古漢語，而且在南方方言裏佔有相當的份量，是南方語言正反問句最常用的句型。

《景德傳燈錄》寫於蘇州，屬南方語言地區，其正反問句句型以「VP-neg」為首，其次是「KVP」，「VP-neg-VP」最低。而同樣屬南方語言的閩南語，以「VP-neg」為最多，其次是「VP-neg-VP」，「KVP」最低。（王本瑛 1995 之論文）

兩相比較下，發現二者同樣是以「VP-neg」為首，這與朱德熙所言相符。至於存在於共同語系統的「VP-neg-VP」，為什麼會贏過「KVP」，在閩南語中佔居第二名呢？余靄芹（1988：30）猜測：

> 閩語的台灣話兼有反復問句的兩種類型：「VP 不 VP」及「副詞＋VP」。我們懷疑台灣話的這兩種問句可能來自不同的語言層次，反復問可能屬受北方官話影響較深的層次（可稱為標準話層次），而「副詞＋VP」型問句可能屬台灣土語層次。

這正好可以說明，為什麼在《景德傳燈錄》的正反問句句型使用情況，會和同屬南方語言的閩南語有出入。除了時代差距外，台灣的閩南語受到共同的語的影響較深也是一項因素。

（二）「KVP」之「K」的功能轉變

「KVP」一型出現時代亦不算晚，約在先秦時期就可見。「K」是疑問副詞，可以由「可、豈、寧」擔任。用在疑問句裏，加強疑問口氣。歷史上所出現的疑問副詞就是「可、寧、豈」，從先秦至近代皆是如此。詞語相同，不代表其內涵也相同，隨著時代推移，疑問副詞的功能也在轉變之中。

最起初這三個詞的用法是相同的，都具有反詰與推度的用法。然而，三個意義和用法幾乎完全相同的疑問副詞不可能長久不變地並存下去，因為語言發展要求分工明確，避免重覆。江藍生、曹廣順等人所著的《近代漢語虛詞研鈙》頁 246 云：

> 疑問副詞「可」在出現早期跟「豈」和「寧」有著完全幾乎相
> 同的語法意義和用法。

後來語言演變分工的結果是（同上）：

> 「寧」逐漸被淘汰，「豈」由兼任反詰與推度而向專司反詰之職
> 發展，「可」則歷經了專表反詰→兼表反詰與推度→主要表推度的演
> 變過程。

這轉變的時候約在唐宋時代，到明清時期轉換已大致完成，形成今天分工清楚，互不干擾的情況。這演化的過程相當有趣，三詞之間互相影響，互相牽制，造成今日各佔一方的局面。

檢視位居關鍵地位的《景德傳燈錄》可以證實這轉換歷程：「寧」只出現1 次，漸漸不使用；「可」字出現於是非問句，句末多加語氣詞輔助推測意思；而「豈」則是反詰意味較濃，在正反問句的「KVP」句型，是其主要出現場，且句末不加任何語氣詞。

語法史的研究建立在斷代的基礎上，把每本重要的語法資料整理完後，語法的發展即昭然可見，句型的變化當然就十分清晰了。語言不是憑空而生的，必定有其傳承，同樣也會有創新，尋找出它的演變痕跡，使現今的人們知其然，更知其所以然，不至日用而不知，這不是很有意思的工作嗎？

第六章 《景德傳燈錄》和《祖堂集》的比較

　　《景德傳燈錄》和《祖堂集》這二本禪宗語錄，不論是在禪學或是語言學，其影響力均是非常深遠。

　　《景德傳燈錄》成於北宋初年，略晚於《祖堂集》的五代南唐，此二書著書的目的相同，成書體例一致，而僅有文句的些微差異，均是記載當時禪師啟悟人心的言語對話。若把二書作比較，應可探查出語言從晚唐到宋初五十餘年的變化情形。這是本章主要想探索的部份。

　　第一節討論二書的外緣問題，二者的相同處在成書的目的、性質體例，以及二書同為南方語言的作品。所記錄的內容相近，敘述的手法相同。二書的差異在成書年代相距五十年，成書經過與歷史沿革也有不同。

　　第二節針對二書的疑問句與疑問詞來比較，以問句的四類句型分小節，檢視四種句型在二書的運用情況是否相同。尤其著重在二書的差異處，期盼憑藉這些差異，能整理出語言變化的痕跡。

　　第三節是本章的結語。將從二書的外緣問題、語言變化、以及近代漢語研究三個角度，來歸納二書的所呈現語言風貌以及特點。

第一節　二書成書同異處

　　禪宗從《六祖壇經》始，開啟禪師著錄言語的風氣，影響所及，唐宋二

代，禪師們撰述風潮紛起，二代間所問世的禪宗著作數量非常驚人，據統計光是西元九世紀至十二世紀間（即五代至北宋），至今可見的禪宗著述已達二十本之多〔註1〕。

這麼多的禪宗著作裏，為何單選《景德傳燈錄》與《祖堂集》二本來比較？其原因有二：

（1）忠實記載當時語言

在這些著作裏，有些是解釋佛理之作、有些是佛學方面雜著，創作的緣由雖同在於宣揚禪門義理，然寫作方式卻不是以記錄言語對話，寫作方式不同，對當代語言的記錄，可信度自然不高。

扣除不符條件的禪宗著作，所剩的只有純語錄的禪宗作品：《祖堂集》、《景德傳燈錄》、《天聖廣燈錄》〔註2〕、《雲門匡真禪師禪師廣錄》〔註3〕、《金陵清涼院文益禪師語錄》〔註4〕、《楊岐方會和尚語錄》〔註5〕、《碧巖集》〔註6〕等書籍。另外的語錄《古尊宿語錄》〔註7〕則已是南宋時代的作品。

（2）語言資料是否足夠

接著，還必須檢查語言資料數量是否足夠，如果卷數太少，或是篇章亡佚，均會造成研究上的困難。因此卷數低於五卷的語錄，只作為輔助佐證資料。《祖堂集》成書於南唐中主年間（西元952年），有20卷。《景德傳燈錄》成書於景德年間（西元1004～1007年），有30卷。

經過這二個條件篩選的結果，欲研究五代宋初的語言，就必須參考《景德傳燈錄》和《祖堂集》二書，其它禪宗語錄可作為輔證。《祖堂集》是晚唐五代的語言，《景德傳燈錄》是北宋初年的語言。挑選這二本書來視其疑問句

〔註1〕請參見于古《禪宗語言和文獻》一書，介紹禪宗文獻的部份。

〔註2〕《天聖廣燈錄》，北宋仁宗天聖七年（西元1029年），李遵勗撰。陳垣《中國佛教史籍概論言》：「天聖距景德不遠，各宗世次，增加無幾。惟於景德錄章次，略有更易，人數及句語，略有擴充，故不名續而名廣。」頁98。

〔註3〕《雲門匡真禪師禪師廣錄》，五代文偃著，共三卷。西元864～949年。

〔註4〕《金陵清涼院文益禪師語錄》，五代文益著，西元885～958年。

〔註5〕《楊岐方會和尚語錄》，方會著，共一卷，西元996年。

〔註6〕《碧巖集》，僧克勤撰，共10卷，西元1111～1118年。

〔註7〕《古尊宿言錄》編成於南宋紹興年間，刊行於福州鼓山寺。

上的差異，是預期能從這二本書的句子的細微差異，覺察出口語變遷的情況。

在本節先列出這二本語錄的相同相異處，檢視二者在背景部份的同異情況，分為相同和相異二部份敘述。

一、二書相同處

《景德傳燈錄》和《祖堂集》有何相同點呢？事實上，二本書的相同處多於差異處。二書同為禪宗的語錄，體例相同、性質相近，而且所記載均是歷代禪師對話，撰述者及地點均在中國南方。這些基本條件二書是相同的，以下分述之。

（一）性質體例相同

二書是為禪宗語錄的代表作品，《祖堂集》在晚唐五代，《景德傳燈錄》則在北宋初年，在當時造成一股風行潮流。

> 先是北印三藏那連耶舍等譯《祖偈因緣傳》、唐慧炬集《寶林傳》、五代南唐靜、筠二師撰《祖堂集》等書，廣行於世。道原對以前諸籍綜合取材，廣事搜求，重加組織，纂成此篇（《景德傳燈錄》）。〔註8〕

道原所參考之三書，除《祖堂集》外，其餘二書均非記言體（屬僧傳類文章），看來《景德傳燈錄》之成書，《祖堂集》的影響是比較大的。因為二書的體例是一脈相承的，同為記言體。記言體與僧傳類的體例不同，語錄類是以言為主，而記錄僧人事蹟言論的僧傳類是以文為主。

（二）成書目的相同

取名「傳燈錄」的原意在：燈能照暗，禪宗以法傳人，猶如傳燈，燈燈相續而不斷絕。

個人之生命有盡，然將言語書之於文，則可長存而不朽，禪師一人能開悟的人數有限，若把言語寫成書籍，流傳於世，受嘉惠者將更形增多，如此所造功德將是無所限量。

語錄典籍所記載的內容在於禪師如何開悟弟子與凡人俗夫，寫成語錄傳世，冀望無法親受教誨者，能藉由閱讀書籍而有體會。所以著作語錄的重要

〔註8〕見劉保金者《中國佛典通論》，頁604。

原因首在宣揚禪理。

> 禪宗是宋代最為流行的佛教宗派。當教下各宗趨於衰落之時，禪宗卻在宋代獲得進一步的發展，並通過統治者和士大夫而日益走向社會，不斷擴大其影響，最終成為中國佛教的主流。〔註9〕

宋代的禪宗能躍而成為中國佛教主流，相信為數可觀的禪宗語錄書籍，必定發揮了其功能，其語言樸實、不生澀不難懂，使得上至統治者，下至平民都能接受。這是禪宗語錄著作的一項重要因素。

（三）二書內容接近

《景德傳燈錄》和《祖堂集》二書的內容相當接近，年代在後的道原參考《祖堂集》（見註6引文），後才寫成《景德傳燈錄》。但是道原並非抄襲，道原把語言作了調整改寫，使之更符合宋初語言習慣，如此才易流行於當代社會。若比較二書內容部份，可分敘述手法與記載內容二方面來談。

1. 敘述手法相同

二書的敘述手法亦為類似，從西天七佛開始，再是東土六祖，依世代次序寫下，至於禪門個嫡系禪師，迄於撰述者的年代。《祖堂集》第一、二卷從西天諸佛寫至六祖惠能。而《景德傳燈錄》用五卷的篇幅，敘述同樣的人物言語。

此二書在敘述禪師的生平事蹟時，從其籍貫、師承、重要經歷、言論等，按照之序寫至禪師圓寂。每位禪師篇幅不定，長短以對社會的影響力來定。

不論是從全書來看，或是從單篇禪師介紹來看，二書的敘述手法均是相同的，這可能是《祖堂集》一出風行當代，而道原的《景德傳燈錄》便沿襲此寫作方式，造成二書的寫作方式相同。

2. 記載內容接近

《景德傳燈錄》有30卷，記錄禪師1712人，見語錄者954人〔註10〕。《祖堂集》有20卷，記錄禪師246人，均含語錄。由此數據看，《景德傳燈錄》的編纂的工程是比《祖堂集》大多了，所收錄的禪師數量多了將近三倍，資料也相對增多。

〔註9〕見洪修平《中國禪學思想史綱》，頁231。

〔註10〕見明智旭所著《閱藏知津》卷42言：「一千七百十二人，內九百五十四有語見錄，餘七百五十八人但存名字。」

稍有不同的是，《景德傳燈錄》末尾三卷（28～30）卷，收集諸方大德的言論及贊頌詩偈等，而《祖堂集》只單純記載禪師言行，並未收集流傳的詩歌語詞。

比較二書的內容，在記載同一禪師時，所用文句時常有些為差距，卻又極為類似。這些類似的句子，就成為語言學上重要的線索，晚唐是這種句型，到宋初句型增添或減少，造成句式些微不同，從中就可找出語言變化的軌跡。

道原參閱之前的禪家著作（包含《祖堂集》），全部重新整理，用當時語言加以改寫而成《景德傳燈錄》。禪宗語錄寫作的目的是用來推廣禪學，為求普及，其使用語言必是能為社會大眾所接受，故靜、筠與道原諸禪師，所著述的語言就是當時的口語。

因此，語言學上賦予禪宗語錄不同於佛學思想的價值，當現代人們欲了解晚唐宋初的語言時，禪宗語錄的貢獻是居功厥偉的。不過在南宋以後的禪宗語錄，因為仿擬抄襲太盛，在語言學的價值就降低許多了。

（四）同屬南方語言

《景德傳燈錄》的撰述者道原，為南方人，住在東吳一帶，是蘇州承天永安院的禪師。

《景德傳燈錄》楊億序云：「有東吳僧道原者，冥心禪悅，索隱空宗，⋯⋯目之曰『景德傳燈錄』」又《天聖廣燈錄》卷 27 記載道原的言行：「蘇州承天永安道原禪師。⋯⋯」

《祖堂集》的撰述者為靜、筠二禪師，亦是南方人。住在福建泉州招慶寺。在《祖堂集》序有泉州招慶寺淨修禪師文僜所言〔註11〕：

> 今則招慶有靜、筠二禪德，袖出近編，古今諸方法要，集為一
> 卷，目之《祖堂集》，可謂珠玉聯環，卷舒浩瀚。

二書的作者均長住南方，宣揚佛理用的亦是南方語言，所以拿《景德傳燈錄》和《祖堂集》比較是更為切合，比較二書疑問句的差異，才不至突兀，因這二書相信保存相當程度的晚唐宋初的南方語言。

〔註11〕見《祖堂集》前序，新文豐書局出版，頁 1。

二、二書差異處

《景德傳燈錄》和《祖堂集》的相似處很多，但也有差異處，其外緣方面的不同點有以下三點，分別討論之：

（一）成書年代差距

《景德傳燈錄》成書於宋真宗景德年間，西元 1004～1007 年。道原上呈真宗，後奉詔刊行。《祖堂集》成書年代在南唐中主保大十年，西元 952 年。《祖堂集》全書一共出現 5 次「迄（至）今唐保大十年壬子歲。」及 2 次「迄今壬子歲。」是故知其成書於南唐保大十年。〔註12〕

二書成書時代相距五十餘年，在這段時間裏，語言可能產生某部份的變化，若找出變化的過程，即能補充近代漢語的演變歷程。還能從中找到某些現代漢語用法的前身呢！

（二）成書經過不同

《祖堂集》的撰寫過程較為單純，由靜、筠二禪師收集資料，在寺廟中獨立完成，後付梓刊行。

而道原寫完《景德傳燈錄》後，至京師上呈真宗後，真宗「乃詔翰林學士左司諫知制誥臣楊億、兵部員外郎知制誥臣李維、太常丞臣王曙等，同加刊削，俾之裁定」〔註13〕此次刪定花一年的時間，完後才交付印刷流行。

這是《景德傳燈錄》的語言價值不如《祖堂集》的首因，至於楊億等人刪改程度為何，據其序文之言〔註14〕：

> 屬概舉之是資，取少分而斯可，若別加潤色，失其指歸。既非華竺之殊言，頗近錯雕之傷寶。如此之類，仍悉其舊。況又事資紀實，必由於善敘。

> 其有標錄事緣，縷軌詳跡，或辭條之紛糾，或言筌之猥俗，並從刊削，俾之論實。至有儒臣居士之問答，爵位姓氏之著明，校對歷以愆殊，約史籍而差謬，咸用刪去，以資傳信。

〔註12〕此部份請參見王錦慧（1997：4）註 4。

〔註13〕見《景德傳燈錄》卷首，楊億序，頁 13。

〔註14〕同上註，楊億序，頁 13-14。

不能以被改動過就否定此書的語言價值，因為語錄體的文字必須忠實記載人物之間的對話，若對話經過太多潤飾，就會失真。楊億深知此點，故言「若別加潤色，失其指歸」。所以他改的是「辭條的糾紛」、「言筌的猥俗」與史籍不合之處。對於對話的內容更動的程度，應該不至於太多。

　　然而，這些刪動的部份是探討《景德傳燈錄》的語句之時，所必須要注意的。所以拿二書對照比較，還能夠看出楊億等人更動《景德傳燈錄》原作的程度有多少。

（三）歷史沿革不同

　　《景德傳燈錄》經過宋真宗下詔刊定頒行，又入大藏經，是故能保存至今。此書的宋刊本今已不存，但歷代版本對舊本不加更動〔註15〕，即使經過傳抄整理，仍不失道原、楊億的舊貌，這是本書的幸運。

　　《祖堂集》於當代雖是十分流行，但因為未被大藏經收入，所以漸漸失傳，被《景德傳燈錄》所取代而消失在歷史上。一直到西元 1912 年，由日本學者關野貞、小野玄妙等人，在朝鮮慶尚南道伽耶海印寺，所存大藏經補版中發現。這是韓國高麗朝高宗皇帝（西元 1245 年）翻印大藏經時列為附錄而保存下來，此為惟一版本〔註16〕。

　　近代再度問世的《祖堂集》因其所存語料沒有改動，最接近口語，因此在語言學界引起一股旋風，學者紛紛投入研究，迄今已累積相當的成果，實力豐厚。反倒是流傳廣影響大的《景德傳燈錄》漸漸失去魅力。

　　但是，若仔細閱讀《景德傳燈錄》，會發覺此書有不少深藏的語言現象，值得付出心力來探求，若忽視之，則近代漢語的研究就會產生缺憾了。

第二節　二書疑問句與疑問詞比較

　　本書的第三、四、五章已對《景德傳燈錄》的疑問句、疑問詞作了解說，若把《景德傳燈錄》所記錄的語料與《祖堂集》比較，對照這五十餘年間，

〔註15〕此書的宋刻本與元延祐本，對原書認為有誤之處，均不加改動，僅在文句後加註說明，使得此書的原貌得以保存至今。此見陳垣《中國佛教史籍概論》一書，頁95。

〔註16〕關於《祖堂集》的發現經過，可參考王錦慧（1997：4-5）的整理。

近代漢語的一個時段（西元 952～1004 年），嘗試尋找出語言是否已產生某些程度的變化，或許可補充現今對近代漢語的研究成果。

若對研治《景德傳燈錄》者而言，二書在語句上的比較結果，也冀能對道原原著的稿本與楊億改過的底本，稍微釐析。甚者，還可以找出道原在撰寫時，參考了多少禪宗典籍。從語言的角度去解析一本書，能得到的訊息還真的很多呢！

二書的比較，在《祖堂集》部份，採用學界已發表的成果，包含博碩士論文及期刊論文〔註 17〕，來與《景德傳燈錄》的結果作比較。以下從分四種問句形式來探察二書的疑問句、疑問詞的不同。每一類問句形式著重在句式及疑問詞的使用探討上，將二書的同異處列出。

一、特指問句

檢視二書特指問句，憑藉句式與疑問代詞二個角度著手。在句式方面，因為特指問句句型的穩定層度較高，所以在句型的變化上較不明顯。

反倒應注意的是疑問代詞的變化，《景德傳燈錄》疑問代詞的語彙和在句中的功能，比起《祖堂集》是產生了一些改變與擴展。

以下先列出二書特指問句的疑問代詞的使用情形，包含詞語與數據二部份，再對二書疑問代詞在細部的使用變化作比較陳述。

（一）二書疑問代詞的使用比較

《景德傳燈錄》和《祖堂集》只相差 50 年，單就特指問句一類，根據句式和疑問代詞二方面的展現，二書的相同點是多於差異點。特指問句依詢問對象不同可分為六類，各有所屬的疑問代詞。《景德傳燈錄》的疑問代詞與《祖堂集》的相距不大。

列出二書所使用的疑問代詞，整理為表 6-1，可看得更清楚：

〔註17〕以王錦慧（1997）《敦煌變文與祖堂集疑問句比較研究》、與周碧香（2000）《祖堂集句法研究》，輔助以其他學者在各期刊論文的發表成果。

〈表 6-1　二書所使用的疑問代詞整理表〉

疑問代詞　書名 詢問事項	《景德傳燈錄》	《祖堂集》
問人	（阿）誰、孰、何人、那箇、什麼人	（阿）誰、孰、何人、什摩人
問事物	何物、何事、何者、什麼（事）、甚	何物、何事、何者、什摩（事）、甚（摩）
問情狀、原因、方式	爭、怎、作麼（生）、「何」系列、為什麼、胡、安、奚、焉、若為	作摩（生）、「何」系列、為什麼、胡、安、奚、焉、若為
問數量	幾、多少	幾、多少、大小
問時間	何時、早晚、幾時、什麼時	何時、早晚、幾時、什摩時
問方所	何處、何方、那、什麼處	何處、何方、那、什摩處

　　檢視《景德傳燈錄》與《祖堂集》，發覺其所運用的疑問代詞大致是相同的。二書主要憑藉的疑問代詞，均為「誰」、「何」系列、「什麼」、「那」、「幾」與「多少」等等。而由這些詞語加以組合，成為複合形式多樣的疑問詞，架構出豐富多樣的特指問句句類。

　　詞語既是相同，是否用法也相同呢？以《景德傳燈錄》三十卷的份量，自然與 20 卷的《祖堂集》無法相對照，然而使用次數該是以相對次數為基準，而非絕對次數。下面把二書的疑問詞語的使用次數製成表 6-2。

〈表 6-2　二書疑問代詞使用次數表〉[註18]

疑問代詞　書名 次數	《景德傳燈錄》	《祖堂集》
誰（阿誰）	348（87）	150（40）
孰	9	2
如何	2863	1050
何以	45	12
若何	20	30

〔註18〕《祖堂集》的疑問代詞使用次數，乃整理自王錦慧（1997）《敦煌變文與祖堂集疑問句比較研究》第三章疑問代詞部份。有些疑問詞如「早晚」、「幾」、「多少」，因王錦慧之文未列數字，故本表亦略。

云何	44	4
因何	11	11
何似	45	7
胡、安、奚、曷、焉	4、11、4、2、19【共40次】	1、9、5、0、9【共24次】
什麼	1476	1054
甚	38	10
怎	21	0〔註19〕
作麼（作麼生）	525（402）	442（406）
反詰的「那」	11	15
詢問的「那」	67	68
若為	10	3

　　《景德傳燈錄》與《祖堂集》的卷數比率為 30：20（1.5：1），是故疑問代詞在《景德傳燈錄》的出現次數應比《祖堂集》多約 1.5 倍，才是最正常的。

　　若二書數據上有不均等的情形，即能發現二書疑問代詞的差異。不僅從數據上，還必須從用法來探討，才能真正檢查出二書疑問代詞的不同點。

（二）二書特指問句不同處

　　《景德傳燈錄》與《祖堂集》的特指問句有許多相同處，年代地區相近，語言變化程度有限，不致天南地北。但是二書在語言表現的不同點，才是更為珍貴的。以下整理三點，是時代較晚的《景德傳燈錄》比《祖堂集》不同的項目。

1.「如何」的細微差異

　　看似相同的語詞，仔細探究其句中用法，卻有不同之處。以二書均大量使用的「如何」一詞而言，大致的用法在二書中是相同的，但卻有細小的差別。

　　「如何」在句中可以是主語、謂語、狀語，甚至是定語。下表是「如何」在二書的使用功能次數表。

〔註19〕此處的數字「0」，乃根據呂叔湘（1985：309）之言：「《祖堂集》裏未見有『怎』字，只有『作麼』與『作麼生』。」

〈表6-3 疑問代詞「如何」在二書的使用數據表〉[註20]

句中功能 次數 書別	主語	謂語	狀語	定語	總次數
《景德傳燈錄》	1706	795	362	0	2863
《祖堂集》	546	360	143	1	1050

　　首先以總次數來看，《景德傳燈錄》有 2863 次，是《祖堂集》1050 次的 2.72 倍，超出平均值 1.5 倍甚多。可見「如何」一詞，到宋初更加蓬勃發展。

　　其次是使用情狀的分布，「如何」當主語仍是主流用法，次數居高不下，謂語和狀語的用法相當類似。只有「如何」當定語的用法，只見於《祖堂集》，而《景德傳燈錄》未見，這是最大的差異處。

　　二書的語言是十分雷同的，以「如何」當主語的實際句例來看二書文句的類似處。請對照以下二例：

　　　a. 洞山卻問：「<u>如何</u>是賓中主？」師云：「長年不出戶。」洞山云：「<u>如何</u>是主中賓？」師云：「青天覆白雲。」（《景德傳燈錄》卷8，146 頁）

　　　b. 師始具威儀禮拜便問：「<u>如何</u>是主中賓？」山曰：「青天覆白雲。」師曰：「<u>如何</u>是賓中主？」山曰：「長年不出戶。」（《祖堂集》悟本，頁 508 下第 25 行）（引自王錦慧（1997：103））

這二段話是龍山和尚和洞山禪師的對話，二書的文句只有次序上的不同，否則是一模一樣。可見若對照《景德傳燈錄》與《祖堂集》，這類相似度高的句子還很多。

　　至於「如何」當定語，在《祖堂集》裏也只是孤例（「有如何所求耶？」）這用法極少見，不普遍的用法是容易被遺忘，故在《景德傳燈錄》就再也見不到了。

2. 由「摩」轉成「麼」

　　從表 6-1 的疑問詞對照表，最容易發覺其中的不同即是「麼」與「摩」二

[註20] 表 6-3 的數據引自王錦慧（1997：102），但是她稱謂語為「表語」，狀語為「副語」。另外，王之文所分較細，本文則把「斷語」的數字加入「謂語」一類中，其餘均相同。

字的不同。表現在「什麼」與「什摩」、「作麼」與「作摩」上。

《祖堂集》中的「麼」字一律寫作「摩」，不僅是疑問代詞，連在句尾的疑問語氣詞「麼」，也均作「摩」。到宋代的《景德傳燈錄》裏，則全部寫成「麼」，不再有「摩」字出現。

在唐代禪宗語錄，「麼」的字形一直無法確定，或寫作「摩」，還有「磨」。這些字在《廣韻》的音韻為：

「麼，亡果切。」屬微母，韻母是上聲三十四果。【mua】

「摩」與「磨」同具二音：摸臥切，明母，去聲三十九過。

又莫禾切，明母，下平八戈。

這三字的聲母均是脣音，韻母又為相近。音韻相通自然會有互相借用，造成文句字形不固定的現象。這種混用的情況到《景德傳燈錄》時已經改變，自《景德傳燈錄》後，均作「麼」，而一直沿用至今日。

3. 疑問代詞——「怎」出現

《景德傳燈錄》與《祖堂集》的疑問代詞最大的差異點在於——「怎」。在《祖堂集》裏，找不到「怎」字，在詢問情狀時，只能大量地使用「作摩」。

呂叔湘（1985z：309）云「怎麼」的來源：

> 禪宗語錄裏有多至不可勝數的「作麼」與「作麼生」，很明顯的，「怎」只是「作」字受了「麼」字的聲母的影響而生的變音（task mua—tsam mua）。

「怎」字的來源有「爭」〔註21〕和「作麼」二說，不論何者為是，可確定的是「爭」、「怎」與「作麼」三者的關係十分密切。

若確切地探討「怎」字的出現年代，在文獻記載裏，最早出現於宋代，而且宋之後的使用即普遍起來。位居北宋初年的《景德傳燈錄》所出現的「怎」字，其用法均已足備。

「怎」在《景德傳燈錄》使用 21 次，其中 14 次是以「怎麼」的形式出現。另外，「怎」與「怎麼」之後，可再加一詞尾「生」，而「怎（麼）生」共有 17 句。以當句子的謂語為常，其次為定語，主語和狀語的用法較少。

〔註21〕「怎」來自唐代疑問詞「爭」之說，是王力《漢語史稿》頁 294。見本論文 63 頁之討論。

在《景德傳燈錄》裏，「怎」字開始出現，而且粗具規模，這是《祖堂集》一書所無法看見的。這正是研究語研學者不能只重視《祖堂集》，而忽略《景德傳燈錄》的緣故。

二、是非問句

從是非問句的角度來檢視《景德傳燈錄》與《祖堂集》的差別，主要是在疑問語氣詞一項。因為疑問語氣詞正是是非問句的疑問焦點，而疑問語氣詞的變化靈活，足以代表時代的語言特色。

（一）二書疑問語氣詞的使用數據

《景德傳燈錄》與《祖堂集》二書在是非問句的句式差異上，主要是依靠疑問語詞來表達。檢查二書所使用的語氣詞，大致上並沒有什麼不同，以下是二書出現在句末的語氣詞比較。

〈表 6-4　二書疑問語氣詞使用對照表〉〔註22〕

問句句型 疑問語氣詞 書別	特指問句	是非問句	選擇問句	正反問句
《景德傳燈錄》	乎、耶、也、哉、豐	乎、也、耶、哉、否、無、那、麼	耶	否、不、未
《祖堂集》	也、乎、耶、歟、豐	也、耶、乎、哉、無、不、摩	也、耶	否、不、無、未

上表所呈現的疑問語氣詞的使用情況，二書的差異似乎不小。再來是檢視二書，在是非問句一類裏，所使用的疑問語氣詞的數據情形，列於下表 6-5。

〈表 6-5　二書疑問語氣詞的使用數據表〉〔註23〕

疑問語氣詞 次數 書別	耶	也	哉	歟	乎	無	不	否	那	麼、摩
《景德傳燈錄》	67	9	11	3	45	196	2	350	5	448
《祖堂集》	74	27	2	3	45	280	197	4	9	202

〔註22〕第二列《祖堂集》中，特指問句部份引自王錦慧（1997）第五章疑問語氣詞。其餘三種問句的語氣使用引自周碧香（2000）第五章。

〔註23〕《祖堂集》的疑問語氣詞數據引自王錦慧（1997）第五章疑問語氣詞。

　　依照《景德傳燈錄》與《祖堂集》卷數比為 1.5：1，所以語氣詞的使用應也是 1.5：1。但是，由數據發現不符合此比例的疑問語氣詞還不少。以下將探討這不均等的現象。

（二）二書是非問句不同處

　　從是非問句的角度比較二書，可以從句式與語氣詞的使用來切入，以下第一點是句式的變化，第二、三點是從語氣詞方面來解析。

1. 「……那？作摩」轉成「……麼？」

　　「……那？作摩？」是個句型，屬特指問句的特殊句式。這種句型在《祖堂集》共出現 7 次，然而到《景德傳燈錄》的時候，全部換為「……麼？」，成為是非問句的句型，這種變化相當特別，曹廣順（1998）對於此現象特別提出看法。以下為其文所舉的例子：

> a. 師曰：「汝因何從我覓？」進曰：「不從師覓，如何即得？」
> 　　師曰：「<u>何曾失卻那？作摩？</u>」（《祖堂集》）
>
> b. 石頭曰：「汝何從吾覓？」曰：「不從師覓，如何即得？」師
> 　　曰：「<u>何曾失卻麼？</u>」（《景德傳燈錄》卷 14，262 頁）

這句型曾短暫地消失了一陣子，後在元代文獻裏又出現，寫成「……那？甚麼？」。同樣的敘述內容，為何《景德傳燈錄》加以更動？曹廣順（1998：111）言：

> 　　「……那？作摩？」在《景德傳燈錄》的編纂者眼中，可能也
> 只是唐五代使用的一個僻俗或方言句式，也當屬刪改之列。

因此直接把「……那？作摩？」改為較易被大眾所接受的「……麼？」。這樣將《景德傳燈錄》與《祖堂集》二書作一比較，的確就可探知楊億等人，對《景德傳燈錄》所作的刪動範圍有多大了。

　　接著探討的是《景德傳燈錄》與《祖堂集》在疑問語氣詞方面，所呈現的不同。

2. 「無」使用漸趨減少

　　《祖堂集》裏的句末語氣詞「無」，共使用 280 次，當中加上「也」字，構成「也無」一詞運用的有 276 次。《景德傳燈錄》的語氣詞「無」只有 196

次，而「也無」則是 180 次。

以這次數看來，語氣詞「（也）無」的使用頻率逐漸在下降中。從五代至宋初短短五十餘年裏，即可見「無」在同類文獻中，使用次數明顯地降。為什麼會產生這種情形呢？這與「麼」字的興起有相當密切的關係。

再以數據看，「麼、摩」在《祖堂集》中出現 202 次，「麼」在《景德傳燈錄》中有 448 次，次數增加的非常明顯。或許可以作一大膽的猜測：因為「無」字的功能逐漸被「麼」所取代，所以其使用的情況會逐年地減少。

這種預測並不是無中生有，根據研究「麼」的前身是「無」〔註24〕，二者在音韻上與用法上均有相同之處，而二者生存的交織時代約在晚唐五代。

意即為在《祖堂集》時，句末語氣詞「無」還能與「摩」相抗衡，導致二者的使用次數接近。到《景德傳燈錄》之時，「麼」已漸漸取得優勢地位，而「無」相形之下漸為衰弱，後隨時代演進，就被「麼」所取代，句末語氣詞即成為「麼」的天下。

以二書的句例來看：

  c. 巖云：「風雨來怎麼生？」師云：「蓋覆著。」巖云：「他還受蓋覆<u>麼</u>？」師云：「雖然如此，且無遺漏。」（《景德傳燈錄》卷 14，271 頁）

  d. 云：「黑風猛雨來時作麼生？」師云：「蓋覆著。」嵒云：「他還受蓋覆<u>也無</u>？」師云：「雖然如此，要且無漏。」（《祖堂集》卷 5，道吾和尚）

c 和 d 二例的和尚「雲巖」即是「雲嵒」，「巖」與「嵒」相通。此二段話記錄的是同一件事情。

由「還受蓋覆也無」，轉成「還受蓋覆麼」，從中的確見到《景德傳燈錄》傳襲《祖堂集》之處，也可見《景德傳燈錄》改變《祖堂集》之處。道原會更動之因，或許是和從「無」到「麼」演變的過程息息相關，才會改寫這些句子。

語言變化的情形，可以從《景德傳燈錄》與《祖堂集》二書運用的數據來

〔註24〕從「無」到「麼」的演變過程，請參考本書第四章第二節，論述「無」與「麼」之篇章。

探察出，雖然只是二本禪宗語錄的比較，仔細探討，卻也能從中得很多的語吾變化的跡象呢！

3. 否定語氣詞「否」取代「不」

「否」和「不」二詞是同源詞，在上古時代，句末語氣詞多出「不」擔任，少見「否」。但逐漸演變之後，「不」的運用減少，而「否」卻是增多。

二者具有相同的意義和用法，用在「VP（＋否、不）？」的句型是為正反問句，若用在判斷句的句式，則屬是非問句。在《景德傳燈錄》與《祖堂集》裏，句末語氣詞「否」與「不」二者是互通的。如例句：

> e. 溈山問師：「承聞長老在藥山解弄師子，是<u>不</u>？」師曰：「是也。」（《祖堂集》卷5，雲嵒和尚）

> f. 溈山問曰：「承長老在藥山弄師子，是<u>否</u>？」師曰：「是。」（《景德傳燈錄》卷14，272頁）

與《祖堂集》同樣的句子，《景德傳燈錄》把「不」幾乎都改作「否」，只留下2個語氣詞用「不」的正反問句的句子。

在《祖堂集》裏，「否」只有4例，而「不」卻有197例。《景德傳燈錄》中，「不」只出現2次，但「否」卻有350次之多。二字此消彼長的情況非常明顯。

為什麼《景德傳燈錄》會如此偏愛「否」字呢？這或許是因為當時流行的語言已經不同於晚唐五代之時，相距五十餘年，有的字詞在人們日常語言裏，已漸漸不去使用，宋初時代所撰成的《景德傳燈錄》即反映此一語言現象。故將《祖堂集》的「不」字，幾乎都改為「否」。

另外，「不」在《祖堂集》的使用，前還可加上語氣詞「以」或「已」，這用法在《景德傳燈錄》裏，已經無可見了。

4. 二書的上古語氣詞使用均等

《景德傳燈錄》的「乎、也、耶、哉、歟」等傳承自上古漢語的句末語氣詞，全書共使用135次。而《祖堂集》同樣的也是這5個語氣詞，次數總和是151次，二者相去不遠。

《景德傳燈錄》與《祖堂集》最大的差異在於，《景德傳燈錄》經過楊億等文人的修改，而《祖堂集》完全出自民間。因為經過修改，楊億很可能將

一些語句修飾的較為文言。

　　然而，經由這語氣詞的數據來看，這些使用上古語氣詞的文句，二書所呈現的差距不大，甚者，《景德傳燈錄》還有漸少的趨向。那麼，從這個角度看，楊億等人所作修改的幅度應不是太大，所這些仿古的文句才沒有增加。

　　因此，對於《景德傳燈錄》的語言價值，應該賦予新的評價。而不是因新的禪宗語錄問世，就抹煞其語言學上的意義。

　　這四項是《景德傳燈錄》與《祖堂集》在是非問句與疑問語氣詞二方面的差異。以下是一書的選擇問句和正反問句的不同處，這二種問句形式，二書的差別主在句式方面，以下分述之。

三、選擇問句

　　構成選擇問句的依據是特殊的句式，以並列的選項，及關係詞的運用，而形成選擇問句。二書的選擇問句均是四類問句句型中，使用最少的一類句型。《景德傳燈錄》有 112 句，而《祖堂集》是 114 句。

　　欲探索二書選擇問句的不同處，正是要從句型與關係詞二方面著手。先視察二書選擇問句句式的使用情況，再探討其差異處。

（一）二書選擇問句句型整理對照

　　把《景德傳燈錄》與《祖堂集》的選擇問句，所運用的句型與關係詞，還有語氣詞，全部整理為下表 6-6，對照觀看會更清楚。

　　下表的項目分為「語氣詞」與「關係詞」二大類，其中「關係詞」一項再依使用情況分為「不用關係詞」、「關係詞單用」、「關係詞雙用」與「多個關係詞」四項。

〈表 6-6　二書選擇問句的句型對照表〉〔註 25〕

項　　目	句　　型	《景德傳燈錄》的使用之數	《祖堂集》的使用次數
語氣詞	耶	10	4
	也	0	2
不用關係詞		38	35

〔註 25〕《祖堂集》的數據，引自周碧香（2000：195）第五章。

關係詞單用	用於前項	「為」系列	10	2
		「是」系列	4	0
		還	2	1
	用於後項	「為」系列	0	9
		「是」系列	0	1
		還	1	1
關係詞雙用	是……，是……（……是，……是）		40	27
	為……，為……		5	12
	為復……，為復……		4	6
	為當……，為當……		1	4
	為……，為當……		1	0
	為……，為復……		0	1
多個關係詞			0	2

（二）二書選擇問句不同處

《景德傳燈錄》與《祖堂集》在選擇問句的不同處，在關係詞方面的轉變是比較明顯的。以下列出四項二書在選擇問句的不同點，包括句式、關係詞及語氣詞三個層面。

1. 「還 V 不 V」與「還 VO 不 VO」

在使用「還」為關係詞的選擇問句裏，《景德傳燈錄》的句型為「還 V 不 V？」，而《祖尚集》所使用的是以完整的動賓結構呈現，為「還 VO 不 VO？」。試比較下面句子：

> a. 師曰：「白雲山上起。」曰：「出與未出還分箇不分？」師曰：
> 「靜處薩婆訶。」（《景德傳燈錄》卷22，頁442）

> b. 仰山即舉一境問曰：「諸方老宿還說這箇？不說這箇？」
> （《祖堂集》卷18，仰山和尚）

a 例的「還分箇不分？」中的動詞是「分」，「箇」只是語氣詞，是語音上功能。《景德傳燈錄》還有一句「還說箇不說？」，與 a 例句法結構同。而 b 例的「說」是動詞，「這箇」是賓語。

比較二書選擇問句的「還」字句，《景德傳燈錄》以省略賓語為多，《祖堂集》則是不省略賓語。這類句型與正反問句句式頗為接近，但是因為有關係詞（還），所以是屬選擇問句。

梅祖麟（1978：25）說，《祖堂集》首次出現「還」字用作選擇問記號，其句型為「N 還 VP1VP2」與「NVP1 還 VP2」。均是動賓結構完整的選擇問句。《景德傳燈錄》裡的選擇問句是比《祖堂集》的句式寫來更為省略，賓語既是為雙方所熟知，在言語中就無須再贅述。

2. 關係詞的不同處

二書的選擇問句所運用的關係詞，有二個方面不相同，一個是使用位置的不同，另一是一句中使用個數的不同。

以表 6-6 的數據來看，《祖堂集》的關係詞主要使用在後項，也就是搭配在第二個選項之前。《景德傳燈錄》則相反，除了「還」之外，以用在前項為多，這是使用位置的不同。

關係詞在前項和在後項，其意義是沒有不同，這應是習慣說法使然。或者因人地而異。李思明（1983：166）一文中，整理關係詞的數據，指在《話本選》與《元人雜劇選》的選擇問句，關係詞用在前項佔 19％，用在後項則是 14％。但在《水滸傳》裏，關係詞用在後項就佔 30％，而未見用於前項的選擇問句。

另外，再看的是關係詞在一個句子裏出現的次數，是以單個與二個為常，極少一句使用超過三個關係詞的。這或許是因為選擇問句本身的選項數目，本就很少會超過三個。

但在《祖堂集》裏，有 2 個句子使用三個以上的關係詞，而《景德傳燈錄》雖有三個以上選項的句子，關係詞還是只用 2 個。試比較二句的不同。

> c. 或問祖師傳心地法門，<u>為是</u>真如心？妄想心？非真非妄心？<u>為是</u>三教教外立心？（《景德傳燈錄》卷 7，121 頁）

> d. 梳山云：「汝<u>為復</u>將三錢與匠人？<u>為復</u>將二錢與匠人？<u>為復</u>將一錢與匠人？若道得，與吾親造塔。」（《祖堂集》卷 9，羅山和尚）」

在 c 例中，其實問者可以在「妄想心」、「非真非妄心」之前加上「為是」。d 例的第二、三選項，可以不加關係詞，並不會影響語義。這是二書在關係詞使用個數上的習慣不同，並沒有對錯之分。

3. 語氣詞的不同

以二書選擇問句句尾的語氣詞來看，《景德傳燈錄》只用「耶」，而《祖堂集》有「也、耶」二字。下面是兩個非常接近的句子：

> e. 師以手拊棺曰：「生耶？死耶？」道吾曰：「生有不道，死也不道。」（《景德傳燈錄》卷15，288頁）

> f. 師因隨道吾往檀越家相看，乃以手敲棺木曰：「生也？死也？」（《祖堂集》卷6，漸源和尚）

在選擇問句句末能使用的語氣詞不多，最多是用「耶」與「也」。《景德傳燈錄》把《祖堂集》的「……也？……也？」改成「……耶？……耶？」。雖說將語氣詞變換了，但語義並沒有不同。

倒是語氣詞在選擇問句的功能一直在衰退中，現代漢語選擇問句的語氣詞，已是由「呢」來擔任，「耶」與「也」已經不復存在了。

四、正反問句

正反問句的疑問焦點主要依靠句式來表達，在現代是用「X不X」句型，在中古近代時，句式有三種：「VP不VP」、「KVP」、「VP-neg」。所以，《景德傳燈錄》與《祖堂集》在正反問句的差異，是落在句式上。以下先從句式談起。

（一）二書正反問句句型整理對照

正反問句三個句型是其基本架構，三個句型各有主要分布地區與時代，但三者卻不是截然劃分的。下表整理《景德傳燈錄》與《祖堂集》的句型分布數據。

〈表6-7　二書正反問句句型對照表〉〔註26〕

次數　書別 \ 句型	VP不VP	KVP	VP-neg
《景德傳燈錄》	5	134	320

〔註26〕此表整理自周碧香（2000：196）。然「VP-neg」之句型數目，只計算「neg」為「否」、「不」、「未」三語氣詞，不納入「無」。

《祖堂集》	22	113〔註27〕	167

從句型對照表來看，《景德傳燈錄》與《祖堂集》的正反問句三句型，各佔的比例有所不同，尤其以「KVP」的句式差異最大。「K」指疑問副詞，而「KVP」是含疑問副詞，而不用否定語氣詞的正反問句。

對於疑問副詞在二書的使用情況如何？以下把二本書中，所運用的疑問副詞的次數列表於下。

〈表 6-8　二書的疑問副詞使用次數表〉〔註28〕

疑問副詞 次數 書別	豈	寧	可	莫	還
《景德傳燈錄》	166	5	38	116	568
《祖堂集》	141	6	21	67	533

二書的疑問副詞裏，是以「還」的使用之數最高，「豈」次之，「莫」再次之，這疑問副詞分布的情況，二書是一致的。

（二）二書正反問句不同處

關於《景德傳燈錄》與《祖堂集》正反問句的不同處，主要在句式上。正反問句的三個句型，在二書的比重有些許不同，下面一、二點分別探討。第三點討論的是二書疑問副詞的使用情況，基本地說，並沒有很大的出入。

1. 句型的比重不同

「VP 不 VP」、「KVP」與「VP-neg」三個是正反問句的句型。《景德傳燈錄》與《祖堂集》均屬南方方言，因此應是以「VP-neg」式為正反問句的主軸。依表 6-7 的數據呈現，的確是互相符合的。

以「KVP」和「VP-neg」二句型作比較，其不同點在於句末是否加上語氣詞，若含語氣詞，則屬「VP-neg」，反之則屬「KVP」。二書在「KVP」與「VP-neg」二型上，傳衍有些變化上的不同。

〔註27〕此數字只計算《祖堂集》「寧、可、莫」三個疑問副詞。《景德傳燈錄》的「可」字後均接語氣詞，故不列入。

〔註28〕疑問副詞在《祖堂集》的使用次數見王錦慧（1997）。「豈、寧、可」見 226 頁。「莫」見於 252 頁。「還」見於 239 頁。

視查下面二例的異同：

> a. 雲巖曰：「什麼處去？」師曰：「雖離和尚，未卜所止。」曰：
> 「莫湖南去？」師曰：「無。」曰：「莫歸鄉去？」師曰：「無。」
> （《景德傳燈錄》卷 15，頁 289 頁）

> b. 師問何處去？洞山云：「雖辭和尚，未卜所止。」師曰：「莫
> 是湖南去不？」對曰：「無。」師曰：「莫是歸鄉去不？」對
> 曰：「無。」（《祖堂集》，卷 5，雲嵒和尚）

上述 b 例劃底線的句子在《祖堂集》是為判斷句型，在《景德傳燈錄》卻成為「莫 VP」式。原來後加否定語氣詞「不」，在《景德傳燈錄》中則被略去，成為較為簡潔的句式。

雖不是《祖堂集》裏所有的「VP-neg」式，都轉成《景德傳燈錄》的「KVP」式，不過在二句式之間交互的關係，與「VP 不 VP」比起來卻是較親近的。

2.「VP 不 VP」與「V 不 V」

《祖堂集》的「VP 不 VP」式有 5 句，「V 不 V」式有 17 句。「V 不 V」式視為「VP 不 VP」的省略，因為二者之差別只在於略去重覆的賓語。《景德傳燈錄》裏只見「VP 不 VP」式，有 5 句，未見省略賓語的「V 不 V」式，看來這差異還不小。

「VP 不 VP」式主要出現在北方，因此在南方方語的《景德傳燈錄》與《祖堂集》裏，應是不太常見。而由「VP 不 VP」省略的「V 不 V」式，產生時代應比「VP 不 VP」還晚。

以這點來檢視二本禪宗語錄，發現《景德傳燈錄》有些語句是比《祖堂集》還要保守。否則在《祖堂集》出現的句式，應在《景德傳燈錄》中也能找到才是。

> c. 乃有僧問：「未審此三般分不分？」（《祖堂集》卷 12，禾山
> 和尚）

> d. 師云：「合喫棒不合喫棒？」學人禮拜。（《祖堂集》卷 13，
> 報慈和尚）

> e. 若有怪者，且道此人具眼不具眼？（《景德傳燈錄》卷 26，
> 542 頁）

c 例是「V 不 V」式，d 和 e 例是「VP 不 VP」式。然而，不論是在《景德傳燈錄》或是《祖堂集》，均沒有「VP 不 V」、「V 不 VP」的句型。如果說「V 不 V」是由「VP 不 VP」變化而來，應可找到「VP 不 V」、「V 不 VP」的中介句型，遍查二書，卻無所見。

若參照前後時代的口語文獻，敦煌變文的選擇問句句式「V 不 V」有 12 次，「VO 不 V」有 5 次。到《紅樓夢》的句式變為「V 不 V」有 37 次，「VO 不 V」有 9 次〔註29〕。

李思明（1983：162）言正反問句的發展趨勢為：

> 重覆與省略發展的趨勢是越來越靈活多樣，因為重覆式和半重半省式的比例上升，省略式的比例下降。

所謂的重覆與省略，是指動詞及其附帶成份在否定後的重覆與省略，分為重覆式（VP 不 VP）、半重半省式（V 不 VO、VO 不 V）、省略式（VP-neg）三種。

近代漢語的「VP 不 VP」式，逐漸發展，後來取代「VP-neg」型，成為今日正反問句的代表句型。

3. 疑問副詞──「還」

《景德傳燈錄》和《祖堂集》在疑問副詞的用法和次數差異不大，其中二書用最多次疑問副詞的均是「還」。由「還」構成最主要的句型是「還 VP＋語氣詞」。《景德傳燈錄》有 561 句，《祖堂集》有 435 句，均是所有疑問句句型中數量最為可觀的。

這是「還」在晚唐宋初禪宗語錄的主流句型。然而，「還」可用在特指問句裏，江藍生（2000：87）說：「疑問副詞『還』用於特指問句在唐五代非常少見。」她只尋得敦煌變文的 2 例。

若檢視《景德傳燈錄》與《祖堂集》的「還」用在特指問句的情況，發現《景德傳燈錄》有 3 例，《祖堂集》有 1 例，分列於下：

> f. 或時舉一境云：「這人則且置，還諸方老宿意旨如何？」（《祖堂集》，引自王錦慧 1997：244）

> g. 行婆乃問云：「盡力道不得底句，還分付阿誰？」師云：「浮盃無剩語。」（《景德傳燈錄》卷8，145頁）

────────────

〔註29〕敦煌變文與《紅樓夢》的數據引自李思明（1983：163）。

h. 云：「是什麼？」仰山云：「和尚<u>還</u>見箇什麼？」（卷9，151頁）

i. 卻問一僧：「只如山僧適來教上座參取聖僧，聖僧<u>還</u>道箇什麼？」（《景德傳燈錄》卷26，552頁）

g、h、i 三例出自於《景德傳燈錄》。看來在唐五代十分少見的「還」用在特指問句的用法，到宋代初年已經頻繁許多，用法也日漸豐富，只用法持續地用到今日，還生存在日常語言之中呢！

第三節　本章小結

《景德傳燈錄》與《祖堂集》這二本書在禪宗文獻的影響力是很高的，《祖堂集》一出，風靡當世，之後《景德傳燈錄》取代《祖堂集》而盛行於世。士人禪師們，每每視為入佛門之必讀書籍。

因此，在《景德傳燈錄》之後，不僅禪宗語錄紛然而出，影響所及，連儒家學者也以著語錄為風尚，開啟宋代撰著語錄的風潮。

《景德傳燈錄》與《祖堂集》二本禪宗語錄，有許多的相同點，也有不少的差異處。在本章第一、二節裡，分別對外緣問題，與內部語言的變化討論完後，本節將作總結。

以語言學的觀點，要比較二本書的差異，可以從許多不同的層面來探討，如：從外緣問題來說、從內容的文句語言變化來看、從近代漢語的角度來對二書作一統整。以下分項整理之。

一、外緣問題層面

二書的外緣問題包括成書年代、著書經過、作者以及體例等等。以年代而言，《景德傳燈錄》撰成於宋真宗時，《祖堂集》則是完成於南唐中主年間，相距僅短短的五十餘年。二書同屬禪宗語錄，記錄的是禪師們的對話，體例一致。且二書同樣使用南方語言記錄文字，同質性更高。

單以外緣層面來說，二書的相同處甚多，這原因在於道原在著《景德傳燈錄》之時，《祖堂集》已流行於當世。道原在撰寫《景德傳燈錄》之時，不論是成書體例上、或是記載內容方面，必是參考相當部份的《祖堂集》，再輔

以其他的禪宗文獻而成，是故相同處極多。

以語言的角度而言，《景德傳燈錄》與《祖堂集》在外緣問題上，最大的差異有二：一是《景德傳燈錄》晚於《祖堂集》五十餘年，語言的變化依賴在時間推進上。二是《景德傳燈錄》經過文人楊億的整理，《祖堂集》則純是民間著錄的書籍。

這些同異的相關問題，即是造成二書具備比較上的意義。以二書比較後的結果，是有語言學上的價值，因為從中是可以視查出語言變化的痕跡的。

二、語言變化層面

就《景德傳燈錄》與《祖堂集》的語言變化情形，已於本章第二節作了討論。針對統整比較過後的結果，給二書的語言呈現作個評論。

總體而言，《祖堂集》的語言比《景德傳燈錄》更俚俗，更近口語些，而且所呈現的語言句式變化較，形態較為活潑。《景德傳燈錄》則句式變化整齊，同樣是口語，卻是整理過的口語記錄，所以語言的呈現較為一致。

事實上，經由上一節的比較，《景德傳燈錄》所記錄的語言現象，並不比《祖堂集》少。因此，即使經過楊億的整理，我們仍舊相信《景德傳燈錄》必定存在相當部份的語言價值在。這也是經由二書的比較而得的。

一些太俚俗的字詞易隨時代而改變，二書相距五十餘年，語言一直持續地在變化中，有些字詞的生命逐漸消失，有些卻是日益興盛。後代的人們想要探得語言轉變的過程時，最可靠的就是依憑口語文獻。

《景德傳燈錄》與《祖堂》二書所展現的語言十分類似，正因為其類似，所以從二書文句之使用差異，正好可以探尋近代時期漢語的發展情形，這是很值得關心的一個研究方向。

若把《景德傳燈錄》與《祖堂集》再與其他的禪宗資料比對，也許會更有意想不到的驚喜產生，對於語言發展的歷史，還能作更完整的補充。

三、近代漢語研究層面

以近代漢語研究的角度來看，蔣紹愚（1996：19～24）說，要研究唐五代的語言時，其語料有：敦煌文書、禪宗語錄，以及唐詩、筆記小說的少部份。而宋代的語言資料則是禪宗語錄、宋儒語錄、少部份史籍所載的對話、及宋詩

宋詞。

當中唐代禪宗語錄是以《六祖壇經》、《祖堂集》為主，而宋代即是以《景德傳燈錄》、《五燈會元》為首。而《五燈會元》是以《景德傳燈錄》為底本而寫成，是故宋初語料仍應以《景德傳燈錄》為重。

《景德傳燈錄》原本十分受重視，但自 1912 年《祖堂集》再度問世之後，旋即成為近代漢語研究的新目標。學界付出許多心力來探討其語言的使用，而《景德傳燈錄》就乏人問津，比《祖堂集》落後許多。

經過二書的比較討論，即可明白二書各有語言學的價值存在。不可偏廢，雖然《景德傳燈錄》經楊億修改，但幅度並不甚大。不可憑此小遺憾而屏棄全書的價值。

因此，應還給《景德傳燈錄》一個較公平的定位，它應是和《祖堂集》並重，共同位居近代漢語研究語料的重要地位才是。

第七章 結 論

　　近代漢語起自晚唐五代，迄於清初。它是了現代漢語風貌的來源。要了解今日使用的句式、詞語從何而來，就得上溯到近代漢語，尋找根源，找出漢語變化的痕跡。

　　本論文挑選《景德傳燈錄》的疑問句來探索，期待由疑問句的呈現，能對北宋初期語言有所了解。再與《祖堂集》比較，視察二本性質相近、相距 50 年的禪宗語錄，其語言有無變化。並且初步嘗試把《景德傳燈錄》和閩南語作比較，由歷時語法的比較，更能了解《景德傳燈錄》的語法價值。

　　在本章結論的第一節，整理《景德傳燈錄》疑問句的特色，分別敘述特指問句、是非問句、選擇問句、正反問句等四種問句句型的特點。這是以前面章節的討論為基礎，而整理的結果。

　　第二節從共時和歷時的角度來剖析《景德傳燈錄》，視察此書在漢語史的地位與重要性。受限於時間能力，本文對《景德傳燈錄》的疑問句只是初步的探討，疑問句型和疑問詞語還有一些問題尚待解決。

　　除疑問句外，此書還有許多尚待開拓的空間，尤其是《景德傳燈錄》和方言的關係，擴展近代漢語對現代方言的起源，這些是很值得探索的方向，期待來日有機會更深入的討論。

第一節　《景德傳燈錄》疑問句的特色

疑問句與陳述句、祈使句、感嘆句有著不同的語用功能。在不同的語境下，表達不同的語句意義，各有其存在的價值。在禪宗語錄裏，疑問句所佔的份量是最重的。

《景德傳燈錄》是北宋初期的禪宗語錄，保存相當的口語。其書中的疑問句是最為豐富的句類，整理之後，可代表某程度的北宋初期的疑問句使用情形。

對於《景德傳燈錄》的疑問句，前述各章節已有初步討論。此處把《景德傳燈錄》四種疑問句的特色作個歸納，如此除了對《景德傳燈錄》的疑問句更清楚外，還能對北未語言的狀況，有初步的認識。

一、特指問句

特指問句是數量最多的一類問句，共有 6643 句，佔全部疑問句的 82.2％。如此多的數目，是由相對數量的疑問代詞所架構出來的。

特指問句的構句重心是疑問代詞，在《景德傳燈錄》特指問句所使用的疑問代詞，有傳承自上古的，如：誰、孰、何、胡、焉、奚……等。也有創新於中古時代的，如：什麼、爭、作麼、那……等。書中最重要的是發現了甫自宋代產生的疑問代詞「怎」。

這些疑問代詞的使用數量，以由「何」所構成複詞「如何」的使用次數最高，有 2863 次。其次是「什麼」，有 1476 次。「作麼」是禪宗語錄時常出現的疑問代詞，也有 525 次。

「怎」字初次出現，即有 21 次，不低的數目。還有疑問代詞「那」除傳統的反詰用法外，產生新的單表詢問用法。這些重要的新發現，都呈現在《景德傳燈錄》裏了。

漢語自中古時代以來，受到雙音節化趨勢影響，疑問代詞也逐漸轉為雙音節詞語。結合的方式有詞與詞、詞與音二種。《景德傳燈錄》的特指問句特點主在於疑問代詞，其疑問代詞的多樣，正是特指問句能有豐富變化的泉源。

詞與詞結合，可以「何」所構詞的詞語為例，如：「如何」、「云何」、「何似」……等。這雖上古即已使用，但其組合並不緊密，尚可拆開運用，然在《景德傳燈錄》裏，已是連接緊密的詞語了。詞與音則有詞頭「阿」、詞尾「生」、與

分音「麼」。

　　總括來說，《景德傳燈錄》特指問句的特色有二：一是數目居四種疑問句之冠。二是疑問代詞的新變化，包括疑問代詞的新形式（複合形式），產生新的詞語（怎）與新的用法（那）。

二、是非問句

　　《景德傳燈錄》的是非問句總共有 868 句，是數量第二高的。是非問句的疑問焦點在整個句子，所以它必須藉助疑問語氣詞、與上升的疑問語調來協助表達疑問語氣。所以，缺乏上下文的話，是非問句與陳述句無異，易造成判斷上的困難。

　　是非問句以疑問語氣詞來輔助疑問語氣的表達，在古代的是非問句以使用語氣詞為常，出現於《景德傳燈錄》的是非問句的語氣詞總共有八個，當中使用最多的首推「麼」，有 448 次，佔全部是非問句的一半以上。其次是「無」，有 196 次。

　　在句式方面，以疑問副詞「還」加疑問語氣詞的句型最多，有 423 句，幾近 50％。這與江藍生（1992：251）所提近代漢語裏以「還 VP＋語氣詞？」句式為首的情形是一致的。

　　以疑問語氣詞的變化來說，王力的由「無」到「麼」說，是語氣詞轉變的過程。經由比較《景德傳燈錄》與《祖堂集》，可以證明此說法的正確性。而《景德傳燈錄》正是語氣詞從「無」到「麼」轉換的中介點。

　　唐代的語氣詞「無」，到宋代轉為「麼」，均為現代語氣詞「嗎」的前身，今日的語氣詞「呢」的部份用法，在近代漢語是由「那」扮演。這二者在《景德傳燈錄》，都可以尋得使用與變化的痕跡。

　　歸納言之，《景德傳燈錄》是非問句的特色，包括句式和語氣詞二方面。句式上，以「還 VP＋語氣詞」句型為大宗，是近代漢語最普遍的是非問句句型。而語氣詞的變化是首要的，其中以「無、麼、那」三詞為探討重心，這是今日語氣詞「嗎、呢」的前身。

三、選擇問句

　　在《景德傳燈錄》裏，選擇問句只有 112 句，是四種問句句型數量最少

的。選擇問句以句型為構成疑問句的方式，利用並列的選項，提供答者作答。

　　在上古時期，選擇問句的選項後以加語氣詞為常型，所用的語氣詞有「與、乎、耶（邪）」等字。然而到中古近代，語氣詞逐漸衰弱，選項後端多不使用語氣詞。近代漢語《景德傳燈錄》的選擇問句，只有 10 句選項後接語氣詞「耶」，其餘九成都不再接語氣詞。沿承至現代漢語，選擇問句也大多不用語氣詞。

　　在選擇問句裏，用來連接選項的是關係詞，關係詞會隨著時代變遷而使用不同的語詞。《景德傳燈錄》的選擇問句，有 34％的句子不用關係詞，單純以選項並列。但是隨著時代推進，這比例一直在下降，也就是說，使用關係詞的選擇問句數量持續增加。

　　在上古時期，選擇問句所使用的關係詞有「抑、意、將、且」等字。而《景德傳燈錄》運用的關係詞的選擇問句有 66％，是居多數。所用的關係詞有「為、是、還」三字，當中以「是」為主力關係詞。

　　關係詞「為」出現於西元 5 世紀，在 11 世紀的《景德傳燈錄》，「為」字多以雙音節「為是、為復、為當」的樣式出現。關係詞「是」字在選擇問句裏，是以繫詞為其功能。「是……，是……？」句型佔全書選擇問句的 30％，是最主要的句式。所以說「是」為主要關係詞亦不為過。

　　新興的關係詞「還」，在《景德傳燈錄》雖然只有 2 例，但卻是珍貴的語料。等到複詞「還是」出現，已是南宋的《朱子語錄》了。今日選擇問句最標準的句型為「是……，還（是）……？」這「是」與「還」在《景德傳燈錄》均已出現，這是不可忽視《景德傳燈錄》價值的原因。

　　因此，總結《景德傳燈錄》選擇問句的特色為：語氣詞的衰落，關係詞加重。以關係詞而言，「是」是主要的關係詞，並且新興關係詞「還」出現，這些均是其選擇問句特別之處。

四、正反問句

　　《景德傳燈錄》的正反問句數量共有 459 句，同樣是藉由特殊句型的表現，來傳達疑問意味。正反問句的句型有：「VP 不 VP」、「KVP」、「VP-neg」，三者各有不同的分布區域。

　　在《景德傳燈錄》裏，以「VP-neg」型最多，有 320 句，佔 69.7％，這

與南方語言的特性相符。因為在南方語言的正反問句，正是以「VP-neg」型為主。

而「VP-neg」型也是上古最常見的正反問句句型。「VP-neg」型的特點在於句尾有「neg」（否定語氣詞），在《景德傳燈錄》裏，否定語氣詞有：「否、不、未」，而「不」可歸入「否」，因二者是同源詞，視為一體。其中以「否」的使用最頻繁，有 280 句，超過一半。

「KVP」型的「K」為疑問副詞，這是具疑問副詞且無疑問語氣詞的句型。疑問句中的疑問副詞其功能有二：反詰、推測。推測用法多見於是非問句，反詰則出現於正反問句。

在《景德傳燈錄》的「K」，有「豈、寧、莫、還、可」這幾字，其中以「豈」使用次數最多。這些疑問副詞在出現之初，「可、寧、豈」三字用法幾乎相同，但是後來各自轉向分工精細，形成「寧」漸被淘汰，「可」表推測，「豈」表反詰各司其職的情形。

反映在《景德傳燈錄》裏，「寧」只出現 1 次，「可」則多與語氣詞配合，運用在是非問句中，正反問句的反詰意味是由「豈」來擔任，有「豈」的疑問句，句尾多不用語氣詞。

至於「VP 不 VP」型，這句型偏重分布在北方地區，所以在南方的《景德傳燈錄》中只有 5 例。與其他口語文獻對照，《景德傳燈錄》的「VP 不 VP」型數量的確偏低。然而，這是今天正反問句「X 不 X」型的源頭，數量雖少卻也不能忽略。

第二節 《景德傳燈錄》尚待開展的領域

《景德傳燈錄》此書一出，即風靡當世，士子文人爭相閱讀傳抄，視之為入佛悟道的重要典籍，這是以佛門禪理的角度看此書。然而到近世，漸漸地學者發現其此書不同於義理的價值，屬語言研究方面的意義。

本論文即是以語言學角度來剖析《景德傳燈錄》，以書中的疑問句為中心，展開論述。然而，疑問句只是一項初步的探討，此書是重要的語言資料，當然還有許多值得開展的研究空間。

單從以語法方面來談：

　　筆者因受時間、篇幅、能力的限制，所以只能針對《景德傳燈錄》的疑問句作探討。提出疑問句型、疑問詞語等相關問題，一些的粗略見解。對於疑問句型、疑問詞語等相關問題，一些的粗略見解。對於疑問句型、疑問詞語的深入探索，如疑問詞的源、歷時的演變，與疑問句型的變化過程等等，還有許多問題尚未解決。

　　以語法研究的角度來看《景德傳燈錄》，它不只有疑問句，還有許多值得開展的研究空間。如：處置式、被動式等特殊句型，或是述補句、判斷句等基句型，都尚待開發。

　　再從比較語言的層面來說，《景德傳燈錄》是北宋時期的南方語言作品，因此從歷時方向，可將之與上古漢語、現代漢語比較，可看出某一句型、詞語的歷史演變。

　　還可以拿《景德傳燈錄》與方言來比較，語言是傳承的，是互相牽連影響的。以近代漢語與現代方言作比對，不僅可以了解方言句型的起源，就此亦能對各方言間的關係有深層的認識。本文把它與閩南語比較即是一種初淺的嘗試。

　　不只語法方面，《景德傳燈錄》的語言資料相當豐富，其詞彙是另一極具研究價值的領域。禪宗語言有其特殊的詞彙，如喜用數字（一人悟道，三界平沉），或利用諧音、比喻等手法所創的新詞，還有當代的俗語、俚語等詞彙，《景德傳燈錄》的記載實為詳盡，這是在詞彙方面值得開拓的領域。

　　以語言學研究的領域來看《景德傳燈錄》，的確還有很多發揮開展的地方，不論是語法，還是詞彙上，期待來日能更深一層來閱讀解析此書。

參考書目

壹、古　籍

1. 《祖堂集》，南唐，靜、筠二禪師著，新文豐出版公司，民 76.6。

2. 《景德傳燈錄》，北宋，釋道原著，新文豐出版公司，民 77.6 初版、民 86.12 一版七刷。

3. 《傳燈玉英集》，北宋，王隨編，新文豐出版公司，民 82.5。

4. 《五燈會元》，南宋，釋普濟編，文津出版社，民 80.4。

5. 《閱藏知津》，明，智旭著，新文豐出版公司，民 62.6。

貳、專書期刊

以作者姓氏筆劃順序排列

【二劃】

1. 丁力，1998，《現代漢語列項選擇問研究》，華中師大出版社，1998.9。

2. 丁邦新，1985，《臺灣語言源流》，學生書局，民 74.2。

3. 丁聲樹，1949，〈「早晚」與「何當」〉《中央研究院集刊》，1949，p60～66。

【三劃】

1. 于古，1995，《禪宗語言與文獻》，江西人民出版社，1995.9。

【四劃】

1. 王力，1958，《漢語史稿》，香港波文書局。

2. 王力，1943，《中國現代語法》，藍燈出版社，民 76.9。

3. 王力，1944，《中國語法理論》，藍燈出版社，民 76.9。

4. 王力，1987，《中國語言學史》，谷風書局，民 76.8。

5. 王力，1991，《同源字典》，文史哲出版社，民 80.10 初版。

6. 王力，2000，《王力古漢語詞典》，北京中華書局，2000.6。

7. 王力，2000，《王力語言學論文集》，北京商務印書館，2000.8。

8. 王本瑛、連金發，1995，〈台灣閩南語中的反復問句〉，p.47～69，收錄於曹逢甫、蔡美慧編《臺灣閩南語論文集》，文鶴出版社。

9. 王海棻、趙長才、黃珊、吳可穎編，1996，《古漢語虛詞詞典》，北京大學出版社，1996.12。

10. 王瑛，1991，《詩詞曲語辭集釋》，語文出版社，1991.10。

11. 王瑛，1997，《詩詞曲語辭例釋》，北京中華書局，1986.1，一版，1997.1，四刷。

12. 王錦慧，1997，《敦煌變文與祖堂集疑問句比較研究》，台灣師大國研所博士論文，民 86.4。

13. 王錦慧，1998，〈祖堂集繫詞「是」用法探究〉《中國學術年刊》，p.637658，民 87.3。

14. 王錦慧，1999，〈選擇問句的類型與功能：從中古到近代〉，1999「紀念許世瑛先生九十冥誕學術研討會」論文集，P.291～333。

15. 王錦慧，1999，〈晚唐五代佛典在語法史上的價值〉，「語言學與漢文佛典演講暨座談會」1999.10。

16. 太田辰夫，1987，〈中古（魏晉南北朝）漢語的特殊疑問形式〉，《中國語文》，1987：6，p.404～407。

17. 太田辰夫，1991，《漢語史通考》，重慶出版庄，1991.5。

18. 方梅，1994，〈北京話中語氣詞的功能研究〉，《中國語文》，1994：2，p.129～137。

【五劃】

1. 申小龍，1990，《中國文化語言學》，吉林教育出版社，1990.9。

2. 申小龍，1994，《語文的闡釋》，洪葉出版社，1994.1。

3. 石鋟，1997，〈論疑問詞「何」的功能滲透〉《古漢語研究》，1997：4，P.89～95。

4. 石鋟，1998，〈元代幾種白話文獻中的疑問語氣詞〉，《漢語史研究集刊》第一輯，巴蜀書社，1998.7。

5. 北京大學中國語言文學系，語言學教研室編，《漢語方音字匯》第二版，文字改革出版社。

【六劃】

1. 江文瑜，1998，〈疑問語助詞、語調、和語調下降三者互動關係之跨語言研究——

以國語、台語、泰雅語爲例〉《第二屆台灣語言國際研討會論文選集》，P.345～396。

2. 江藍生，2000，《近代漢語探源》，北京商務印書館，2000.2。

3. 朱德熙，1980，《現代漢語語法研究》，北京商務印書館，1980.5。

4. 朱德熙，1982，《語法講義》，商務印書館，1982.9，一版，1998.6，四刷。

5. 朱德熙，1985，〈漢語方言裏的兩種反復問句〉，《中國語文》，1985：1，P10～20。

6. 朱德熙，1991，〈「V-neg-V」與「VO-neg-V」兩種反復問句在漢語方言裏的分布〉，《中國語文》，1991：5，p.321～332。

7. 朱遠申，1979，〈關於疑問句尾的「爲」〉，《中國語文》，1979：6，p.443～444。

8. 朱慶之，1990，〈試論漢魏六朝佛典裏的特殊疑問詞〉，《語言研究》，1990：1，p.75～82。

【七劃】

1. 志村良治，1995，《中國中世紀語法史研究》，北京中華書局，1995.9。

2. 貝羅貝、吳福祥，2000，〈上古漢語疑問代詞的發展與演變〉，《中國語文》，2000：4，p.311～326。

3. 余靄芹，1988，〈漢語方言語法的比較研究〉，《中央研究院集刊》，p.23～41。

4. 余靄芹，1992，〈廣東開平方言的中性問句〉，《中國語文》，1992：4，p.279286。

5. 李宇明，1997，〈疑問標記的複用及標記功能的衰退〉，《中國語文》，1997：2，p.97～103。

6. 李思明，1983，〈從變文、元雜劇、水滸、紅樓夢看選擇問句的發展〉，《語言研究》，1983：2，p.158～167。

7. 呂叔湘，1941，《中國文法要略》，文史哲出版社，民81.9再版。

8. 呂叔湘，1980，《現代漢語八百則》，北京商務印書館，1980.5。

9. 呂叔湘，1985a，《近代漢語指代詞》，學人出版社，1985.7。

10. 呂叔湘，1985b，〈疑問、否定、肯定〉，《中國語文》，1985：4，p.241～249。

11. 呂叔湘，1987，〈朴通事裏的指代詞〉，《中國語文》，1987：6，p.401～408。

12. 呂叔湘，1995，《漢語語法論文集》，北京商務印書館，1995.4。

13. 呂叔湘，1999，《語法研究入門》，北京商務印書館，1999.2。

14. 吳福祥，1995，〈敦煌變文的疑問代詞「那」（那個、那裏）〉，《古漢語研究》，1995：2，p.74～77。

15. 吳福祥，1997，〈從「VP-neg」式反復問句的分化談語氣詞「麼」的產生〉，《中國語文》1997：1，p.44～54。

16. 吳福祥，2000，〈近代漢語語法研究的成就與展望〉，《漢語史研究集刊》：2，p.14～29，巴蜀書社，2000.1。

17. 何樂士，1992，《古漢語語法及其發展》，語文出版社，1992.8。

18. 何樂士，2000，《古漢語語法研究論文集》，北京商務印書館，2000.5。

19. 刑福義，1993，〈現代漢語的特指性是非問〉，p.136～154，見《邢福義自選集》，河南教育出版社。

20. 邢福義編，1999，《漢語法特點面面觀》，北京語言文化大學出版社，1999.3。

【八劃】

1. 竺師家寧，1998，〈認識佛經語言學的一條新途徑〉，《香光莊嚴》55 期，p.1～13。

2. 竺師家寧，1988，〈佛經語言學的研究現況〉，《香光莊嚴》55 期，p.14～19。

3. 竺師家寧，1999，〈佛經的我與吾〉，《林炯陽先生六十壽慶論文集》，洪業文化公司，1999.2。

4. 竺師家寧，1999，〈佛經中的「有所」和「無所」〉，「紀念許世瑛先生九十冥誕學術研討會」論文集，p.291～333。

5. 林裕文，1985，〈談疑問句〉，《中國語文》，1985：2，p.91～98。

6. 邵敬敏，1989，〈語氣詞「呢」在疑問句中的作用〉，《中國語文》，1989：3，p.170～175。

7. 邵敬敏，1994，〈現代漢語選擇問研究〉，《語言教學與研究》，1994：2，p.49～67。

8. 周生業，1964，〈「莫」字詞性質疑〉，《中國語文》，1964：6，p.301～303。

9. 周法高，1961，《中國古代語法‧造句篇》，中央研究院歷史語言研究所專刊，民50.4。

10. 周法高，1962，《中國古代語法‧構詞篇》，中央研究院歷史語言研究所專刊，民51.8。

11. 周法高，1977，〈漢語研究的方向──語法學的發展〉，周法高主講，何大安記錄，《中國語言學論叢》，p.355～381，幼獅月刊社主編。

12. 周玟慧，1996，《上古漢語疑問句研究》，台灣大學中文所碩士論文，民85.6。

13. 周長楫，1991，《閩南話與普通話》，語文出版社，1991.8。

14. 周長楫，1996，《閩南語的形成發展及臺灣的傳播》，台笠出版社，1996.12。

15. 周裕凱，1999，《禪宗語言》，浙江人民出版社，1999.12。

16. 周碧香，2000，《祖堂集句法研究──以六項句式爲主》，中正大學中文所博士論文，民89.6。

17. 房玉清，1996，《實用漢語語法》，北京語言學院出版社，1996.3。

【九劃】

1. 柳士鎮，1992，《魏晉南北朝歷史語法》，南京大學出版社，1992.8。

2. 胡竹安，1958，〈宋元白話作品中的語氣助詞〉，《中國語文》，1958：6，p.270～274。

3. 胡竹安、楊耐思、蔣紹愚，1992，《近代漢語研究》，北京商務印書館，1992.10。

4. 胡明揚，1992，〈近代漢語的上下限和分期問題〉，p.3～12，出自《近代漢語研究》。

5. 洪成玉、廖祖桂，1980，〈句末的「爲」應該是語氣詞〉，《中國語文》1980：5，p.379〜382。

6. 洪修平，1996，《中國禪學思想史綱》，南京大學出版社，1994.9，一版，1996.3二刷。

7. 范曉，1998，《三個平面的語法觀》，北京語言文化大學出版社，1996.1，一版，1998.10，二刷。

8. 范曉，1998，《漢語的句子類型》，書海出版社，1998.2。

9. 范繼淹，1982，〈是非問句的句法形式〉，《中國語文》，1982：6，p426〜434。

10. 祖生利，1996，〈景德傳燈錄的三種複音詞研究〉，《古漢語研究》，1996：4，p.61〜65。

【十劃】

1. 高名凱，1948，〈唐代禪家語錄所見的語法成份〉，《燕京學報》：34，p.49〜84。

2. 袁暉、戴耀晶編，1998，《三個平面——漢語語法研究的多維視野》，語文出版社，1998.6。

3. 袁賓，1992，《近代漢語概論》，上海教育出版社，1992.6。

4. 袁賓，1995，〈禪宗著作裏的兩種疑問句——兼論同行語法〉，《語言研究》：2，p.58〜64。

5. 袁毓林，1993，〈正反問句及相關的類型學參項〉，《中國語文》，1993：2，p.103〜116。

6. 馬思周，1997，〈近代漢語表疑問詞讀陽平論〉，《中國語文學報》，1997：8，p.94〜103。

7. 祝敏徹，1995，〈漢語選擇問、正反問的歷史發展〉，《語言研究》：2，p.117〜122，1995.11。

8. 祝敏徹，1996，《近代漢語句法史稿》，中州古籍出版社，1996.9。

9. 孫錫信，1985，〈釋「什麼」商榷〉，《中國語文》，1985：3，p.214〜216。

10. 孫錫信，1992，《漢語歷史語法要略》，復旦大學出版社，1992.12。

11. 孫錫信，1997，《漢語歷史語法叢稿》，漢語大詞典出版社，1997.10。

12. 孫錫信，1999，《近代漢語語氣詞》，語文出版社，1999.3。

13. 徐杰、李英哲，1993，〈焦點和非線性語法範疇：「否定」「疑問」〉，《中國語文》，1993：2，p.81〜92。

14. 徐通鏘，1997，《語言論——語義型語言的結構原理和研究方法》，東北師範大學出版社，1997.10。

15. 徐盛桓，1999，〈疑問探詢功能的遷移〉，《中國語文》，1999：1，p3〜11。

16. 徐德庵，1991，〈近代漢語中句末語氣詞「則箇」、「者」、「著」、「咱」、「罷」、「波」〉，巴蜀書社，1991.1，p.123〜156。

【十一劃】

1. 許世瑛，1966，《中國文法講話》，臺灣開明書店，民 55 年初版，民 85 年再版。

2. 陳治文，1964，〈近指指代詞「這」的來源〉，《中國語文》，1964：6，p.442～444。

3. 陳妹金，1993，〈漢語與一些漢藏系語言疑問句疑問手段的類型共性〉，《語言研究》，1993：1，p.21～31。

4. 陳妹金，1995，〈北京話疑問語氣詞的分布、功能及成因〉，《中國語文》，1995：1，p.17～22。

5. 陳垣，1981，《中國佛教史籍概論》，文史哲出版社，民 70.6。

6. 陳新雄、竺師家寧、姚榮松、羅肇錦、孔仲溫、吳聖雄，1989，《語言學辭典》，三民書局，民 78.10。

7. 梅祖麟，1978，〈現代漢語選擇問句法的來源〉，《中央研究院集刊》，1978：49：1，p.15～33。

8. 梅祖麟，1986，〈關於近代漢語指代詞——讀呂著「近代漢語指代詞」〉，《中國語文》，1986：6，p.401～412。

9. 陸儉明，1982，〈由「非疑問形式＋呢」造成的疑問句〉，《中國語文》

10. 陸儉明，1984，〈現代漢語裏的疑問語氣詞〉，《中國語文》以上二文收於《陸儉明自選集》

11. 陸儉明，1993，《陸儉明自選集》，河南教育出版社，1993.11。

12. 郭錫良，1997，《漢語史論集》，北京商務印書館，1997.8。

13. 郭錫良主編，1998，《古漢語語法論集》「第二屆國際古漢語語法研討會論文選編」，語文出版社，1998.6。

14. 郭繼懋，1997，〈反問句的語義語用特點〉，《中國語文》，1997：2，p.111～121。

15. 裘錫圭，1988，〈關於殷墟卜辭的命辭是否問句的考察〉，《中國語文》，1988：1，p1～19。

16. 曹逢甫、蔡美慧編，1995，《臺灣閩南語論文集》，文鶴出版社，1995.2。

17. 曹廣順，1986，〈祖堂集中與語氣助詞「呢」有關的幾個助詞〉，《語言研究》，1986：2，p.115～121。

18. 曹廣順，1986，〈祖堂集中的「底（地）」、「卻（了）」、「著」〉，《中國語文》，1986：3，p.192～202。

19. 曹廣順，1995，《近代漢語助詞》，語文出版社，1995.6。

20. 曹廣順，1998，〈試說近代漢語中的「～那？作摩」〉，《語言學論叢》：20，北大中文系編，1998.2，p.108～116。

【十二劃】

1. 植田均，1993，〈近代漢語所見否定副詞〉，《日本近現代漢語研究論文選》，北京語言出版社，1993.10，p.52～81。

2. 植田均，1999，《近代漢語語法研究》，學林出版社，1999.7。

3. 湯廷池，1981，〈國語疑問句的研究〉，師大學報，1981：26。

4. 湯廷池，1984，〈國語疑問句研究續論〉，師大學報，1984：29。

5. 以上二文收於《漢語詞法句法論集》

6. 湯廷池，1988，《漢語詞法句法論集》，臺灣學生書局，民77.3。

7. 湯廷池，1989，〈關於漢語的詞序類型〉，《中央研究院第二屆國際漢學會議論文集》，中央研究院，1989，p.519～569。

8. 湯廷池，1994，《漢語詞法句法五集》，臺灣學生書局，民83.9。

9. 湯廷池，1996，〈漢語的正反問句：北京語與閩南語的比較分析〉，民85.12。

10. 「第五屆中國境內語言學暨語言學國際研討會」論文集，p.2～27。

11. 湯廷池，1998，〈閩南語的是非問句與正反問句〉，《漢學研究》：16，p.173～191，民87.12。

12. 黃正德，1988，〈漢語正反問句的模組語法〉，《中國語文》，1988：4，p.247～263。

13. 黃伯榮，1996，《漢語方言語法類編》，青島出版社，1996.4。

14. 黃宣範編，1998，《第二屆台灣語言國際研討會論文選集》，文鶴出版公司，民87.8。

15. 黃春貴，1990，〈句子的語氣分類和作用〉，《國文天地》，1990：180，p.86～89。

16. 馮春田，2000，《近代漢語語法研究》，山東教育出版社，2000.4。

17. 張玉金，1994，〈殷墟甲骨文句類型問題研究〉，《古漢語語法論集》，1994.2，p.596～608。

18. 張玉金，1995，〈論殷墟卜辭命辭的語氣問題〉，《古漢語研究》，1995：3，p.6～12。

19. 張玉萍，1995，〈近代漢語上限問題討論綜述〉，《語言文字學》，1995：4，p.25～38。

20. 張伯江，1996，〈漢語疑問句的功能解釋〉，收於邢福義主編《漢語法特點面面觀》，p.291～303。

21. 1997，〈疑問句功能瑣議〉，《中國語文》，1997：2，p.104～110。

22. 張美蘭，1998，《禪宗語言概論》，五南圖書出版有限公司，民87.4。

23. 張華編譯，1997，《景德傳燈錄》，佛光宗務委員會印行，1997.4。

24. 張惠英，1982，〈釋「什麼」〉，《中國語文》，1982：4，p.302～305。

25. 張斌，1998，《漢語語法學》，上海教育出版社，1998.7。

26. 游汝杰，1993，〈吳語裏的反復問句〉，《中國語文》，1993：2，p.93～102。

27. 程湘清主編，1990，《隋唐于代漢語研究》，山東教育出版社，1990。

28. 程湘清主編，1992，《宋元明漢語研究》，山東教育出版社，1992.5。

29. 賀巍，1991，〈獲嘉方言的疑問句——兼論反復問句兩種句型的型態〉，《中國語文》，1991：5，p.333～341。

【十三劃】

1. 楊如雪，1998，《支謙與鳩摩羅什譯經疑問句研究》，臺灣師大國文所博士論文，民87.6。

2. 楊秀芳，1991，《臺灣閩南語語法稿》，大安出版社，1991.4。

3. 楊樹達，1929，《高等國文法》，商務印書館，1929。

4. 楊樹達，1959，《詞詮》，台灣商務印書館，1959。

5. 詹伯慧、李如龍、張雙慶編，1996，《第四屆國際閩方言研討會論文集》，汕頭大學出版社，1996.8。

6. 詹秀惠，1973，《世說新語語法探究》，學生書局，民62.3。

7. 遇笑容、曹廣順，2000，〈中古漢語中的「VP」不式疑問句〉，「紀念王力先生誕辰一百周年語言學國際學術研討會」會議論文，2000.8，北京。

8. 葉蓉，1994，〈關於是非問句裏的「呢」〉，《中國語文》，1994：6，p.448～451。

【十四劃】

1. 趙元任，1994，《中國話的文法》，丁邦新譯，學生書局，民83.9。

2. 黎錦熙，1998，《新著國語文法》，商務印書館，1992.9，一版，1998.6，二刷。

【十五劃】

1. 劉子瑜，1994，〈敦煌變文中的選擇疑問句式〉，《古漢語研究》，1994：4，p.53～58。

2. 劉子瑜，1996，〈漢語反復問句的歷史發展〉，《古漢語語法論文集》，p.566～582。

3. 劉丹青，1991，〈蘇州方言的發問詞與「可VP」句式〉，《中國語文》，1991：1，p.27～33。

4. 劉保金，1997，《中國佛典通論》，河北教育出版社，1997.5。

5. 劉堅、江藍生、白維國、曹廣順，1992，《近代漢語虛詞研究》，語文出版社，1992.3。

6. 劉堅、江藍生主編，1997，《唐五代詞典》，上海教育出版社，1997.11。

7. 劉堅、江藍生主編，1997，《宋語言詞典》，上海教育出版社，1997.11。

8. 劉堅、江藍生主編，1997，《元語言詞典》，上海教育出版社，1997.11。

9. 劉堅、侯精一主編，1993，《中國語文研究四十年紀念文集》，北京語言學院出版社，1993.10。

10. 蔡念生編（葉恭綽、蔡運辰著），1976，《宋藏遺珍敘目、金藏目錄校釋合刊》，新文豐出版公司，民65.10。

11. 蔡美慧，1998，〈「你明天要不要去台北？」——從答問觀點探討台灣國語助動詞「要」的用法〉，《第二屆台灣語言國際研討會論文選集》，p.329～343。

12. 蔡榮婷，1984，《景德傳燈錄之研究——以禪師啓悟弟子之方法爲中心》，政大中文所碩士論文，1984.6。

13. 蔡維天，2000，〈爲甚麼問怎麼樣，怎麼樣問爲甚麼〉，《漢學研究》，p.41～570，2000：18 特刊。

14. 蔣宗澔，1996，〈語氣詞「那」考索〉，《古漢語研究》，1996：1，p.67～71。

15. 蔣紹愚，1985，〈祖堂集詞語試釋〉，《中國語文》，1985：2，p.142～144。

16. 蔣紹愚，1996，《近代漢語研究概況》，北京大學出版社，1996.3。

17. 蔣紹愚、江藍生編，1999，《近代漢語研究》（二），北京商務印書館，1999.4。

18. 蔣冀騁、吳福祥著，1997，《近代漢語綱要》，湖南教育出版社，1997.3。

19. 蔣禮源，1997，《敦煌變文字義通釋》，上海古籍出版社，1997.10。

20. 鄭良偉，1979，《臺語與國語字音對應規律的研究》，學生書局，1997.8，二刷。

21. 鄭良偉，1997，《台、華語的時空、疑問與否定》，遠流出版社，1997.10。

【十六劃】

1. 盧烈紅，1998，《古尊宿語錄代詞助詞研究》，武漢大學出版社，1998.5。

2. 戴廣廈、傅愛蘭，2000，〈藏緬語的是非疑問句〉，《中國語文》，2000：5，p.390～398。

【十七劃】

1. 闕緒良，1995，〈五燈會元裏的「是」字選擇問句〉，《語言研究》，1995：2，p.167～169。

【十九劃以上】

1. 魏岫明，1995，〈論福州方言的否定詞及正反問句〉，《臺大中文學報》：7，p.1～27，1995.4。

2. 魏培泉，2000，〈東漢魏晉南北朝在語法史上的地位〉，《漢學研究》，p.199～229，2000：18 特刊。

3. 羅福騰，1996，〈醒世姻緣傳的反複問句〉，《語文研究》，1996：1，p.31～33。

4. 羅驥，1994，〈北宋句尾語氣詞「也」研究〉，《古漢語研究》，1994：3，p.29～32。

5. 譚邦君主編，1996，《廈門方言志》，廈門地方志編纂委員會辦公室編，北京語言學院出版社，1996.1。

6. 鍾榮富，2000，〈客家話的疑問句〉，《漢學研究》，p.147～173，2000：18 特刊。

7. 鐘兆華，1997，〈論疑問語氣詞「嗎」的形成與發展〉，《語文研究》，1997：1，p1～7。